악마의 계약서는 만기 되지 않는다

악마의 계약서는
만기 되지 않는다

리러하 장편소설

팩토리나인

목차

부동산 임대차 계약서

임대인과 임차인 쌍방은 아래 표시 부동산에 관하여 다음 계약 내용과 같이 임대차 계약을 체결한다.

(중략)

임대인	강복주		임차인	지옥 정(丁)부
보증금	없음			
월 세	금 000,000원 정은 매월 21일에 지불한다.		영수자: 강복주 (인)	

제 2조 (존속기간) 임대인은 위 부동산을 임대차 목적대로 사용, 수익할 수 있는 상태로 2021년 9월 10일까지 임차인에게 인도하며, 임대차 기간은 인도일로부터 2022년 9월 09일까지로 한다.

제 3조 (용도변경 및 전대 등) 임차인은 임대인의 동의 없이 위 부동산의 용도나 구조를 변경하거나 전대, 임차권 양도 또는 담보 제공을 하지 못하며 목적 이외의 용도로 사용할 수 없다.

제 4조 (계약의 해지) 임차인의 차임연체액이 2기의 차임액에 달하거나 제3조를 위반하였을 때 임대인은 즉시 본 계약을 해지할 수 있다.

제 5조 (계약의 종료) 임대차 계약이 종료된 경우에 임차인은 위 부동산을 원상으로 회복하여 임대인에게 반환한다.

특약사항:

가. 임대인은 임차인에게 지옥으로 사용을 허용한다. 임차인은 임대인과의 협의 후 임대인의 빈방을 모두 사용할 수 있다.

나. 임차인의 사정으로 인에 일찍 방을 뺄 수 있으며, 퇴실 석 날 선에 십주인에게 공지할 경우, 위약금을 물지 아니한다. (하략)

본 계약을 증명하기 위해 임대인, 임차인은 각각 서명 날인 후 각각 1통씩 보관한다.

01
지옥은 법인으로서
임대차 계약서를 작성할 수 있는가

아침부터 밥맛 떨어지는 꼴을 봤다. 부엌에 있는 식탁, 할머니 맞은편 자리에서 웬 남자가 양푼을 끌어안고 쩝쩝거리는 중이다. 처음 보는 사람인데, 할머니가 새 세입자를 들였을 수도 있으니 그건 큰 문제가 안 된다. 하지만 그 양푼 속 내용물들이 매우 큰 문제였다. 처음에는 비빔밥인 줄 알았다. 비빔밥, 참 관대한 음식이지. 밥과 채소와 고추장만 충족되면 그 외에 뭐가 들어가도 적당히 음식처럼 보이잖아. 하지만 남자의 양푼 안에 있는 건 색이 멀겋게 빠진 파스타면, 살코기 부분만 떨어져 나간 돼지갈비, 조기 대가리, 그리고 그 옆엔…… 잘못 본 게 아니라면 얼음 동동 뜬 커피 우유 약간.

남의 입맛에 참견하고 싶지는 않다. 누가 뭘 먹든 뭔 상관이야. 하지만 그 남자도 죽상을 해서는 자기 아침 식사를 입에 욱여넣고 있었다. 몇 번이고 헛구역질하면서. 나도 모르게 입을 틀어막았다. 남자는 바로 고개를 들었다. 하지만 나는 남자와 눈을 마주치지 않았고, 남자는 양푼을 들고 부엌을 빠져나갔다. 여전히 그 밥맛 떨어지는 소리를 내면서. 쩝쩝쩝쩝.

쩝쩝 소리가 멀어졌을 때 난 할머니를 붙잡고 물었다. 여든 넘긴 나이에도 흰쌀밥을 사발로 담아 드시며 이 집에 사람을 들이고 내칠 권리를 가지신 바로 그분께.

"할머니, 봤어?"

"뭐."

"방금 나간 사람. 음식물⋯⋯ 쓰레기 먹고 있었잖아."

쓰레기라고 말해도 되겠지. 할머니도 부정하지는 않았다.

"그래. 어제부터 세줬다."

"좀 이상한 사람 같은데. 앞으로 우리랑 같이 부엌 쓰는 거지? 방이랑 부엌이랑, 또 어디까지 같이 쓰기로 계약했어?"

"부엌 안 써."

부엌을 안 써? 그러면 저 음식물 쓰레기들은 어디에서 얻어오기라도 했나?⋯⋯점점 끔찍한 상상만 든다. 나는 머릿속을 씻어내기 위해 냉동밥을 전자레인지에 넣었다. 탱, 냉동밥이 전자레인지 플레이트에 부딪히는 소리에 할머니의 첫 마디가 묻혔다.

"······랬잖아."

"어, 뭐? 할머니, 잘 못 들었어."

"어린 게 벌써 귀먹었냐? 내가 예전부터 그랬잖아. 이승에서 남긴 밥은 지옥에서 먹는다고."

"그 말이 지금 왜 나와?"

"저놈은 생전에······ 남긴 게지."

양반은 못 되겠다. '저놈', 그 남자는 국물 한 방울도 안 남은 양푼을 들고 부엌 앞을 지나갔다. 남자의 애타는 시선이 할머니의 풍요로운 식탁을 훑었다. 혹시라도 남자가 양푼 설거지를 우리 부엌에서 할까 싶어 나는 식탁 앞에 버티고 섰다. 다행히도 남자는 부엌으로 들어오지 않았다. 남자의 얼굴은 납을 펴 바른 듯 생기가 없다. 나이를 가늠하기 어렵다. 옷차림도 잔뜩 구겨진 정장인데, 곳곳에 피와 흙이 묻어 있었다. 그리고 신발을 안 신었다. 집 안이니까 양말 바람으로 걷는 건 당연하지만, 그 양말이 흙투성이인 건 안 당연하잖아. 꼭 어디 야산을 헤집고 다닌 것처럼 말이다.

남자는 좀비처럼 비척비척 걸어가 복도 끝에서 문손잡이를 잡았다.

"서기요, 거기 보일러실인데."

나도 모르게 남자에게 참견했다.

남자는 다 죽어가는 목소리로 답했다.

"상관없어요."

말문이 막힌 순간, 남자는 보일러실 문을 열었다. 열린 문 사이로 한 평도 안 될 시멘트 공간과 보일러가 보여야 할 텐데, 엉뚱하게도 그 공간을 채운 건 주황색 불꽃이었다. 지독한 열기가 순식간에 복도를 내달려 내 얼굴을 뒤덮는다. 보일러가 터진 건가? 어쩐지 얼마 전부터 난방도 안 돌리는데 굴굴굴 시끄럽더라니. 그러게 할머니, 내가 A/S 부르자고 했잖아! 뭘 하루만 더 두고 보자 타령이야. 그전에 우리 집이 사라지겠다고!

······여기까지 생각했는데, 아무 일도 없다. 여전히 부엌에서는 밥그릇에 수저 부딪히는 소리가 들렸다. 난 얼빠져서 눈도 깜빡이지 못했다. 주황색 불꽃은 문 너머에서만 일렁인다. 이쪽으로 넘어오는 건 약간의 열기뿐.

남자는 양푼을 끌어안고 보일러실 안으로, 아니, 보일러실 너머 불타는 공간으로 들어갔다. 불붙은 양말이 불꽃 발자국을 남겼다. 복도에 전해지는 건 열기뿐이 아니다. 비명도 흘러들어온다. 한두 사람의 목소리가 아니었다. 레퍼토리는 '살려 달라', '차라리 죽여 달라', '난 잘못한 게 없다'로, 최소 세 종류 이상이었다. 때로 비명이 멈출 때 그 빈 자리는 더 먼 곳의 신음이 채웠다. 살과 금속과 가죽이 부딪치는 소리도 함께. 귀를 막아야 할까, 눈을 감아야 할까. 나는 어느 쪽도 못 한 채로 입을 벌리고 서 있었다.

"꼬리 더럽게 기네. 문도 못 닫고 다녀?"

할머니가 어느새 다가와 보일러실 문을 닫았다. 순식간에 소리도 열기도 사라졌다. 아침부터 무슨 개꿈이지? 나, 깨어 있는 거 맞지? 나는 다시 보일러실 문손잡이를 비틀어 열었다. 약간의 열기가 전해지고 문틈으로 또다시 비명이 들렸다. 할머니가 짜증을 내며 문을 걷어차 닫았다. 하지만 불꽃의 정경은 아직도 내 망막 위에 일렁이는 것만 같다.

"할머니, 할머니……. 지금, 그거 뭐야? 어?"

"내가 그랬잖아, 계약했다고."

"어, 그래. 새 세입자 구했다고 했지. 근데 지금 저거 뭐냐고? 이젠 하다 하다 약쟁이를 구해왔어? 내 아침밥에 약 탄 거 아니지?"

사실 점점 세입자를 구하기 어려워지는 상황이긴 했다. 이 동네 공사판은 거의 정리되었고, 근처에 번듯한 회사나 학교가 있는 것도 아니었으니까. 게다가 요즘 세상에 누가 화장실도 공동으로 써야 하는 낡은 단독주택에서 세를 살려 하겠어. 리모델링할 상황도 아닌지라 할머니 미간이 점점 구겨지는 건 알고 있었는데, 그렇다고 정말 약쟁이를 받아왔나? 하지만 할머니 대답은 내 상상을 뛰어넘었다.

"약쟁이 아니다. 지옥이랑 계약했어."

지옥? 회사 이름인가? 여기를 회사 기숙사로 쓰겠다는 걸까?

할머니가 설명을 이었다.

"지옥이 요새 리모델링하느라 죄인들 둘 데가 모자란대서 빈방이랑 남는 공간 빌려주기로 했다. 아까처럼 죄인들 좀 오갈 거야.

함부로 문 열면 험한 꼴 본다."

"험한…… 꼴?"

"정신 어따 팔아먹었어! 괜히 지옥 들여다보고 비명 질러서 누가 신고하는 꼴, 볼 일 없게 하라고. 알어?"

"어……, 응."

"빨리 밥이나 마저 먹어."

그래. 밥 먹어야지, 밥. 아침에는 5분이 뭐야, 3분도 아껴야 하는데. 빨리 먹고, 빨리 설거지하고, 빨리 이 닦고 튀어 나가야 학원 안 늦는데. 나는 멍한 기분으로 밥을 입에 쑤셔 넣었다. 아직은 일과의 오차범위 안에 있다. 좀 덜 씹어 삼키고, 설거지는 저녁때 하면 버스는 탈 수 있어. 익숙한 시간, 익숙한 공간이다. 아직 내가 컨트롤할 수 있다. 하지만 익숙하지 않은 소리가 상념을 깬다. 위층, 한동안 세입자가 없던 빈방 문이 열리는 삐거덕 소리, 그리고 누군가가 무릎을 쿵 소리 나게 꿇고, 두 손바닥을 짝 붙이고 애절하게 비는 소리까지 들렸다.

- 자모해어요, 자모해어요, 자모해…… 히이이익!

더 끔찍한 파열음이 말소리를 끊어놓았다.

할머니는 이마를 찌푸렸다.

"생전에 얼마나 험하게 살았으면 저런 벌을 받는다니. 넌 그러지 마라."

"험하게 살 시간도 없네요. 할머니, 미안. 나, 이거 설거지 다녀와서 할게!"

"물은 받아놓고 나가!"

밥그릇에 물을 받고 신발을 구겨 신고 언덕길을 달려 내려가자 뒤늦게 현실의 텁텁한 공기가 나를 깨우기 시작했다. 아침에 내가 본 거 도대체 뭐야? 잠이 덜 깼나? 할머니한테 드디어 치매가 왔나? 근데 치매가 나한테도 옮나? 나는 언덕길 위, 우리 집을 올려다보았다. 30년 전까지만 해도 으리으리했을 단독주택. 그리고 새 입주자인지 입주기업인지는 상념에 젖을 여유마저도 주지 않았다. 다락방 안쪽 창문에 뭔가 달라붙은 모습이 보였다. 오징어 빨판 같던 그 동그라미들은 순식간에 하나하나…… 눈알의 형태를 갖추었고, 나는 그 시점에서 고개를 돌렸다. 그게 내가 '지옥'을 처음 만난 날이었다. 그것도 임차인으로서 세상에 나타난.

02
미숫가루 타는 법은
집집이 다르다

　할머니의 주 수입원은 커다란 단독주택 빈방들이다. 뼈대만은 드라마 속 재벌가 주택처럼 생긴 그 집이, 언제부터 뼈대 있는 대가족 대신 떠돌이들을 받게 되었는지는 모르겠다. 굴러먹던 개뼈다귀 중 하나인 내가 오기 전부터 이 집은 이 모양이었다. 마지막 집수리는 21세기에 막 접어들었을 때 했던가. 지금은 '사연 있는 흉가'를 목전에 둔 꼴이다. 나무 문짝들은 조금씩 휘어서, 문을 제대로 여닫으려면 어깨를 써야 한다. 거실 벽은 80년대에 유행했음 직한 올록볼록한 나무 장식으로 차 있어, 넓은 거실을 오두막처럼 좁아 보이게 하는 데 한몫한다. 겨울에 보일러를 돌리면 온기는 어디론가 다 날아가고 곰팡이가 벽지를 얼룩덜룩 채운다. 여름은 말할 것도 없다. 습하고, 서늘하고, 덥고. 그렇게 사계절을 꽉꽉 담아 가며 늙어간 집. 근처 부동산 중개사가 '요즘은 원룸이라고, 도배 한 번 하고 작은 냉장고만 넣어줘도 월세 사오십은 받는다'라며 할머니를 꾀러 왔다가 그대로 뒤돌아 나갔었지. 낡아 삐드러진 방문에 덤으로 제공되는 옵션이라곤 할머니의 잔소리뿐이다. 언젠가부터 오래 묵은 세입자들은 하나둘 돈을 모아 떠났다. 월세를 낮춰도 새 세입자는 잘 들어오지 않았다. 집에 투자하지 않는 할머니만을 탓할 수도 없다. 솔직히, 이 집은 분명 지어졌을 때부터 마(魔)가 끼었을 거다. 여기서 일이 잘 풀리는 사람을 못 봤다고.

난 문득 떠오른 어떤 세입자의 추억을 입 밖에 꺼냈다.

"할머니, 그 새끼도 지옥 갔을까?"

"아침부터 왜 욕질이야. 어떤 시부럴 놈?"

"왜, 3층 방 계약했다가 특수폭행으로 감방 가는 바람에 파투 난 사람. 출소해서 이사 오던 길에 골목에서 칼부림하다가 죽었잖아."

"어디 보자. 몇 년도지?"

"그걸 어떻게 기억해?"

"세상천지에 그런 일이 한둘인가. 알지도 못하면서 왜 물어봐?"

"그냥. 그런 사람도 지옥 갔으면 여기 어디에 있지 않을까 해서."

그래, '여기 어디'. 이젠 집이라고 부르기도 뭣한 바로 이곳에서 말이다.

나는 고개를 옆으로 돌렸다. 안 그래도 즐거움과는 거리가 먼 할머니와의 아침 식사 시간. 뭣 같은 양념들이 너무 많이 추가되었다. 문짝들은 지옥의 열기를 버티지 못해 자기 혼자 열리며 지옥 주민들의 비명을 뿜어낸다. 공포영화에서나 듣던 신음이 들리고, 정말 어디서도 들어본 적 없고 듣고 싶지도 않은 파열음도 함께 들린다.

가끔 복도를 청소하다가 우연히 빈방을 들여다볼 때가 있는데, 달군 철판 위에서 맨발로 춤추는 사람 같은 건 양반이다. 눈보라 대신 살보라가 휘날리는 세상. 조금이라도 덜 고통받기 위해 제 뼈로 무기를 만들어 저항하는 인간들 위로 줄톱 그물이 떨어지고……. 나도 비위는 어지간히 좋은 편이지만 그런 광경을 오래 볼 간담은 되지 않는다. 내가 맨눈으로 보고 참아줄 수 있는 건 저기 저 식탁 너머에서 잔반 비빔밥을 먹는 작자 하나뿐. 그와 눈이 마주친 순간, 나는 얼떨결에 말했다.

"지옥, 진짜 끔찍스럽죠? 힘들겠어요."

남자가 어처구니없다는 듯 답했다.

"방금 그 이야기도 무섭거든요? 세입자가 칼부림하다 죽었다고요? 진짜?"

"못 들어오고 죽었으니 세입자는 아니지 않나? 뭐, 세입자 받다 보면 별꼴 다 보는데요. 예전에 어떤 세입자는 훔친 개를 옷장에 가둬 키우다 걸린 적도 있어요."

"별……. 그래서 어떻게 됐어요?"

"내쫓았죠. 근데 그 인간이, 쫓겨나던 날 화장실 변기 물탱크에다 그동안 따로 모아둔 개똥을……"

"그만! 그만!"

남자가 비명을 질렀다. 그러더니 아직도 한참 남은 자기 밥그릇을 바라본다. 구시렁거리는 입 모양을 보니 나 때문에 밥맛 떨어졌다고 주장하고 싶은가 본데, 애초부터 댁은 그게 문제가 아니잖아.

난 남자에게 물었다. 할머니에게 들리지 않도록 최대한 목소리를 낮춰서.

"진짜로 이승에서 남긴 거 먹는 중이에요?"

"그건 아닌데. 그, 제가……, 생전에, 조금 못된 짓을 약간 해서."

"뭘 하셨는데요?"

"식자재 도매할 때 함바집에 들어가던 걸……. 죄, 죗값은 치르고 있으니까 뭐라고 하지 말아요."

문득 들여다본 남자의 밥그릇 안. 흰 곰팡이가 핀 김치와 그 밑, 녹색 싹과 함께 깍둑썰기한 감자가 눈에 띄었다. 남자는 식탁 위, 할머니와 나의 단출한 메뉴를 부러운 듯 한참 쳐다보다가 다시 양푼 위로 고개를 떨구었다. 역시 밥 좀 남겼다고 벌 받는 건 아닌 것 같지? 그렇다고 내가 밥을 남길 거라는 소리는 아니다. 양푼 든 남자 때문에 입맛이 떨어진 것도 첫날로 끝이었다. 방문 너머 풍경에, 입맛이고 뭐고 다 잃어버린 것도 사흘을 가지 않았다.

생각해보면 손톱자국 남은 복도가 사시사철 곰팡내 나는 벽보다 비위 상할 것도 없다. 심지어, 얼마 전에 깨달았는데, 집에 남은 지옥의 흔적은 내버려두면 사라진다. 아싸! 내가 청소하지 않아도 돼! 그리고 무엇보다도……

"니미, 입 마르도록 말하면 뭐 해? 듣지를 않는데! 이승에서 남긴 건 저승에서 먹는다고 내가 몇 번을 말했는데, 뭘 또 처물어보고 앉았어!"

내 입맛을 제일 잘 떨어뜨리는 건 우리 할머니인걸. 일부러 작게 말했는데도 다 들었나 보다. 할머니는 누렇게 얼룩진 눈으로 나를 노려보며 외쳤다.

"너, 멸치볶음 뱉을 때부터 말했잖냐. 지금 안 씹힌다고 버리면 늙어 죽어서 호물호물한 입으로 녹여 먹어야 한다고! 거짓말인 줄 알어? 어?"

"그게 언제적……. 아냐, 할머니 말이 맞지. 내가 어떻게 의심해."

"꼬치꼬치 따질 땐 언제고, 여우인 척해? 여우가 못 되면 곰이라도 되든지. 쥐새끼처럼 얄금얄금 입 대는 것 좀 보게."

"미안해. 밥 팍팍 먹을게. 안 남겨. 봐봐, 내가 바닥에 깔린 고추씨까지 긁어먹잖아?"

"말대꾸는. 어? 너, 나중에 지옥 가서 봐. 재판관들이 혓바닥을 잡아 늘이고 이걸로 윗사람에게 못된 소리를 했는지 묻는다고."

할머니가 젓가락으로 내 입을 가리켰다. 그동안 난 꿋꿋하게 밥그릇을 비웠다. 양푼을 쥔 남자는 괜히 자기 때문에 이 난리가 났다고 생각하는지, 내 눈치를 보며 슬쩍 고개를 숙였다. 괜찮아요. 살다 보면 (죽은 사람에게 할 소린 아니지만) 익숙해질걸.

"혓바닥에 달군 돌을 올릴 거야. 윗사람뿐이겠어? 남자들 만나서 간드러지게 헛소리하는 것도 안 돼. 그럼 저승에서 혀를 뽑아다 밭처럼 갈아 쓴다."

할머니가 온갖 지옥의 이미지를 빌어 나를 다스리는 것도.

"갈아서, 갈아서⋯⋯, 뿌려야지. 멀리 가게"

때때로 할머니가 이치에 맞지 않는 말을 하다가, 어느 순간 허공을 바라보며 입을 딱 다무는 것도.

할머니 눈에 초점이 없다. 그럴 때마다 난 숨을 삼키고 할머니 숨소리를 듣는다. 가슴이 오르락내리락한다. 다행이다. 쓰러지지는 않을 것 같다. 도리어 양푼 남자가 안절부절 못 해한다. 난 안심하라고 손을 흔들어준 뒤 식탁 위 빈 접시를 정리했다. 설거지하는 동안 물 끓여서 커피 한 잔 타 드리면 그때쯤 할머니도 정신을 차리고 일상으로 돌아올 거다.

하지만 오늘은 조금 달랐다. 아직 식탁에 남은 빈 그릇을 치우려는데 할머니가 마른 입술을 열었다.

"효섭이 왔냐?"

무시하고 싶어도 할머니 눈은 또렷하게 나를 향한다. 곧 나름 논리정연한 근거가 흘러나온다.

"저기, 저쪽에서, 돼지 멱따는 소리 들렸는데"

나는 대답하지 않았다. 정효섭. 할머니의 글러 먹은 아들내미께서는 몇 년 전 할머니의 통장 서랍을 뒤지다가 절대로 돌아오지 말라는 말과 함께 쫓겨났다. 그건 할머니도 잘 안다. 다만 때때로 까먹을 뿐이다. 할머니 고개가 꺼덕꺼덕 흔들렸다.

"시부럴 것이 엄마는 왜 가짜를 패물함에 둬서 사람 엿 먹이냐고 따질 때 모가지를 뽑아버렸어야 했는데. 이번에는 벌써 집 팔아먹고 문서 받으러 온 거 아냐?"

아하하, 할머니도 그렇게 생각해? 우리, 그 새끼가 또 기어들어오면 다리를 분질러서 중랑천에 던져버리자! ……그런 대답을 애써 삼켰다. 그놈이 쓰레기라는 건 하늘이 알고 내가 알고 할머니가 알지만, 나는 절대 입에 올려서는 안 된다. 가족을 욕해도 되는 건 가족뿐이니까.

"니미, 그놈에게 물려주느니 이 집 내가 불태우지. 무덤까지 갖고 갈 것도 아닌데."

그렇지. 집을 물려받을 사람도 가족뿐이지. 10년 넘게 집을 쓸고 닦고, 할머니 병시중까지 맡아봐야, 내가 어디서 굴러먹던 개뼈다귀라는 사실은 바뀌지 않는다. 괜찮아. 팔아먹기는커녕 철거비용이 더 나가겠지 싶은 이따위 집을 받아서 뭐 해. 할머니, 나도 이집 가질 생각은 없으니까…… 무너지지나 않게 해줘요.

혹여나 등 뒤에서 할머니가 쓰러지는 소리라도 들릴까 봐 난 설거지를 최대한 조용히, 조심스레 했다. 덕분에 전기포트 꺼지는 소리에 바로 반응할 수 없었다. 고무장갑 넣고 조금 식은 물로 커피를 타 뒤돌아서니 할머니 눈에 생기가 돌아와 있었다. 할머니의 생기는 대체로 뾰족하다.

"식었어."

"김 나잖아. 맨날 끓는 거에 입 댔다가 얼음 찾으면서."

"느 할머니 입에 얼음 들어가는 게 아까우냐?"

"아, 일단 먹고 이야기해! 프림을 마지막에 넣어서 안 뜨거워 보이는 거야."

할머니는 못 미더운 듯, 주춤거리며 커피잔을 입에 가져다 댔다. 나는 그 입에 욕설이 장전되기 전에 부리나케 부엌을 빠져나왔다. 양푼 뒤집히는 소리가 들리는 걸 보니 할머니께서 매우 창의력 넘치는 욕을 꺼내신 모양이다. 아, 양푼 양반, 살아봐요. 금방 익숙해진다니까. 나 또한 지옥의 풍경에 빨리 익숙해지는걸.

일상은 어지간해서는 비틀어지지 않는다. 집 앞 골목길에서 누가 죽어나가도, 옆집이 야반도주해도, 보일러실 밑에서 용암이 흘러도 집은 똑같다. 복도에는 먼지가 쌓이고, 창틀은 비가 올 때마다 회색으로 흘러넘친다. 염병할 인간들도 마찬가지다.

복도 너머, 누군가가 나와 눈이 마주치자마자 황급히 벽에 담배를 비벼 끈다. 2층 끝방 세입자 김 사장이다. 그녀가 어색하게 웃었다.

"어머, 자기. 부엌에서 큰 소리 나던데 안 가봐도 돼?"

"엎은 사람이 치우겠죠. 그보다 김 사장님, 담배……."

"알아! 나가서 피우는데, 어, 두고 간 게 있어서 잠깐 들어온 거야."

"예, 예. 일부러 더러운 데 대고 비벼 꺼주셔서 자국도 안 보이네요. 괜찮아요. 뭐라 하는 거 아니에요."

보통 염치를 아는 사람은 이 정도에서 꼬리를 만다. 하지만 김 사장에게는 염치라는 것이 없다.

"……더러운 데가 한두 군데여야지. 그리고 얼마 전부터 집에 악취가 진동해서 담배 냄새는 댈 것도 없더만. 새 세입자 문제야, 아니면 또 정화조 터졌어?"

물론 우리 집구석도 월세 받기에 염치가 없는 건 인정한다. 할머니, 지옥에 세준 거 다른 세입자에게 설명 안 했구나?

"그게……, 새 세입자가 배달 음식이라도 썩혔나 봐요. 확인하고 처리할게요."

"잘 봐줘. 달걀 썩는 냄새가 어디 가나 진동한다니까."

김 사장이 얄밉게 웃으며 내 볼을 꼬집었다.

"에구, 착해. 할머니도 말년에 너 만나서 다행이지."

볼을 꼬집는 손을 피하려 했다. 하지만 순순히 내려가는 척하던 손은 바로 내 머리를 거칠게 헤집는다.

"잘해라. 할머니 곁에 누가 남았니? 게다가 꼬박꼬박 월세 내는 거 나밖에 없잖아, 응? 내 말도 잘 들어주고."

"들어갈게요."

"누가 못 가게 붙잡던?"

김 사장이 얄밉게 두 손을 들어 보인다. 거기에는 어느새 또 담배 한 개비가 들려 있다. 나는 그녀를 뒤로하고 계단을 올랐다. 김 사장의 이야기 때문인지, 뒤늦게 유황 냄새가 느껴졌다. 하지만 그에 대한 걱정은 지옥보다도 무섭게 삐걱대는 계단 소리에 밀려 사그라들었다.

내가 일상은 어지간해서 비틀어지지 않는다고 했던가. 한껏 비틀어지고 싶어도 할 일만은 말뚝처럼 박혀 나를 기다린다고 정정하겠다. 점심 먹고 방에서 한 시간쯤 토익 공부하다 내려온다. 할머니가 마신 커피 컵을 씻는다. 식탁 구석 간식 상자에서 모나카 하나 챙겨서 버스를 타러 나간다. 아르바이트하는 식당으로 들어가 일하고, 저녁 타임에 죽도록 일하고, 또 일하고, 죽도록 마감 치고, 버스를 타고 돌아온다. 그런 내 일과는 지옥이 들어와도 변하지 않았다. 다행일까. 내가 악인이었다면 삶이 바뀌었으려나. 지옥에 떨어진 악인들이 이런 잔혹한 형벌을 받는다니. 죄를 뉘우치고 남은 생은 불우한 이들과 나누며 살아가겠습니다! 하고 말이야. 내가 더 똑똑한 인간이었다면 지옥 투어 관광코스라도 개발했겠지. 어떤 사람들한테는 단테의 신곡 코스 2시간 투어, 어떤 사람들에게는 그 유명 영화에 나온 도산지옥 30분 투어 같은 거. 그런 잡

생각으로 (써먹을 데가 생길지 확신할 수 없는) 토익 공부 시간을 훌쩍 날려 보낸 뒤, 나는 아르바이트용 검은 슬랙스에 몸을 구겨 넣고 계단을 내려왔다.

"할머니, 나, 일 다녀올게!"

할머니는 대답하지 않았다. 마실 나갔나? 커피 컵을 정리하려고 부엌에 들어섰을 때, 나를 맞이한 건 커피 컵이 아닌 예쁜 유리잔이었다. 할머니가 장식장에 모셔두는 건데 이게 왜 나와 있어? 처음에는 할머니가 냉커피라도 타 놓은 줄 알았다. 하지만 가만보니 달콤 고소한 냄새가 풍겼다. 얼음 동동 띄운 미숫가루다. 얼음 가장자리에 각이 잡힌 걸 보니 만든 지 얼마 안 된 게 분명했다.

"할머니? 할머니, 이거 뭐야? 마시려고 타둔 거야? 버려도 돼?"

'버려도 돼?'라는 말을 듣자마자 할머니가 등짝 때리려 달려 나올 줄 알았는데, 대답은 들리지 않았다. 그 대신 유리잔 바닥에 붙어 있던 종이가 툭 떨어졌다. 메모지였다.

[출근하기 전에 당 채우고 나가기♡]

와, 이게 뭐야? 할머니 글씨는 아니다. 하지만 할머니가 세입자들에게 이런 거 적어달라고 부탁할 사람은 아닌데. 혹시 뭐든 비벼 먹는 그 남자인가? 하지만 지옥의 죄수들이 우리 집 부엌을 건드릴 수 있다면 그따위로 먹고 살지는 않겠지. 웩……, 그거 잠깐 생각했다고 입맛 떨어지네.

버릴까 생각했지만, 역시 멀쩡한 걸 버리는 건 거부감이 든다.

어차피 저녁도 일 끝나고 밤에 먹게 되니 간식을 미리 먹어둬야 했다. 냄새는 괜찮았다. 맛도 괜찮을지 보려고 잔을 정말 조금 기울였는데, 혀가 닿자마자 멈출 수 없게 되어버렸다. 맛있네. 엄청나게. 아래에 땅콩 가루도 깔려 있어. 컵에 가득 담긴 미숫가루가 순식간에 뱃속으로 흘러 들어갔다.

빈 유리잔을 정리하는 동안 미숫가루를 만든 흔적을 부엌 곳곳에서 발견할 수 있었다. 설탕통이 반은 비었네. 땅콩 가루는 어디에서 구해 넣었나 했더니 율무차를 한 봉지 까 넣으셨구먼. 할머니가 의외로 센스가 있어…… 하는 순간, 난 쓰레기통 앞에서 얼어붙었다. 율무차 포장지가 비닐 분리수거함 대신 쓰레기통에 들어 있었다. 할머니가 뒷정리를 이렇게 했을 리 없는데. 그럼 내가 마신 미숫가루, 할머니가 만든 게 아닐 가능성이 크잖아. 소름이 돋는다. 달고 맛있었던 미숫가루가 내 내장 속에서 춤을 추는 것 같다.

하지만! 지금 바로! 언덕 아래로 내려가서! 출근해야 한다고!

토할 시간도 없고 범인 찾을 시간도 없어! 밖에서 쓰러지면 누가 발견하겠지. 차라리 직장에서 쓰러지면 좋겠다. 거긴 목격자도 많고 CCTV도 고화질로 돌아가니까.

그렇게 나 자신을 위로해보지만, 가방끈을 쥔 손은 어느새 긴장으로 차가워졌다. 복도에서 누가 소리를 질러도, 할머니 멱살을 쥐려 해도, 대문 앞에 대자로 눕는 인간이 있어도, 심지어 지옥이 집안에 떨어져도 두려워해 본 적은 없는데. 대문을 박차고 나오는 내 불안감을 아는지 모르는지, 한숨을 쉬자 달콤하고 고소한 냄새가 코끝을 간지럽혔다. 달콤한 걱정은 처음이었다.

03
본인용 사후 지옥 회피권
VS 선물용 지옥 초대권

미숫가루의 구성 성분에는 별문제가 없었다. 하지만 버스에서 내릴 때 뱃속에서 출렁이는 액체가 작은 재앙의 시작을 알렸다. 좀 많이 마시긴 했지. 일하면서 화장실 다녀오는 것도 눈치 보이는데, 옷 갈아입기 전에 미리 들러야 하나.

그러나 먹자골목으로 꺾어 들어가자마자 시커먼 그림자가 내 앞길을 막았다.

"어, 누나! 지금 출근하시나 봐요?"

닭갈비집에서 같이 아르바이트하는 승빈이였다. 그 들뜬 목소리가 반갑지 않게 느껴지기는 처음이다.

"안녕. 안 들어가고 뭐 해? 누구 기다려?"

"저도 출근하는 길이에요. 이제, 들어가야죠."

"그래."

"음, 어, 가방 들어드려요?"

"왜, 나 피곤해 보여?"

"아뇨, 아뇨! 어, 점심 드셨어요?"

승빈이는 옆에서 어쩔 줄 몰라 하면서도 나와 일정 거리를 유지하며 걸었고, 덕분에 난 미리 화장실에 들를 타이밍을 놓쳤다. 불길한 예감은 항상 들어맞는다. 걱정이 문제를 만드는 걸지도 모르지. 화장실에 다녀오는 시간은 고작 5분. 하지만 고객들의 '저기요'가 백만 개쯤 쌓이기에는 충분한 시간. 내가 자리를 비운 동안 다른 직원들의 일감이 자잘하게 쌓였고, 매장 매니저는 고개를 갸웃거렸다.

"서주 씨, 오늘따라 자리에 잘 안 보이는 것 같네."

매니저가 딱 한 문장 흘리고 지나갔고, 같이 아르바이트하는 모카 언니가 가볍게 내 옆구리를 툭 쳤다.

"신경 쓰지 마. 자기가 직원들 완전히 꿰고 있는 줄 안다니까."

"고마워요, 언니."

"근데 너, 오늘 컨디션 안 좋아 보이긴 한다. 무슨 일 있어?"

'아주 큰일이 생겼지요. 우리 집에 지옥이 들어왔어요!'라고 상담할 수는 없겠지. 누가 만들었는지 모를 미숫가루를 마셔서 불안하다는 말은 꺼낼 수 있겠지만, 우린 그 앞뒤에 얽힌 자잘한 맥락까지 주고받을 사이는 아니다. 나는 고개를 저었다.

"점심으로 먹은 반찬이 좀 갈락 말락 하더라고요. 그것 때문에 불안해서 그런가 봐요."

"혼자 꾹 참다가 쓰러지지 말고, 못 견디겠으면 바로 이야기해."

"저 오늘 쓰러지면 절대 꾀병 아니니까 119 불러주세요."

"아하하, 당연하지! 승빈아, 서주 쓰러지면 네가 업고 요 앞까지 나가라."

어느새 옆에서 듣고 있던 승빈이가 바로 고개를 끄덕였다. 뭐라고 대꾸해야 할지 몰라서, 난 어색하게 웃다가 다른 손님의 '여기요'를 향해 자리를 피했다.

저녁 식사 시간대의 폭풍이 지나간다고 한가해지지는 않는다. 마감 시간이 다가올수록 취해서 바닥을 기어 다니는 인간들이 하나둘은 나오기 때문이다. 취객 한 명을 앉혀놓고, 조금 덜 취한 취객의 동료가 택시를 잡고 오겠다며 가게를 나갔다. 그리고 20분째 돌아오지 않고 있다. 나는 대걸레를 쥐고 한참을 기다리다가 결국 취객의 주변만 닦았다. 동료에게 버림받은 취객은 가게 문을 잠글 시간에야 눈을 떴다. 아직 정신 못 차리는 것 같은데…… 별수 없이 취객에게 물 탄 사이다를 조금 먹인 후, 승빈이가 부축하게 하고는 택시 정류장으로 향했다. 나는 승빈이 짐을 챙겨 나와 문간에 기대어 섰다.

먹자골목에서부터 큰길까지 이어지는 풍경은 한결같다. 제정신으로 웃으며 헤어지는 사람들과 이미 취한 사람들의 택시 쟁탈전. 1차까지는 웃으며 마셨지만 2차에서 멱살을 잡게 된 사람들의 싸움. 그 뒤로 노래만 하는 게 아닐 듯한 노래방 광고 풍선들이 사방에서 부풀어 오른다.

얼마 지나지 않아 승빈이는 곧 마지막 싸움을 끝낸 용사처럼 귀환했다. 얼룩진 셔츠를 벗어 목에 걸고 울상이 된 채로. 나는 잠깐 가게로 들어가 가게 유니폼 셔츠를 건넸다.

"와! 누나, 기다려주신 거예요?"

"짐 두고 문 잠글 수는 없잖아. 근데 너도 참 착하다. 나 같으면 가게 앞에 앉혀두고 퇴근했어."

"왜요, 누나도 착해요. 지금 저 기다려서 챙겨줬잖아요."

"어……."

말문이 턱 막혔다. 비꼬는 소리 같던 내 말과 달리, 승빈이는 진짜 칭찬을 돌려준 것 같아서. 어떻게 대답해야 하지? 내가 뭐가 착하냐고? 짧은 침묵이 '대화 끊김'으로 이어지기 바로 직전, 승빈이가 입을 열었다.

"그래서, 그……, 고마워서 그러는데, 제가 뭐라도 사드릴……."

"오, 서주 아직 안 갔네? 잘 됐다!"

그때 어디선가 들려 온 상쾌한 목소리가 승빈이의 다 기어들어가던 목소리를 뒤덮었다. 모카 언니였다. 언니는 자연스레 내 팔짱을 꼈다.

"저쪽 골목에서 싸움 나서 완전 살벌해. 같이 좀 지나가……. 어! 승빈아, 택시 타러 간 거 아니었어?"

"그게……."

"어……."

승빈이와 언니가 어색한 시선을 교환했다. 어색해질 게 뭐 있어. 나는 가방을 고쳐 맸다.

"승빈이, 수고했어. 잘 들어가. 언니는 저랑 가요. 어디 싸움 났다고요?"

"아, 아니다! 서주야, 우리 셋이 한잔할래? 너, 아까 매니저한테 까여서 기분 안 좋잖아."

옆에서 승빈이가 고개를 힘차게 끄덕였다.

"네! 그러고 보니 저희 회식할 때 빼고 같이 마신 적 없지 않아요?"

"그러게. 서주야, 내가 살게. 맥주 마시면 소화도 잘될 거야."

과학적 근거는 없지만 심리적 근거만은 충분한 주장이다. 하지만 나는 그 시원한 권유를 따를 수 없었다.

"늦게 들어가면 할머니한테 혼나요."

"버스 끊길 때까지 마시자는 것도 아닌데?"

"완전 조선 시대 분이라, 평소 일과에서 조금만 달라져도 남자 생겼냐고 난리가 나신다니까요."

"너무하시네. 요새 고등학생 부모도 그러진 않겠다."

모카 언니는 입술을 삐죽였지만 더 이상 권하지는 않았다. 승빈이는 눈썹을 축 늘어뜨린 채로 우리를 뒤쫓았다. 나름 끝까지 바래다주려는 모양이다. 모카 언니가 '어이구, 착해. 어구, 착해.'라며 강아지 어르듯 웃으며 말했다.

　　"역시 승빈이가 토템이네. 승빈이 오니까 꼬리 말고 내빼잖아. 남색 잠바 보여? 머리카락 덥수룩하고"

　　"아, 저 어깨 넓은 남자요?"

　　"응. 저 사람이 취객 지갑을 슬쩍하다 걸렸나 봐. 근데 주먹 한 번 맞고 나자빠지더니 괜히 지나가는 여자들만 골라 노려보는 거 있지."

　　승빈이가 혀를 찼다.

　　"찌질하네요."

　　그자는 골목을 떠나는 와중에도 찌질했다. 행인의 시선이 제 얼굴을 스칠 때마다 그쪽을 돌아보며 외친다. 먼 거리에서도 목소리에 묻어나는 알코올 냄새와 열등감만은 또렷했다.

　　"구경났어? 뭘 봐?"

　　승빈이가 그쪽을 보며 끼어들지 말지 고민하는 것 같다. 착해도 너무 착한 녀석. 난 승빈이의 옷소매를 잡아당겼다.

　　"너, 지금 가게 유니폼 입고 있다. 무슨 뜻인지 알지?"

　　뜯어말리러 갔다가 시비 걸리면 내일은 진짜로 감당 못 할 손님이 가게에 찾아오게 될 거다. 다행히도 근처 가게 직원이 나와서 남색 잠바를 노려보았다. 놈은 넓은 어깨를 움찔 떨더니 제 갈 길로 돌아갔다. 먹자골목 안쪽, 호객용 풍선이 너울거리는 모텔촌과 여관 골목으로. 우리 셋 다 안도의 한숨을 쉬었다.

"별꼴을 다 보네. 그럼 너희 둘, 조심해서 들어가!"

"네, 언니도 잘 들어가요. 승빈이, 내일 올 때 유니폼 챙겨오고."

"네, 누나. 들어가다 무슨 일 있으면 바로 연락해요!"

"말만이라도 고맙네."

"말뿐인 거 아니거든요! 진짜!"

승빈이는 곧 팔랑거리는 발걸음으로 지하철역 계단을 내려갔다. 나는 아까의 그 골목을 돌아보았다. 남색 잠바는 시야에서 사라진 지 오래다. 하지만 머릿속은 아까 본 뒷모습을 붙잡아 옛 기억 옆에 세우고 있다. 할머니의 둘째 아들, 정효섭 씨의 마지막 뒷모습이 저렇지 않았던가. 할머니가 고이 모셔둔 잠바에 억지로 어깨를 쑤셔 넣어, 등판에 팽팽한 줄이 가 있던 꼴이 아직도 머릿속에 남아 있다. 설마 저 등판이 그 등판일까. 제발 착각이었으면 좋겠다. 70년대 드라마에서나 나올 법한 모자 싸움에 또 등 터지는 건 사양하고 싶어.

누군가 버스 정류장 구석에서 토하는 소리를 애써 무시하며, 나는 버스에 올라탔다. 버스는 폭발 직전의 재떨이처럼 빽빽하다. 사방에서 피로에 절은 냄새가 난다. 나는 입을 틀어막고 내일 공부해야 할 범위를 곱씹었다. 복학하면 죽어도 장학금은 타야 한다. 어쨌든 돈과 공부를 생각하는 게 지옥의 축소판 같은 밤거리를 보는 것보다는 나았다. 그리고 집에 돌아와 생각을 바꿨다. 죄송합니다. 제가 지옥을 과소평가했습니다. 감히 밤거리 정도를 지옥이라 불러 죄송합니다!

복도에 들어서자마자 제일 먼저 마주한 건 혀를 길게 빼물고 기어서 도망가는 사람이었다. 그가 지나간 자리에는 달팽이가 지나간 듯 침이 넓게 번들거렸다. 쟁기를 문 소가 천천히 그 뒤를 쫓았다. 나, 저거 학습만화에서 본 적 있는 것 같아. 거짓말한 사람 혓바닥에 농사를 짓는 지옥이 있다던가. 죄수를 따라잡은 소가 발바닥을 핥았다. 희한한 비명이 복도를 갈랐다. 소는 이제 도망자를 끌고 걸었고, 도망자는 복도에 긴 손톱자국을 남겼다. 지옥의 세입자들이 남긴 흔적은 길어야 하룻밤 정도면 사라진다. 하지만 내 기분에는 흔적이 남는다.

괜스레 소름이 돋아, 나는 양팔을 문지르며 남겨진 손톱자국을 조심히 넘었다. 소는 문을 닫을 줄 모르니, 소가 돌아간 지옥의 소리가 복도에 생중계되고 있었다. 괭이를 쥔 죄수가 도망쳤다 끌려온 다른 죄수에게 삿대질을 하며 외쳤다.

"당신만 도망가면 난 어쩝니까! 겨우 뿌리내린 거 다 엎어졌잖아요. 혀는 계속 대고 있으셔야지!"

"으, 으, 으……."

도망자가 뭐라 대꾸했지만 죄수들에게는 씨알도 먹히지 않았다. 농사짓는 죄수가 괭이를 혓바닥 위로 내리찍으려 할 때쯤 나는 문을 닫았다. 지옥이 원래 그런 건지, 아니면 적절한 크기의 부동산을 얻은 뒤에야 창의력을 발휘하는 건지는 모르겠지만, 지옥의 형태는 정말 다양했다. 할머니가 나를 가르치기 위해 빌려 오던 동서고금의 지옥 이미지는 댈 것도 아니었다.

흰옷을 입은 죄수들이 모여 중얼거리는 방도 있다. 그들은 고장 난 녹음기처럼 굴었다. 말하는 문장은 간단했다. '오늘은 아침부터 화창하네요. 점심은 맛있게 먹고 나왔어요? 그럼 다음에 또 뵐 때까지 건강하세요!' 하지만 반복하다 보면 한 명쯤은 문장을 잘못 말하기 일쑤다. 죄수들의 표정이 동시에 일그러지고, 그들의 귀에 웬 이어폰이 들어간다. 죄수들은 이어폰을 뽑으려고 귀를 후벼 파다가 하나둘 주저앉기 시작한다. 그들이 지옥의 이어폰에서 무엇을 들었는지, 나는 알 길이 없다.

의자 빼앗기 게임을 하던 방도 있었지. 순해 보이는 사람이 의자를 누군가에게 양보했다. 그리고 얻어맞았다. 그 딸로 보이는 죄수가 제 엄마의 멱살을 잡고 외쳤다. 엄마는 왜 언제나 내 것을 양보하면서 당신이 생색내냐고.

눈밭을 먹던 사람도 있었다. 정확히는 눈밭에서 어떤 물건을 찾나 본데, 먹는 것 이외에는 방법이 없나 보다. 그는 눈덩이를 모아 식도로 꾹꾹 밀어 넣었다. 죄수가 식도가 얼어붙는 고통으로 울 때마다 눈물은 얼어붙어 다시 방을 눈으로 채웠다. 내가 방문을 닫았을 때 토하는 소리가 들렸다. 그리고 우르릉거리는 진동 후 누군가가 눈사태에 파묻히는 소리도.

어떤 형태의 지옥이든 정신건강에 좋지 않다는 건 확실하다. 악당이 죗값을 받는 순간은 통쾌하지 않냐고 생각하는 사람도 있을지 모르겠지만, 난 저 사람들이 생전에 무슨 악행을 저질렀는지 모른다고. 통쾌함을 즐기려면 그 전에 삶은 고구마처럼 갑갑한 이야기가 필요하잖아. 그렇다고 지옥행을 약속하는 강력범죄 이야기로 인류애를 잃고 싶은 마음도 없다.

방문이 잘 닫혀 있나 복도를 돌며 점검하던 중, 살짝 열려 있는 방을 발견했다. 문을 닫으려는 찰나, 안에서 친숙한 목소리가 들렸다.

"죄송합니다. 죄송해요. 잘못했어요. 다시는 그러지 않을게요. 이번엔 좀 봐주세요……"

이렇게 생기 있는 죄수 목소리는 처음 들어본다. 그게 신기해서 방문을 열어보았다. 방 한가운데 누군가가 넙죽 엎드려 있었다. 그 앞에는 웬 남자가 곡괭이를 치켜들고 있는데, 그 남자의 등에는 낫이 꽂혀 있고, 낫 손잡이를 쥔 사람의 등에는 또 톱이 꽂혀 있고, 그 뒤에는…… 그런 식으로 지옥 안쪽까지 줄줄이 사탕이다. 아직 곡괭이 꽂을 자리를 찾지 못한 남자가 목소리를 높였다.

"죄가 있기는 있는 모양이구나! 너는 네가 살겠다는 핑계로 누구를 해쳤느냐?"

"저, 저는, 그래도 남들보단 우리 애들 잘 챙겨주는 편이에요!"

"헛소리하지 말고!"

"데, 데려와서 증언시킬 수도 있어요! 아이고, 염라대왕님, 제가 이 이른 나이에 심판받을 줄 알았으면 진작 봉사도 다니고……."

엎드린 사람이 꺼이꺼이 울기 시작했다. 남자는 곡괭이를 더 위협적으로 치켜들었지만……, 이거, 뭔가 좀 이상한데.

나는 방에 들어가 엎드린 사람의 등을 두들겼다.

"저기요."

"히이익?"

등에 곡괭이라도 떨어지는 줄 알았는지, 그녀는 허공에 손을 내저으며 소스라쳤다. 나는 그 손을 꽉 쥐며 말했다.

"저예요, 서주."

"어, 어?"

"김 사장님 맞으시죠?"

2층 끝방의 세입자. 그녀가 눈물이 얼룩진 얼굴로 고개를 끄덕였다.

"좀 웃기는 질문인데, 혹시 죽으셨어요?"

"아, 아아아니! 아니, 죽었나 했는데. 자기, 내 볼 좀 꼬집어……. 아악!"

"살았네요. 나가죠."

"저, 저건 뭐야? 아니, 방에 들어오자마자 눈앞이 번쩍하길래, 이놈의 집이 드디어 무너진 줄 알았지."

"아직 안 무너졌어요."

곡괭이를 든 죄수, 그 뒤로 낫을 든 죄수, 그 뒤로 톱을 든 죄수…… 등등의 죄수들이 부채가 펴지듯 허리를 들어 우릴 바라보았다. 난 곡괭이를 쥔 죄수를 향해 고개를 저었다.

"이분은 죄수 아니에요. 산 사람이에요."

"뭐? 젠장, 그럼 왜 죄가 있냐고 묻자마자 큰절을 해? 찔리는 거 많은 모양인데, 그냥 죽여서 나 줘! 나, 나 빨리 이거 꽂아야 해!"

죄수가 덜덜 떨리는 손으로 곡괭이를 들어 올렸다. 아무래도 다른 죄인의 등짝만이 저 흉기의 무게를 나눌 수 있는 유일한 해답인 모양이다. 김 사장이 잔뜩 졸아서는 내게 매달렸다.

"자기야, 나, 나, 죽일, 응? 두고 갈 거, 아니지?"

그 손에 들린 담배꽁초를 보니 두고 가고 싶어지는데? 김 사장, 2층 자기 방 놔두고 왜 여기 왔나 했더니 한 대 피우러 들어왔구나. 김 사장은 뒤늦게 내 시선을 눈치채고 담배를 바닥에 버렸다. 아니, 그게 아니죠. 나도 모르게 미간이 좁아졌고, 김 사장은 어쩔 줄 몰라 하다가 담배를 주워 제 주머니에 쑤셔 넣었다. 이 꼴 보려고 온 건 아닌데.

괭이를 든 남자가 다시 외쳤다.

"빨리!"

"수고하세요."

나는 김 사장을 끌고 방을 나섰다. 그녀는 거의 구르듯 방을 빠져나왔다. 문을 닫자 복도의 싸늘한 공기와 함께 침묵이 돌아온다. 김 사장은 겨우 현실감각을 되찾았는지 다리를 덜덜 떨며 일어섰다.

"여기, 어디야. 3층 맞지? 아, 아아, 진짜 죽어서 지옥 간 줄 알았잖아!"

"찔리는 건 있으신가 봐요. 거긴 왜 들어가셨어요?"

"빈방인 줄 알고……."

빈방은 흡연 구역이 아닙니다. 사고방식이 다른 인간에게 목소리 높이기도 귀찮아서 난 마당을 가리켰다.

"나가서 피우세요."

"그게 문제야? 저거, 방금 저거 뭐였어?"

"할머니가 새 세입자 구했다고 말씀드렸잖아요. 이제 빈방 없으니 조심하세요."

"조심하라니, 누가 남의 방 잘못 들어갔다가 칼 맞을까 봐 조심해? 그런 집이 어디 있어!"

맞는 말이다. 담배 피우러 빈방에 들어가는 사람만큼이나 비상식적이지. 슬슬 제정신을 차리는 김 사장의 목소리도 점점 날카로워졌다.

"어쩐지 요새 자꾸 비명이 들리는 거야. 난 집 근처에서 누가 사람 잡는가 했지. 새 세입자들 대체 뭐야? 사이비 종교집단 같은 거 아냐?"

"그건 저도 몰라요. 계약은 할머니가 하셨어요."

"남의 이야기 해? 여기 너희 집이고, 그 양반, 미워도 고와도 너 키운 할머니다. 피 안 섞인 사이라고 좋을 때만 가족이라 부르는 거 아니야."

"예, 예. 본인 방만 쓰시면 문제없을 거예요. 이만 들어가셔서⋯⋯."

"내가 지금 갑질해? 월세 내잖아, 월세! 돈 내는 사람 나밖에 없는 거 빤히 아는데!"

드디어 머리에 퓨즈가 끊기셨나. 앞뒤가 안 맞는 소리를 하는 것도 모자라 헛소리까지 하시네.

"새 세입자 우르르 들어왔어요."

"⋯⋯아."

물론 지옥에서 월세를 꼬박꼬박 내는지는 모르겠지만, 지금 김 사장 입만 닥치게 할 수 있다면 상관없다.

난 겨우 좀 조용해진 김 사장한테서 몸을 돌렸다.

"주무세요."

"경찰 불러도 돼?"

뭘 부른다고? 피가 식는 기분으로 뒤돌아보니, 김 사장이 한쪽 입꼬리를 끌어올리고 있었다.

"나, 저 미친놈에게 칼 맞을 뻔했다고 경찰 부른다?"

"사장님, 경찰 부르면 사장님도 좋을 거 없는 거 알아요."

"알 게 뭐야."

허세다. 김 사장이 여기 세 들어 사는 건 자기 집에 돌아갔다간 옛 원수들에게 멱살 잡힐까 봐서잖아. 갈 데 없는 거 뻔히 안다고. 그걸 알면서도 손이 떨렸다. 안 돼. 경찰을 부르면 이 집은⋯⋯.

바로 그 순간, 김 사장 등 뒤에서 익숙한 목소리가 터져 나왔다. 할머니였다.

"한밤중에 굿해? 빨리 잠이나 자러 가!"

"꺅! 어, 어르신. 아니, 제가 잠깐 아가랑 할 이야기가 있어서요."

"엊그제 태어난 애랑 뭔 이야기를 한다고. 서주, 넌 들어가. 제시간에 못 자면 빈방에 잡귀 들어온다고 몇 번을 말해!"

한 번도 믿어본 적 없는 미신이지만 지금 이 순간만은 믿기로 했다. 나는 예의 바르게 고개를 숙였다.

"안녕히 주무세요, 사장님. 잘 자, 할머니."

"야, 어딜 가!"

"집 무너지게 소리 지를 거면 돈 내고 소리 질러!"

"아니, 어르신. 그게⋯⋯."

더 들어줄 것도 없지. 나는 계단을 내려와, 혹시나 또 열린 문이 없는지를 확인했다. 방문은 다 닫혔다. 문제는 부엌. 경첩 하나가 망가져 자꾸 대각선으로 기울어지는 싱크대 서랍장에서⋯⋯ 나는 봤다. 누군가가 눈물이 그렁그렁한 눈으로 중얼거렸다.

"살려주세요……."

착해 보인다. 물론 의미 없는 생각이다.

"어떤 죄를 지으셨어요?"

"……아무리, 그래도 그렇지."

죄수는 억울하다는 표정을 지었다. 그러고는 피가 줄줄 흐르는 입을 틀어막으며 지옥으로 되돌아갔다. 죄수의 발걸음을 따라 와삭와삭 소리가 들렸다. 부서진 경첩 위를 맨발로 걸어야 하는 지옥은 어떤 죄인을 위한 지옥일까.

방에 들어가기 전, 나는 잠깐 위를 올려다보았다. 지옥의 풍경을 맞닥뜨렸을 때, 자신이 죄인임을 확신하고 무릎을 꿇던 세입자가 어떻게든 할머니와의 말싸움에서 안 지려고 노력하고 있다.

나는 내가 지옥에 갈 만한 인간이라고 생각한 적은 없지만, 지옥에 끌려갔을 때 '나는 무고한 인간입니다'라고 악마를 설득할 자신 또한 없다. 게으름 피운 자, 욕설을 한 자, 부모 가슴에 대못을 박은 자, 거짓말을 한 자 등등 그 모두에게 맞춤형 지옥이 준비되어 있다면, 대체 이승의 사람 중 어떻게 살아가는 사람이 지옥을 피할 수 있을까.

가끔 그런 생각도 한다. 동서고금을 막론하고 인간들이 지옥을 상상했던 건, 지옥에 보내고 싶은 인간이 있기 때문이 아닐까.

우주가 나 대신 복수해준다니, 좋잖아. 세상 어딘가에는 나를 위한 지옥을 상상하는 사람도 있을까? 어디의 누구일지는 모르겠지만 소용없어요. 내 지옥은 여기 있으니까.

　나는 세입자와 할머니의 목소리를 피해 문을 닫았다. 방음이 형편없는 문 너머로 두 사람의 언쟁은 지옥의 신음처럼 뭉개진다.

04
비유로서의 지옥과
실제 지옥의 차이

아침나절 집은 나름 평화로웠다. 그러나 장 좀 보고 돌아오니 집에는 지옥 같은 광경이 펼쳐져 있었다. 사방이 흙 발자국투성이고, 거의 피우지도 않은 담배꽁초가 굴러다니고, 공용 화장실 세면대에는 담배를 눌러 끈 듯한 자국이 얼룩덜룩하다. 설마설마하며 물을 틀어보니 배수구도 세면대부터 욕조까지 제대로 막혔다. 진짜 지옥의 흔적이겠지? 좀 성질 더러운 죄수가 더럽히고 지나간 거지? 그래야 해. 몇 시간만 지나면 사라질 거야. 이걸 내가 직접 치워야 하는 게 아니라고 해줘. 그래도 그렇지, 어떤 죄수가 이래 놨어…….

세면대 앞에서 현실 도피 중인 나에게 할머니가 답을 주셨다.

"김 사장, 나갔다."

"네?"

"아침에 짐 챙겨 나갔어. 망할, 마지막으로 변기 물도 안 내리고 갔더라."

"변기 물만 문제가 아닌데?"

"치워."

"네."

난 바로 청소도구와 락스를 창고에서 꺼내왔다. 그동안 할머니는 커피를 타 와서는 복도에 앉았다.

"누구한테 세를 줬냐고 꼬치꼬치 캐묻더라. 너한테도 물어보던?"

"응. 난 모른다고 했지."

"왜 모른다고 해? 난 대답해줬는데."

"지옥이라고 말해줬다고? 믿어?"

"노망난 거 아니냐고 하기에 옆방에 끌고 가 직접 보여줬다."

할머니, 그랬다가 그 인간이 경찰 불렀으면 어쩌려고요!

"그래서? 보여주니까 믿어?"

"지가 안 믿고 배겨? 집구석에 이런 걸 함부로 들이면 되냐, 안 되냐 계속 따지기만 하더라."

"맞는 말인데."

"맞긴 뭐가 맞아! 그게 왜 위험해? 죄지은 게 없으면 어딜 가도 떳떳하지. 나 봐라. 법에 안 기대고도 잘 살잖냐."

　하지만 죄라는 게 위법 여부만 따지는 건 아니잖아요. 동서고금의 지옥 이야기를 보면, 10년 전 하굣길에 불량식품 안 사 먹었다고 거짓말한 것도 죄가 될 것만 같다고요. 게다가 어젯밤 일도 께름하게 떠오른다. 지옥의 재판관이 내게 이렇게 묻는다면 어떻게 될까. '너는 어젯밤, 불의에 맞서려는 동료에게 나서지 말라고 훈계했다. 선한 일을 행하지 않는 것도 모자라 왜 타인의 선행까지 막는 것이냐? 네 동료가 극락에 가지 못한 것 또한 네 책임이다!'

　미안하다, 승빈아. 하지만 너는 착하니까 천국 가지 않을까?

　"귓구멍 막혔어?"

　"듣고 있어!"

　"너는 걱정할 거 없다. 내가 널 얼마나 곱게 키웠는데. 응? 너처럼 말 잘 듣는 애도 얼마 없어. 내가 하지 말라는 거 잘 지키면 괜찮아."

　"응……."

　"아무 일 안 생겨. 응, 누가 너 끌고 갈 일 없다……."

　'끌고 간다'라는 말을 할 때부터 할머니의 시선은 허공을 향했다. 나에게 하는 말로 시작해놓고, 그 이야기의 절반은 예전에 죽었다는 장남을 향해 흘려보내는 모양이다.

　나는 껍데기만 남은 듯한 할머니를 끌어다 의자에 앉혔다. 다행히도 몸은 따듯했다. 어째 정신을 놓는 기간이 더 짧아진 것 같지만, '그날'을 떠올린 거라면 어쩔 수 없지.

내가 이 집에 오기도 전인 아주 옛날, 경찰이 할머니의 장남을 끌고 나갔다고 한다. 이 이야기는 지금은 없는 세입자들을 통해 단편적으로 들었다. '멍청하고 썩을 놈인 차남 정효섭과는 달리, 장남 정준섭은 똑똑하고 썩을 놈이었다. 할머니에게 들키지 않고 기둥뿌리 뽑아서 집을 나갔고, 몇 년 뒤에는 숨겨주기만 해달라고 기어 들어왔다. 하지만 경찰과 형사가 문을 뜯고 들어와서는⋯⋯.' 그 이후로 끝. 설마 사형당했냐고 물어보니 세입자들은 웃음을 터트렸다. 그럴 깜냥도 없는 놈이고, 출소 후 할머니를 볼 면목이 없었는지 다시는 집에 돌아오지 않고 떠돌다 죽었다나. 그것도 교통사고 자해공갈 실패로. 하지만 할머니에게는 웃지 못할 이야기.

그 때문에 할머니는 경찰을 두려워한다. 김 사장도 이 집에서 제법 오래 살았으니 할머니가 경찰 무서워하는 건 알겠지. 새삼 생각하니 또 짜증 나네. 자기도 꿀리는 거 많으면서 어디서 협박이야. 난 그 인간 팔뚝으로 배수구를 뚫는 상상을 하면서 욕실 벽까지 청소했다. 창문까지 활짝 열고 나오자, 어느새 초점이 돌아온 할머니는 빈 물컵을 내려놓으며 말했다.

"내 말 알아들었지?"

당연히 못 들었지. 청소하느라. 하지만 할머니가 했을 말은 뻔하다.

"잘 들었지. 곱게 곱게 선 안 넘기고 살라며."

"그래, 넌 잘 살 거야. 말도 잘 듣잖냐. 요즘 교복 입은 것들이 밤에 돌아다니는 거 보면 심장이 얼마나 벌렁거리는지 몰라."

"스무 살 넘기면 밤에 돌아다녀도 되고? 나, 어제도 열 시 넘어서 들어왔는데?"

"너는 돈 벌잖냐. 바지런하고 참 착하지."

산삼만큼 귀한 할머니의 칭찬. 그러나 뿌듯한 시간은 짧다.

"회사에서 상사가 너 예뻐하지? 똑 부러지고 부지런하다고."

"……그렇지, 뭐."

"잘 해. 윗분들에게 인사 꼬박꼬박하고. 네 책상도 항상 빤들빤들 닦고."

할머니가 진지한 눈으로 강조했다.

"노인네 잔소리라고 웃어넘기지 마. 이건 수십 년 지나도 마찬가지야."

나는 입만 벙긋하고 웃으며 고개를 끄덕였다. 할머니와 함께 산 10여 년간 하고 싶은 말은 많았다. 그만큼 그분을 이해시킬 자신이 없어 삭혀 없앤 말들도 많다.

할머니는 내가 회사원이라고 생각한다. 할머니가 생각하는 '맞는 길'로 갔으면 대학 졸업하고 취직했을 나이니까. 할매 쌈짓돈 털어 입학한 대학을 졸업도 못 했고, 장학금을 못 받아 휴학 중이며, 닭갈비집에서 아르바이트 중이라는 걸 할머니는 모른다. 말해도 이해할 수 없을 것이다. 할머니, 매일 오후에 출근해서 양념 냄새 풍기며 밤에 퇴근하는 회사원이 어디 있어요. 왜 이리도 순진하실까. 뭐, 대학교만 들어가면 이 집에서 탈출해 멋지게 살 수 있을 거라 믿었던 과거의 나도 순진하지만. 당장 신경 써야 하는 건 오늘을 살아남는 것.

"응, 할머니 믿지. 지옥 안 떨어지려면 할머니 말 잘 들어야지."

"그렇네. 역시 지옥이 코앞에 있으니 애가 빠릿빠릿해지네."

"근데 요새는 이승도 무섭더라. 어제 퇴근길에 회사 앞에서 누가 싸우는 거 봤는데, 완전 살벌했어."

둘째 아들 이야기를 꺼내보려고 슬쩍 운을 띄웠다. 다짜고짜 '혹시 그 새끼가 집에 왔어?'라고 물어보면 할머니가 목덜미 잡고 쓰러질지도 모르잖아. 첫 반응은 나쁘지 않았다.

"일 없는 것들일세. 넌 괜찮냐? 그런 것들은 꼭 지면 남한테 시비를 걸어."

"괜찮았어! 진짜 찌질하더라. 내 옆에 남자직원 보고 슬슬 꽁무니 빼더라니까?"

그런데 어디에서 본 것 같은 사람이더라. 왜, 할머니 둘째 아들이 장남이 입던 잠바 억지로 입고 나갔잖아. 그래서 묻는데 혹시 요즘……. 다음 문장을 바쁘게 시뮬레이션했다. 하지만 쓸 일은 없었다.

"남자? 너, 늦은 시간에 왜 남자랑 같이 돌아다녀?"

젠장, 또 쓸데없는 데 꽂히셨네!

"아니, 할머니. 그냥 회사 동료……."

"누군 시작부터 짝꿍이라고 도장 찍는 줄 알아? 퇴근 시간에 재깍 집으로 가지 않고 빨빨거리며 너 쫓아다니는 거 보니 그 자식 속도 시커멀 게 뻔하구먼!"

"어린애야. 착해!"

"어린애? 근데 군대 안 가고 뭐 해!"

오늘 대화는 글러 먹었구먼. 포기는 빠를수록 좋지. 나는 자가 발전 중인 잔소리를 능숙하게 한 귀로 흘리며 할머니 등을 밀었다. 케이블 채널 틀어드리고 방에 눕혀야지.

"자, 자. 커피 타 드려? 나, 이제 일 나가야 하는데."

"남자 보는 눈도 없는 게 어째 어른 돼서는 얌전하다 했다!"

"아참, 할머니 아까 물 마셨지. 물배 차서 안 되겠다. 그냥 TV 보러 가자."

할머니는 등을 떠밀려 복도를 걸으면서도 입을 멈추지 않았다. 내 부끄러운 일화들이 가슴을 쿡쿡 찌른다. 일부러 나를 도발하던 세입자 멱살 잡았던 거, 처음으로 생긴 남자친구랑 사랑의 도피하자고 고등학교 때 짐 싸던 거, 이 집을 비싸게 사겠다는 사기꾼이 찾아왔을 때 커피까지 내가며 대접하던 것 등등. 그래요, 할머니 혼자 갑자기 집에 굴러들어 온 어린애를 감당하긴 힘들었겠지. 그래서 할머니는 온갖 동서고금의 지옥 이야기를 빌어 와 나를 모눈종이 속에 넣어 키웠지.

다행히도 안방 TV를 켜자 할머니가 제일 좋아하는 드라마가 나왔다. 재벌가 맞선 자리, 고무장갑을 끼고 달려온 여자가 당당하게 재벌가 사모님 무릎 위에 앉아 '여긴 원래 내 자리다'라고 외쳤다. 다음 장면이 궁금한데, 젠장! 여기 쓸 시간이 없어. 할머니는 입을 헤벌리고 TV를 바라보면서도 귀신같이 말했다.

"너, 출근해야겠다."

"……다녀올게요."

"조심해라. 다, 정말 전부 다 조심해야 돼."

그 걱정만은 절절해서, 나는 정말 뭐라 표현할 수 없는 기분으로 할머니 방문을 닫았다. 젠장. 나는 앞으로 또 뭘 조심해야 해? 지옥에만 안 가면 끝일까? 대학에 돌아갈 수는 있을까? 그러면 아르바이트는? 할머니는 언제까지 정정할까? 둘째 아들놈이 돈 뜯으러 돌아오면 어쩌지? 소리 지르고 싶다. 그 마음을 억누르며 나는 부엌으로 달려 들어갔고, 할머니의 간식 상자에 손을 뻗기 직전, 또 식탁 위의 유리잔과 마주쳤다. 같잖은 메모를 동반한 미숫가루다.

[오늘도 당 충전하고 힘내기♡]

주변을 둘러보았다. 사람 그림자라고는 코빼기도 보이지 않는다. 오늘도 쓰레기통에 율무차 봉지를 버린 이 자식은 대체 누구인가. 계속 나와 함께 있었던 할머니일 리는 없다. 미숫가루는 여전히 먹음직스럽게 빛난다. 하지만 어제 화장실 오가느라 시간 잡아먹은 걸 차치하더라도, 김 사장 생각을 하니 차마 음료에 손을 댈 수 없었다. 내가 화장실 청소하는 동안 그 인간이 슬쩍 들어와서 뭔 짓을 했을지 어떻게 알아.

난 미숫가루를 싱크대 배수구에 부었다. 땅콩 가루는 왼손으로 걸러내어 음식물 쓰레기통에 던졌다. 고소한 냄새가 훅 올라온다. 땅콩만이라도 건져 먹고 싶었지만 끝났어. 됐어. 또 이상한 거 먹고 걱정하면서 일하고 싶진 않다고. 하지만 음식을 버렸다는 죄악감이 가슴 한구석을 쿡쿡 찔렀다. 게다가 누군가가 진짜 선의로 음식을 만든 거라면? 등 뒤에서 아쉬워하며 보고 있지 않을까? 나에게 악의까지 갖게 되지 않을까? 아냐, 이딴 생각 안 해도 돼. 상식이 있는 인간이면 눈앞에서 권했겠지. 이딴 스토커 같은 짓 안 하고.

머릿속으로 내 행동을 정당화하고, 손으로는 설거지하는 동안 시간은 술술 흘러갔다. 어느새 언덕을 달려갈 시각이 된 것이다. 난 고무장갑을 벗어 던지고 달렸다.

"할머니, 일 다녀올게요!"

* * *

그 미숫가루는 저주받은 게 분명해. 먹은 게 아니니 내 뱃속에는 문제가 없었다. 하지만 난 미숫가루에 정신이 팔려 설거지할 때 입었던 앞치마를 그대로 입고 나온 것이다. 급한 대로 언덕을 다시 올라가 앞치마는 마당에 던지고 내려왔다. 하지만 평소보다 조금

늦게 탄 버스는 유독 속도가 느렸고, 나는 태어나서 처음으로 지각했다. 매니저가 특유의 비꼬는 표정으로 박수까지 쳤다. 모카 언니가 욕해준 게 작은 위안이었다.

"그거 좀 늦었다고 저런다. 너, 휴식시간도 안 쓰고 일하잖아."

"어차피 휴식시간 아무도 못 쓰잖아요."

"다들 알아서 쓰거든? 너도 화장실 핑계로 나가서 친구랑 수다 좀 떨고 와. 급한 전화 왔었다고 하면 자기가 어쩔 건데. 하루에 담배 반 갑 태우는 애도 있다."

지나가던 승빈이가 괜히 손을 저었다. 입 모양을 보니 '저는 아닙니다'란다. 모카 언니가 웃음을 터트렸다.

"너, 오늘 너무 고생하는데, 끝나고 뭐라도 마실래? 집이 엄하다니 술 말고 어디 카페라도."

술이나 카페나 시간 잡아먹기는 마찬가지다. 버스 막차를 놓치면 안 돼. 하지만 오늘따라 배배 꼬인 속이 생각과 다른 답을 내놓았다.

"술, 괜찮을 것 같은데."

"어? 정말?"

"네. 맥주 한 잔이야, 뭐…… 술 냄새도 안 날 텐데요."

술 냄새가 나면 또 어때. 할머니, 지킬 거 다 지켜서 지옥 가지 말라고요? 하지만 그걸 지키는 동안 나는 대체 어디에 있는 걸까요. 다만 문제가 있다면……

"버스 막차가 열한 시라서요. 진짜 딱 한 잔밖에 못 마실 것 같은데, 괜찮아요?"

"아하하! 야, 우리 서주가 먹겠다는데 그 한 시간이라도 챙겨야지! 끝나고 차 태워줄게."

"네?"

"내가 술 먹고 차 끌겠다는 거 아니니까 쫄지 마. 아빠한테 데리러 오라고 부탁할 거야."

"그래 주시면 저야 감사하죠."

"오케이. 승빈이도 갈 거지?"

승빈이, 나간 거 아니었어? 다시 왔어? 등 뒤에서 승빈이가 헤실 웃었다. 모카 언니도 마주 웃으며 내 어깨를 툭 쳤다.

하루의 시작은 개 같았으나 끝은 깔끔하리라. 오늘은 진상 없이 제시간에 마감했다. 길거리로 나설 땐 또 누구에게 시비 걸릴까 봐 긴장했지만, 언니가 봐뒀다는 술집으로 가는 내내 밤거리는 평화로웠다. 술자리에서 승빈이가 걱정스러운 표정으로 물었다. 혹시 무슨 안 좋은 일이 생겨서, 예를 들어 누가 그만둔다거나 해서 쏘는 거냐고. 언니가 피식 웃었다.

"오늘 서주가 일진 안 좋았잖아. 이왕 하루 엉클어진 거, 끝까지 엉클어지면서 즐겁게 마치는 게 낫지 않을까 싶어서. 만약 할머니가 누가 우리 손주 꼬여냈냐고 하시면 나에게 연락하시라고 해.

새벽 두 시까지는 폰 옆에서 대기할게!"

그러면서 모카 언니는 윙크까지 날렸다. 난 웃음을 터트리며 테이블을 쳤다. 옆에서 승빈이가 한숨을 쉰다.

"모카 누나가 나보다 더 멋있는 것 같은데."

"넌 착하니까 괜찮아."

"'걔 착해'라고 하는 거, 진짜 할 말 없을 때 나오는 칭찬 아니에요? 서주 누나는 어떻게 생각해요?"

송아지 같은 눈이 나를 향했다. 나는 조금 알딸딸한 기분으로 답했다.

"사람이 착하면 일찍 죽지."

"누나……."

"괜찮아. 너무 착하게 굴려고 하면 막아줄게. 어제처럼. 착한 녀석은 오래 살아야 할 거 아냐."

말하는 나도 이게 칭찬인지 뭔지 모르겠는데, 듣는 승빈이가 해죽 웃는 걸 보면 칭찬으로 생각한 모양이다. 그럼 됐지. 알코올이 들어가면서 곳곳에서 누구 것인지도 모를 웃음이 터졌다. 오래간만의 술자리는 정말 즐거웠다. 그리고 그만큼, 시간은 솜사탕 한 줌보다도 빨리 녹아 사라졌다.

승빈이가 내 눈치를 보기 시작했을 때, 나는 내가 계속 시계를 쳐다보고 있단 걸 깨달았다. 어느새 열두 시다. 막 나가자니 새삼 불안해져서 할머니에게 늦어진다는 문자는 보냈지만, 그것만으로는 불안이 사라지지 않았다.

모카 언니가 먼저 말을 꺼냈다.

"이젠 들어가야 하지? 아빠 부를게."

"어, 더 드시고 싶으신 거 아니에요?"

"승빈이랑 단둘이 먹으라고? 그건 얘도 싫어할걸."

"에이, 누나!"

"왜 끝까지 말은 못 해, 응?"

다들 애매하게 끝난 술자리를 얼버무렸다. 술자리 계산은 곧 도착한 언니의 아버지가 했다. 그 중후한 등 뒤에서 나와 승빈이는 '제가 낼게요'라는 실랑이도 할 수 없었다. 모카 언니는 자연스레 그 팔에 매달려 웃었고, 언니의 아버지는 '징그럽다'라는 농담조차 던지지 않고 함박웃음으로 답했다. 모카 언니의 쾌활함이 어디에서 나왔는지 알 것 같았다.

얻어 탄 자가용에서는 승빈이가 제일 먼저 내렸다. 그다음은 나다. 나는 처음에 곧이곧대로 우리 집 주소를 불러드렸고, 그분은 잠시 후 언덕 중간에서 난색을 보였다. 나도 뒤늦게 내 실수를 깨달았다. 이 밤중에 차를 몰고 올라가기에는 경사진 골목길이 너무 좁고 어둡다.

급하게 차에서 내렸지만, 그분도 나를 더 붙잡지는 않았다.

"서주 학생, 혼자 올라갈 수 있겠어요?"

"괜찮아요. 항상 다니는 길인걸요!"

반은 맞고 반은 틀리다. 이렇게 늦은 시각에 다녀본 적은 없었다.

열두 시를 훌쩍 넘긴 시각. 듬성듬성한 가로등 대신 항상 의지해왔던 주택가의 불빛들이 온데간데없다. 다행히도 그분은 내 뒤로 전조등을 비추었고, 나는 집 앞까지 편한 마음으로 올 수 있었다. 골목을 돌며 언니에게 메시지를 보냈다.

[다들어왔어요 언니 진짜진짜고마워 내일봐요]

곧 라이트가 꺼졌다. 먼 데서 차 굴러가는 소리가 들린다. 자, 이제부터는 나 혼자 헤쳐 나가야 할 시간. 어둠 속에서도, 고래의 쩍 벌린 입 같은 집의 실루엣은 뚜렷하게 보인다. 나는 집 앞에 서서 심호흡을 했다. 자, 할머니가 태어나서 처음으로 '0시'를 넘겨 집에 들어온 나에게 어떻게 반응할 것인가?

이를 꽉 악물고 대문을 통과하려는 찰나, 난 아주 큰 문제를 깨달았다. 우리 집에 대문이 있었나?

"어?"

어딜 봐도 저 뒤에 보이는 건 우리 집이 맞는데. ……마당 딸린 단독주택이니, 당연히 대문은 있겠지. 하지만 세입자들이 계속 오가다 보니 내 기억 속의 대문은 항상 열려 있었다. 덕분에 대문이라는 존재를 완전히 잊고 있었지. 하지만 지금 눈앞에 있는 대문은 잠겨 있다. 할머니, 이건 예상 못 했는데요! 반항은 짧고 후회는 길다. 난 시험 삼아 초인종을 눌러보았다. 달각거리는 소리만 허무하게 울린다.

이제 선택지는 두 가지가 남아 있다. 첫 번째, 전화해서 할머니를 깨우고 싹싹 빈다. 두 번째, 어떻게든 집에 들어가고 내일 혼난다. 난 두 번째를 택했다. 전화로 할머니를 깨울 수 있다는 보장도, 할머니가 문을 열어주실 거라는 보장도 없으니까. 가방부터 마당에 던져 넣고, 나는 근처에 버려진 오토바이를 밟고 담을 넘었다. 오토바이가 넘어지며 골목을 쿵, 울렸다. 마당에 납작 엎드려 주변 눈치를 살폈다. 다행히 불을 켜는 집은 없었다.

마당을 가로지르는 일은 어렵지 않다. 하지만 그다음, 현관문……은 당연히 잠겨 있었다. 돌아다니는 세입자 없다고 아주 편하게 잠그셨구먼. 영화나 드라마 보면 창문을 깨고 들어가던가. 그렇게까지 일을 키우고 싶지는 않고. 나는 건물 가장자리를 돌았다. 분명 세입자들이 1층 거실을 통과하지 않고 오갈 수 있는 문이 있을 텐데.

외벽을 꼼꼼히 둘러본 결과, 반지하로 통하는 작은 철문을 찾았다. 잠겨 있지는 않았다. 그 대신, 문을 잡아당기자 붉은 녹이 무슨 거품처럼 스며 나왔다. 대체 얼마나 오랫동안 안 쓴 거야! 1층으로 통하기는 할까? 잡아 뜯다시피 문을 열었다. 매캐한 지하 냄새, 그 뒤로는 연탄 냄새. 핸드폰 손전등을 켜자 오랫동안 방치된 연탄이 보였다. 우리 집에 저거 쓸 시설이 아직 남아 있던가. 할머니한테 물어봐서 버리든지 해야겠네. 할머니, 내가 이런 상황에서도 이렇게 우리 집 걱정을 해요.

바닥에는 장판이 깔려 있지만 연탄재가 심하게 날려 신발을 벗을 상황은 아니었다. 발걸음을 따라 바삭거리는 소리가 들렸다. 마치 검은 눈을 밟는 것 같다. 주변에는 쥐새끼 한 마리 없다. ……안에 길은 있을까. 일부러 바깥문을 열어뒀지만, 꽤 깊은 곳까지 들어오니 달빛은 도움이 되지 않았다. 연탄 조각들도 더 이상 빛을 반사해내지 못했다. 핸드폰 손전등으로 안을 비추었다. 연탄재와 곰팡이로 얼룩덜룩한 벽이 내 시야의 전부다. 안으로 통하는 길이 없나? 그냥 창고인가?

다시 나가야 할지를 고민할 때, 내 눈에 선반인지 계단인지 구분하기 어려운 턱이 들어왔다. 라이트를 위로 비추며 턱을 따라가보니 작은 문이 보였다. 연탄을 안으로 나르는 문일까. 일단 자물쇠는 걸려 있지 않았고, 그 너머에서는 엷은 빛이 비치고 있었다. 더 생각할 것도 없다. 세입자와 마주치면 사과하기로 하고, 난 그 문을 열었다.

문은 작은 방으로 연결되었다. 불빛은 부드럽지만 어둠 속에서 갑자기 튀어나온 나에게는 강한 자극이다. 난 반사적으로 눈을 감았다. 인기척이 들렸다. 누군가가 의자를 질질 끄는 소리다. 난 눈을 꾹 감은 채, 일단 허공에 손을 저으며 사과부터 했다.

"죄송합니다. 저 집주인 손녀인데요, 현관이 잠겨 있어서 지하

창고 문으로 들어왔어요. 누가 뭐 하고 계신 줄 몰랐어요!"

"아하, 그러셨구나."

부드러운 남자 목소리가 들렸다.

"저는 저희가 시끄럽게 굴어서 경고하러 오신 줄 알았어요. 괜찮아요, 지나가세요."

……저희? 들리는 목소리는 하나뿐인데. 그리고 의자 끄는 소리가 하나. 난 천천히 눈을 떴다. 노란 알전구가 매달린 작은 방. 스즈끼복이라고 하던가? 위아래가 붙은 작업복을 입은 남자가 나를 내려다보며 방긋 웃었다. 큰 키에 어울리지 않게 소년 같은 미소다. 크게 구불거리는 검은 머리카락 사이로 짙은 남색 눈동자가 반짝였다.

"뵙는 건 처음이네요."

"아, 안녕하세요……."

누구지? 죄수 같지는 않은데. 게다가 멀쩡한 사람 같잖아. 할머니가 그새 세입자를 또 들였나? 이름을 물어보기 직전, 나는 그 남자의 손에 들린 게 뭔지 깨달았다. 쇠꼬챙이다. 양꼬치 집에서 뱅글뱅글 돌아가는 딱 그 정도 사이즈의. 개별적으로 놓여 있을 때는 위협적이지 않은 물건. 하지만 곧 누군가에게 실질적인 위해를 가할 것이다. 이 남자 뒤, 의자에 묶인 채 발버둥 치는 또 다른 남자에게. ……이 남자에게 시선을 완전히 빼앗겨서 눈치 못 챘다. 내 눈이 의자에 묶인 죄수를 향하자, 꼬챙이를 든 남자는 한 뼘 옆으로 움직여 내 시야를 가렸다. 반짝이는 머리카락이 가볍게 날리고, 그 사이로 엄지손가락만 한 뿔 두 개가 보였다. 나는 어떤 종교도 믿지 않지만 이런 존재를 뭐라 부르는지 알고 있다.

"악마……?"

"예. 인사가 늦었죠? 죄송해요. 할머님께는 인사드렸는데. 현재 이 집의 일부를 지옥으로 이용하는 악마입니다. 계약 주체는 지옥이지만 계약서 작성은 제가 했어요."

악마는 붙임성 있는 미소를 지었다.

"가능한 한 조용히 해결하려고 하고 있어요. 좀 시끄러운 소리가 나는 작업은 지옥 안쪽에 들어가서 하려고 하는데, 그게……"

"저희 집 방음이 별로죠? 문틈도 다 벌어지고."

"네. 아, 물론! 알아요. 그런데 비명이 날 만한 작업을 하는 세입자가 이상한 거죠. 가능한 한 임대 공간에서는 조용한 작업만 하고 있어요. 하지만 혹시라도 불편사항 있으시면 쪽지로 남겨주세요. 부엌 냉장고든, 저희가 임대한 공간의 아무 문에든 붙여주시면 하루 두 번은 확인하니까요."

최근 이 집에서 들은 소리 중 제일 정상인 같은 소리다. 나는 홀린 기분으로 고개를 끄덕이다가 정신을 차렸다. 이 남자, 악마 맞는 거지? 등 뒤, 눈물 그렁그렁한 눈으로 나를 쳐다보는 죄수의 오른발 발가락 사이마다 쇠꼬챙이 꽂아서 한 뼘만큼 벌려 놓은 것도 당신이지? 어디에 시선을 둬야 할지 알 수 없다. 하지만 악마는 내 얼굴 앞에 자신의 얼굴을 두어 시선을 싹 가져가버렸다.

악마가 생긋 웃었다.

"워낙 바빠서 뵐 일은 없을 것 같지만, 잘 부탁드려요."

"아, 네. 저도, 잘."

반사적으로 내 입꼬리도 딸려 올라가고 말은 자꾸 끊긴다. 나는 단어쪼가리들 대신 악수를 청하듯 오른손을 내밀었다. 하지만 악마는 자기 오른손을 들어 올리려다가 멋쩍은 듯 고개를 저었다. 그의 오른손은 피투성이였다.

"죄송해요. 나중에 좀 깔끔할 때 뵈었으면 좋겠네요."

"아, 아뇨, 저도. 일하시는 데 갑작스레 들어와서……. 그럼 수고하세요!"

수고? 무슨 수고? 고문 잘 하시라고? 내가 말했지만 나도 뭔 소린지 모르겠다.

난 일단 쳐다보기만 해도 정신이 빠져나갈 듯한 저 악마로부터 시선을 돌리기 위해 노력했다. 방문이 코앞이다. 문손잡이는 부드럽게 돌아간다. 문을 열자, 그 너머로 익숙한 1층 복도가 보였다. 익숙한 세상으로 돌아가려 할 때 등 뒤에서 악마가 말했다.

"미숫가루, 맛있었어요?"

"아, 아, ……네. 네?"

맛은, 있었지. 당신이 만든 거였나. 난 고개를 돌렸다. 악마는 이쪽을 돌아보지 않고 입만 움직였다.

"그런데 왜……."

악마의 그 말은 끝까지 듣지 못했다. 갑자기 복도를 달려온 할머니가 내 머리채를 잡은 것이다.

"서주! 네가 도둑고양이냐? 어? 도둑들도 이 시간에는 안 돌아다니겠다!"

"하, 할머니, 잠깐만요! 사정이 있었어! 문자 보냈잖아! 그, 직장에서……."

"무슨 놈의 사정! 타고 오던 버스가 뒤집혔으면 기어서 왔어도 날짜 바뀌기 전에는 왔어!"

할머니는 나를 질질 끌고 복도를 통과했다. 거실 시계는 새벽 한 시를 넘어간다. 어차피 아무런 변명도 통하지 않을 게 뻔해. 나는 입을 다물고 복도 너머를 보았다. 악마가 있던 방 안, 부드러운 불빛이 일렁이다 곧 문이 닫혔다. 할머니는 본인 눈에 띄는 거의 모든 부위에 손을 휘두르는 것 같았다. 아프지는 않았다. 자꾸 머리카락이 휘날리는 게, 할머니의 알아듣기 어려운 신세 한탄이 불편할 뿐이다. 내 늦은 귀가가 할머니 인생에 어떤 악영향을 미치는지 내가 납득할 날은 영원히 오지 않겠지.

할머니는 마지막으로 '에구구구' 소리를 낸 후 방으로 돌아갔다. 끝났다고 안심하기에는 일러. 나는 그분이 효자손이라도 갖고 나오면 어쩌나 고민하며 복도에서 기다렸다. 하지만 곧 들려온 건 불 꺼지는 소리. 그리고 골골골, 코 고는 소리. 내일쯤이면 할머니는

65

나를 왜 혼냈는지 잊어버릴지도 모르겠다. 자기 손이 부어 있는 걸 보면서 '서주 너, 또 사고 쳤냐?'라고 물어볼 수도 있고.

　나는 피곤함에 찌든 몸을 질질 끌고 계단 앞에 섰다. 내 방은 3층에 있다. 할머니 둘째 아들이 죽은 형 잠바를 입고 떠나던 날, 나는 할머니가 방문에 못질하려는 것을 말리고 그 자식의 방을 차지했다. 넓기 때문만은 아니다. 내가 이 방을 쓰면 왠지 그 자식이 다시는 돌아오지 못할 것 같아서였다. 그때의 나는 다리가 참 튼튼했나 보다.

　난 겨우 3층에 올라 아래를 내려다보았다. 오늘 밤, 집은 조용하다. 악마가 집주인 화났으니 눈치 좀 보자며 죄수들의 입을 틀어막고 있는 걸까? 몸 안에서 피곤함이 뱅뱅 도는데, 잠은 좀처럼 내 정신을 데려가지 않았다. 머릿속에서 그 악마의 모습이 오갔다. 주황색 조명이 새장처럼 부드럽게 떨어지는 방. 쇠꼬챙이를 들고 서 있던 남자의 이미지는 망막에 액자처럼 박혔다. 현실감각이 없다. 유리 조각을 깨어 밤하늘에 바른 것 같은 눈. 듣고 있자면 노곤해지는 목소리. 그리고 피에 젖은 손까지. 머릿속에 빨간 경광등이 돌아간다. 멀쩡한 사람처럼 말해도 상대는 악마다. 괜히 얽히지 말자. 난 그렇게 중얼거리며 몸을 말았다. 하지만 혼잣말과 달리, 입안에 침이 고였다. 그 손에서 만들어진 달콤한 것만을 기억하려는 것처럼.

05

맛있게 얻어먹은 음식은 막상 내 돈으로 먹으려면
어느 가게였는지 기억나지 않는다

좋은 예상과 나쁜 예상이 모두 맞았다. 할머니는 어젯밤 일을 기억하지 못했다. 아침 식사 후, 퉁퉁 부은 오른쪽 손을 보고는 내게 물었다.

"너, 어제 나한테 맞을 짓 했냐?"

"왜? 기억 안 나?"

난 진짜 걱정스러워져서는 질문을 던졌다. 할머니는 한참 자신의 손을 뒤집어 가며 관찰했다. 마치 손바닥이나 손등 어딘가에 지난밤이 기록되어 있기라도 한 것처럼. 그러고는 누구보다 자애로운 말투로 말했다.

"맞았으니 됐지."

"안 돼. 기억 좀 해봐. 할머니, 언제 나랑 병원 한번 안 갈래?"

"이게 누굴 환자 취급해. 너나 가! 머릿속에 썩은 물 안 들었나 싹 청소시키고 나와야지."

"할머니, 지금 몇 살?"

"몰라!"

할머니는 자리를 박차고 나와서는 밥그릇을 싱크대에 내던지며, '너도 늙어봐라. 나이가 세어지나'라고 변명하듯 중얼거렸다. 밥그릇은 보기 좋게 개수대에 동동 떴다.

"이따 청소할 때 1층 복도나 좀 봐라. 어디서 도둑놈 들어온 것처럼 바닥이 말이 아니더라."

'도둑놈이 들어왔으면 청소가 문제가 아니잖수?'라고 생각하다가 겨우 진상을 기억해냈다. 어제 내가 연탄 창고를 통과했던 신발을 그대로 신고 나왔더랬지. 너무 지쳐서 돌아볼 생각도 못 했다. 지금 안방으로 들어가는 할머니 양말도 새까매…… 안 돼, 할머니. 여기저기 연탄재 바르지 말고 멈춰. 나 좀 도와줘! 오늘 청소는 험난할 것 같네.

하지만 아무리 청소가 험난해도 할머니를 병원에 데려가는 것보다 험난할까. 최근 일을 기억하지 못하는 증세는 몇 년 전부터 있었다. 연세에 따라오는 건망증이려니 했다. 그땐 당신 기억력이 나빠진다고 걱정하거나, 최소한 잊어버린 게 무엇인지 찾아보려는 노력은 했다고. 하지만 요즘은 '기억 못 하는 게 대수냐'라며 걱정조차 하지 않는 것이다. 자기 손이 붓도록 사람 등짝을 때려 놓고도! 나이 들면 이 정도는 평범한 건가? 치매를 걱정해야 하나? 뭐든 진료받으려면 할머니를 이끌고 다니면서 CT니 MRI니 찍어야 할 수도 있는데. 무릎도 불편한 양반이 괜히 골병이나 더 얻어오는 거 아닐까. 과연 할머니가 얌전히 검사를 받을까.

머릿속이 복잡해진다. 복잡해진 머릿속은 연탄재로 까맣게 물든 복도 앞에서 펑, 터져버린다. 아, 정말 소리 지르고 싶네. 복도를 더럽힌 원흉이 내가 아니었다면 진짜로 소리 질렀을 거야. 1층 복도 상태는 꼭 '여기 도둑이 들었습니다'라는 상황을 연출한 연극 무대 같았다. 내 발자국이 방 앞에서부터 뱅글뱅글 춤추고 있다. 할머니한테 머리채 잡혀서 끌려갈 때의 처절한 발자국도 11자로 길게 났네. 하하. 저 때 '할머니, 할머니, 나 아직 신발 못 벗었어!' 하며 급하게 신발 벗고 따라갔었지.

걸레를 밀며 짧은 추억을 더듬어가던 중 익숙한 나무문이 나를 강렬한 기억 앞으로 이끌었다. 악마가 있던 방. 지옥에 갇힌 죄수를 의자에 묶고 고문하던 곳. 어울리지도 않는 일체형 작업복을 입고, 남색 눈으로 나를 보며 방긋 웃던 악마. 어제 악수를 하지 못하고 떨어졌던 내 손이 방문을 두들겼다. 핑계는 만들면 된다. 어차피 할 말도 많다. 간밤에 세입자 공간에 침범해서 미안했습니다, 미숫가루는 맛있었어요, 그런데 대체 왜 만들어주신 건가요, 호의는 감사하지만 분리수거는 제대로 해주세요. 그리고 그거, 할머니 혼자 마시는 율무차인데, 건드리시면…… 등등. 내가 할 수 있는 말들이 머릿속에서 뒤엉킨다.

노크를 몇 번 더 했지만, 문 안에서는 아무 소리도 들리지 않았다. 다른 곳에서 일하는 건가? 하긴, 생각해보면 지금까지 마주친 적도 없었지. 내가 세입자 입장이었어도 웬만하면 집주인 가족과 마주치지 않으려 들 거야. 머릿속으로는 이해하면서도, 나는 왠지 아쉬운 기분으로 문에서 물러나 걸레를 다시 잡았다. 슬슬 검은 물이 나오기 시작한 걸레를 쥐고 복도를 달려가던 중, 익숙하다고는 못 할 목소리가 부엌 쪽에서 들렸다.

"흠 흐흐흠. 흐흠 흐 으음."

부엌에서 콧노래를 흥얼거리며 악마가 뭔가를 만들고 있었다. 위에는 평범한 반소매 티셔츠를 입고 있어서 처음엔 알아보지 못했다. 악마가 가벼운 몸놀림으로 움직일 때마다 허리 뒤로 묶어 내린 작업복 소매가 꼬리처럼 흔들렸다. 춤추듯 움직이는 손끝에서 만들어지는 것은 ('만들어진다' 같은 거창한 말을 써도 될지는 모르겠지만) 미숫가루였다. 미숫가루 네 스푼, 설탕 세 스푼, 거기에 율무차를 한 봉지 털어 넣는다. 우유를 약간 붓고 숟가락으로 세게 저어 녹인다. 어느 정도 녹았다 싶으면 우유를 약간씩 추가해 약 500ml 분량으로 만든다.

악마는 큰 보울에 녹인 미숫가루를 유리잔 두 개에 나누어 따랐다. 대충 쏟는 것 같은데 한 방울도 튀지 않았다. 마지막으로는 각

유리잔에 각얼음이 두 개씩 떨어지며 경쾌한 소리를 낸다. 완성작 중 한 잔을 들어 마시는 모습까지 1분 30초짜리 광고 촬영 현장처럼 보였다. 덕분에 나는 차마 뭐라 말하며 끼어들 수가 없었다. 악마가 한 잔을 시원하게 비운 후, 주머니에서 포스트잇과 펜을 꺼냈을 때, 나도 겨우 마법에서 풀려난 것처럼 정신을 차리고 부엌에 들어갔다.

"저기요! 지금 부엌에서 뭐 하시는 거예요?"

이 정도면 할머니만큼은 아니어도 좀 만만찮아 보이겠지? 제발! 하지만 부엌에서 뭘 건드리다 걸렸으면 예의상 놀라기라도 할 줄 알았는데, 악마는 눈을 가늘게 뜨다가 아쉽다는 듯 말했다.

"어라, 아깝다. 조금만 일찍 오시지!"

"네?"

"그러면 같이 마실 수 있었잖아요."

"……네?"

"아니면 조금 나눠주실래요?"

악마는 빈 잔을 기울이며 생긋 웃었다. 자기가 만든 미숫가루를 자기한테 따라 달라는 건가. 이게 무슨 어처구니없는 소리야. 그러나 나는 나도 모르게 내 몫으로 추정되는 미숫가루 잔을 들어 그에게 절반 따라주고 있었다.

"감사합니다. 앉아서 드세요! 오전에 뵙는 건 처음이네요. 항상 없으셨잖아요."

"마당 정리하고, 가끔 학원 가느라······."

"아하, 학생이시구나. 일도 나가신다고 들었는데, 공부랑 병행하기 힘드시겠어요."

"저기, 잠깐 저도 말 좀 하면 안 될까요?"

악마는 바로 입을 다물고 두 손을 모아 쥐었다. 둘 다 의자에 앉아 있는데도 키 차이 때문인지 그의 눈은 높은 곳에서 나를 내려다본다. 하지만 반짝이는 눈은 마치 선생님 목소리를 경청하려는 어린아이를 보는 것 같다. 난 침착하게 목소리를 가다듬었다. 말려들어가지 말자. 나는 강인한 집주인이다!

"부엌에 있는 것들, 먹어도 된다고 허락받으셨어요?"

"네. 기존 거주자 2인의 식사량을 토대로 예상했을 때 유통기한 내에 섭취할 수 없을 듯한 분량은 손대도 괜찮다고 하시던데요."

할머니가 그렇게 복잡한 계약을 했을 리가 없는데. 이건 내 예상이지만, 할머니가 미숫가루를 어디에서 얻어오기는 했는데, 그게 언제인지 기억도 가물가물하고, 얻어온 비닐봉지에 유통기한이 적혀 있을 리 만무하고, 그렇다고 내다 버리기도 아까우니 세입자가 '괜찮으면', 즉 문제 생기면 네 책임인 건 참작하고 알아서 먹으라고 했겠지.

난 미숫가루의 상태를 살폈다. 우유 맛도 멀쩡하고 미숫가루 냄새도 좋다. 내 걱정을 눈치챘는지 악마가 재빨리 답했다.

"괜찮아요! 먹어도 문제없는 거 확인하고 드린 거예요. 지난번에도요.”

“지난번? 아, 그랬지. 할머니가 만든 미숫가루인 줄 알고 마셨는데, 아무리 생각해도 할머니 작품이 아닌 거예요. 누가 약이라도 탔을까 봐 얼마나 놀랐는지 알아요?”

“그런 짓은 안 해요. 맛있었어요?”

“맛이야 있었죠. 원래 알바 나가기 전에 뭘 좀 먹거든요. 미숫가루로 먹으니까 든든⋯⋯, 아니, 다음부터는 이런 거 해주실 필요 없어요.”

“아, 두 번째는 그래서 버리셨구나. 일하는 중에 누가 하수구에 뭘 쏟는 소리가 들리더라고요.”

지금 왜 버렸냐고 따지는 건가? 애초에 남의 부엌 건드린 게 누군데. 기싸움에서 밀리지 않으려고 눈에 힘을 주고 그를 쳐다보았다. 하지만 악마는 나를 탓하는 게 아니었다. 그는 약간 처진 눈으로 고개를 숙였다.

“제 생각이 짧았네요. 불안해하실 줄은 몰랐어요. 죄송합니다.”

“예. 다음부터는 안 하셔도 돼요.”

“그 밖에, 제가 여기 있으면서 불편하신 점 없으셨나요? 소리는 최대한 조심하고 있어요.”

“지옥 분들, 아니, 그 죄수들, 벌 받다 말고 나와서 돌아다니는 것도 좀 자제시켜주세요.”

“인간의 집을 빌렸더니 몇몇 죄수들이 잘하면 탈출할 수 있겠다고 착각하더라고요. 다시 교육할게요."

대답은 잘하네. 나는 그 '교육' 내용을 상상하지 않기 위해 미숫가루로 신경을 돌렸다. 하지만 미숫가루가 줄어들 때마다 유리잔 너머로 악마의 모습이 보인다. 티 하나 없이 깔끔한 셔츠, 그리고 기묘한 색의 얼룩이 진 작업복.

"옷은 지옥 밖으로 나올 때마다 불꽃 소독해서 깨끗해요. 물리적으로는."

"어, 어, 어, 아니."

"신경 쓰여서 계속 쳐다보신 거죠? 아, 물리적이 아니라 생화학적으로 깨끗하다고 해야 하나? 영적으로 깨끗하다고는 장담 못하겠네요. 종교마다 다를 테고."

악마는 손가락을 튕겼다. 손끝에서 작은 불꽃이 도마뱀 모양으로 8자를 그리다 사라졌다.

"저도 죄수 아닌 인간과 지내는 건 오래간만이지만, 가능한 한 신경 쓰실 일은 없도록 할게요."

"그, 그래 주시면. 네, 저도. 정말 다양한 세입자가 있었지만, 그, 악마는 처음이라."

그를 흘깃흘깃 쳐다보는 걸 들킨 시점부터 내 '만만찮은 집주인' 흉내는 속절없이 무너졌다. 사실 누가 악마를 상대로 멀쩡하게 굴수 있겠어. 우리 할머니 빼고!

내 시선이 그의 뿔을 한 번 스치고 내려왔다. 숱 많고 부드러운 머리카락 사이에 보일락 말락 한 뿔 두 개는 꼭 새끼사슴의 뿔처럼 귀엽다. 악마는 눈을 동그랗게 뜨더니, 배시시 웃으며 머리카락을 쓰다듬어 제 뿔을 가렸다. 뿔 끄트머리가 풀숲에 숨은 작은 짐승의 귀처럼 삐죽 튀어나온다. 난 거기 또 신경이 쏠려서, 악마의 그다음 말에 제대로 대답하지 못했다.

"작은 주인님이라고 부르면 될까요?"

"뭐요?"

"집주인이 두 분이니 구분해야 할 것 같아서요. 아니면 학생 주인님? 직장인 주인님?"

난 '알바생 주인님'이라는 호칭까지 생각했다가 웃음을 터트릴 뻔했다. 악마는 자기 혼자 세상 진지한 표정으로 고민한다. 난 그에게 잘라 답했다.

"집의 주인이지, 임대인의 주인인가요? 그런 호칭 필요 없어요. '저기요'라고 부르시면 돼요."

"그건 좀 아니다. 다른 사람들도 그렇게 불러요?"

"예. 아, 지금은 아무도 없지만."

악마는 눈을 동그랗게 떴다.

"세입자가 없거든요. 아예 없는 건 아닌데, 마지막으로 들어온 세입자는 저랑 대화를 안 해서."

김 사장이 나간 후, 집에 남은 마지막 세입자는 방 밖으로 나오지 않는 사람이었다. 유일하게 화장실 딸린 방을 빌려서는 불편사

항이 있으면 메모지를 문틈으로 내보내는 생활을 몇 년째 계속하고 있다. 먹을 건 배달 업체를 통해서 창문으로 받는 모양이었다. 나야 뭐, 쓰레기봉투만 잘 묶어서 내놔주면 된다.

"아무튼 이 집에서 '저기요' 소리가 들리면 무조건 그쪽이 저를 부른다고 알고 있을게요."

"와, 좋아요."

뜻밖의 감탄사가 돌아왔다. 내가 그렇게 매력적인 제안을 했나? 악마는 바로 말을 이었다.

"흔한 감탄사가 이 집에서만은 특별한 의미가 있는 거네요!"

"해석을 긍정적으로 하시네요."

"산 사람 말은 무엇이든 빛나는걸요."

"……예?"

"제게 닿는 인간의 목소리라곤 증오와 비통과 죄악밖에 없어요. 그것도 지옥이라는 체로 아주 곱게 걸러낸."

어디 오페라에서나 들을 법한 단어들. 하지만 그게 악마의 혀 위에 올라오면, 어느새 이 낡아빠진 부엌에 검은 장막이 둘러쳐지는 것 같다. 악마의 눈은 무대의 조명을 받은 듯 빛난다. '눈이 반짝인다'라는 표현이 현실 그대로 나를 향했다.

그는 나로부터 허락받은 호칭을 처음으로 입에 담았다.

"저기요."

동네 음식점만 가도 10분에 한 번은 들을 수 있는 말인데, 공연에서 가장 중요한 대사를 들은 기분이었다. 답을 고르지 못해 한참 달싹이던 내 입에서 멋없는 답이 나갔다.

"……네. 왜요?"

악마는 방긋 웃으며 답했다.

"출근하세요. 벌써 세 시네."

"……아, 어, 으아악!"

* * *

말 잘 통하는 세입자고 나발이고, 악마는 악마다. 생글생글 웃는 얼굴로 인간의 정신을 홀랑 빼놓아 허튼짓이나 하게 만드는 걸 보면 틀림없다고! 지각은 아슬아슬하게 면했다. 고민할 것도 없이 택시를 탔기 때문이다. 하지만 내가 가게 코앞에서 내리는 걸 본 매니저가 '서주 씨는 돈 쓰러 알바해요? 호강하네.'라고 빈정거렸다. 야! 홀 마감 때 일 밀렸어도 퇴근카드부터 찍으라고 해서 잔업수당 빼먹는 자식이 지금 뭐라는 거야!

분노를 연료 삼아 일하던 중, 조금 한가한 틈을 타 승빈이가 말을 걸었다.

"어제 잘 들어가셨어요? 집이 엄하시다면서요."

"할머니한테 등짝 좀 맞았어. 내 나이가 몇인데 그러나 몰라."

"저희 집도 그래요. 나이가 몇 살이어도 계속 막둥이라고 부른다니까. 그런데 누나, 오늘 표정이 좋네요. 무슨 좋은 일 있었어요?"

"표정이 좋아?"

옆을 지나가던 다른 동료도 내 얼굴을 들여다보더니 고개를 끄덕였다. 아까까지 분노로 일하고 있었는데, 좋은 일이랄 게 있나? 어……, 하나 있네. 잘생긴 것이 맛있는 것을 만들어줬다.

한 문장으로 줄이니 본능에 직접 와 닿는 것들뿐이네. 역시 악마는 악마인가 보다. 맛있는 걸 먹고 나와서 그렇다고 대답하려 할 때 매니저가 끼어들었다.

"택시 타고 왔는데 기분이 왜 나쁘겠냐."

"네? 저라고 타고 싶어서……."

"갈 때도 타고 가라. 특히 여자애들."

시비 거는 줄 알았는데, 매니저 표정은 진지했다. 지나가던 모카 언니까지 붙잡혔다.

"왜 그러세요?"

"웬 놈이 식당들 돌아다니면서 여자 아르바이트생 얼굴만 보고 다니더래."

모카 언니가 토할 것 같다는 표정을 지었다. 나도 같은 기분이었다. 매니저가 그 뒷말을 잇기 전까지는.

"꼭 누굴 찾아다니는 것처럼."

"네?"

"어깨 넓고 거들먹대는 게 꼭 조폭 같다던데, 채무자라도 찾나.

아무튼 조심해라. 혹시 감 잡히는 사람 있어?"

모카 언니도, 다른 알바생들도 고개를 저었다. 나도 고개를 저었다. 승빈이의 등 뒤에 숨어 표정을 가린 채로. 머릿속은 얼마 전에 본 남색 잠바의 뒷모습이 어른거린다. 그게 정효섭일 거라는 보장도, 놈이 새삼 나를 만나려 한단 보장도 없지만, 그래도 혹시나…… 승빈이는 주변 눈치를 살폈지만 내 가림막 역할에서 물러나지는 않았다. 매니저는 알아서들 조심하라는 말을 끝으로 알바생들을 흩어 보냈다. 누가 '일찍 보내주기나 해라'라고 구시렁거렸다. 나도 같은 심정이다.

승빈이가 걱정스럽다는 듯 나를 내려다보았다.

"누나, 이따 끝나고 바래다드릴까요?"

"괜찮아. 맨날 다니던 길인데, 뭐. 버스 끊기기 전까진 사람 많고"

"하지만 아까 누나 표정 보니까 그 사람 누군지 아시는……"

난 다급하게 승빈이의 발끝을 쳤다. 왜 눈치가 빠르면서 눈치가 없어! 승빈이가 황급히 입을 가렸고, 매니저의 의미심장한 눈빛이 우릴 스쳐 지나갔다.

"아, 아! 신발장 정리해야겠다."

승빈이는 되지도 않는 핑계를 대며 가게 입구로 달려갔다. 이제 고민은 나 혼자 하면 된다. 제일 좋은 케이스. 매니저가 말한 양아치는 나와 관계없는 인물이며, 볼일 다 보고 이 동네를 떠났을 것이다. 최악의 케이스. 정효섭이 또 돈 떨어져서 기어들어 오려 하는 거라면? 세상에 자식 이기는 부모는 없다 하니, 할머니는 자식을 혼내면서도 결국 도와주려 하시겠지. 그걸 방해할 만한 사람은 나뿐이고…… 최악의 상황은 사슬처럼 꼬리에 꼬리를 문다. 언뜻 보기에는 망상 같다. 하지만 원래 '제발 아니었으면' 싶은 것들은 실제로 일어나기 마련 아닌가. 그 자식에게 협박당하는 상상까지 하고, 난 돌아가는 길에 쓸 택시비를 머릿속으로 계산했다.

결국 계산만 했다. 어차피 택시는 어수선한 골목길 때문에 집 앞까지 오지도 못하는걸. 나는 일이 끝난 후 버스를 택했다. 승빈이가 안절부절못하는 것 같았지만 괜찮다. 녀석처럼 착한 사람보다는 불의를 잘 참는 내가 더 생존 확률이 높다. 수상한 세입자들과 무너져가는 70년대 단독주택에서 살아남은 짬이 있다고.

물론 그렇다고 마음마저 편해지는 건 아니다. 언덕에 첫발을 내딛자마자 내 발소리에 신경이 곤두섰다. 듬성듬성 자리 잡은 주택에서 TV 소리라도 새어 나왔으면 좋겠는데.

하지만 언덕을 반쯤 올라갔을 때 예상 못 한 소리가 귀를 찔렀다. 골목 반대편, 나에게는 내리막길 방향인 곳에서 남자들이 언성을 높여 싸우고 있었다. 나는 숨지도 못하고 골목 한가운데에 얼어붙었다. 곧 술에 얼큰하게 취한 목소리가 닿았다.

– 서비스, 서비스로 해줘요!

– 택시에 서비스가 어디 있어요? 빨리 폰 맡기고 집 다녀와요!

내가 손님을 어떻게 믿고 그냥 보내!

– 거기서 뱅뱅 돌지만 않았어도 바로 계산했어!

– 돌고 싶어서 돌았나? 내비에도 제대로 안 나오는 주택가를 찍으니 뱅뱅 돈 거 아냐! 그럴 땐 근처 랜드마크를 말하셔야 서로 좋지!

– 그게 택시야? 버스지. 어?

다행히도 그 내용은 범죄라기보단 생활밀착형 충돌에 가깝다. 일단은 안심했다. 다만 서로 점점 말이 짧아지는 게 문제인데. 심장이 쿵쿵 뛴다. 잘 끝나겠지? 승객 쪽 가족이 왜 이리 안 들어오냐고 나와보기라도 하겠지? 하지만 발걸음이 좀처럼 떨어지지 않아 고민할 때, 두 사람한테서 조금 떨어진 담벼락 위, 묘한 것이 내 시선을 잡아끌었다.

담벼락 위에서 샛노란 빛 두 개가 반짝이고 있었다. 검은 그림자가 빛을 중심으로 일렁인다. 저게 뭐야? 그 빛은 명백하게 취객과 택시 기사를 향하고 있다. 꼭 사냥감을 지켜보는 야생동물처럼. 그 아래에서 송곳니가 빛나고 있다 해도 이상하지 않았을 것이다. 등골이 서늘해졌다. 이대로 둬도 되나? 정말, 진짜 경찰이라도……

"아, 됐어요. 놔요! 나 한 푼이라도 더 벌러 가게!"

택시 기사가 실랑이를 포기한 모양이다. 골목 안쪽에서 유니폼을 입은 사람이 움직이는 게 보였다. 그러나 안심한 것도 잠시, 취객은 택시 기사를 보내주지 않았다. 거친 손이 택시 기사의 옷깃을 쥐었다. 셔츠가 뒤로 당겨지고, 턱이 위로 치켜 올라간다.

"왜 날 거지 취급해?"

취객이 매달린다. 택시 기사는 답하지 못했다. 취객이 그걸 더 따지고 드는 것 같다. 택시 기사의 손이 허공을 휘젓는다. 어떻게 해. 지금 경찰을 부르면 올까? 소리부터 지를까? 일단 핸드폰을 켰다. 손이 덜덜 떨린다. 02 붙여야 하나? 비상전화로 들어가야 하나? 그리고…… 경찰차가 올 때 아주 시끄러울까? 잠든 할머니 귀에 사이렌 소리가 들릴 정도로. 됐어, 그런 거 신경 쓸 때냐. 사이렌 끄고 와달라고 하면 되잖아! 하지만 식은땀투성이였던 손에서 핸드폰은 굴러떨어졌고, 내가 언덕 아래로 향하는 핸드폰을 쥐는 순간, 누군가가 나를 스치고 앞으로 달려나갔다.

"저기요, 선생님! 진정하세요!"

두 사람 사이에 청년 한 명이 끼어들었다. 취객은 손을 놓고, 택시 기사는 바닥에 주저앉아 컥컥댔다. 나는 내가 꿈을 꾸는 줄 알았다. 승빈이가 왜 저기 있어? 하지만 가로등 아래, 2차전이 벌어지는 걸 몸으로 막고 있는 승빈이 모습은 꿈이 아니었다. 나는 더 망설일 것도 없이 경찰에 전화한 후 그들에게 달려갔다.

경찰은 걱정했던 것보다는 일찍 도착했다. 언덕 아래쪽에 방치된 택시가 순찰 중 눈에 띄었다나. 내게는 정말 다행스럽게도, 그 택시 덕분에 경찰차는 이쪽으로 진입하지 못했다고 했다. 하지만 그건 나와 할머니에게 다행일 뿐이고, 경찰에게 이것저것 설명하다 보니 시간은 또 열두 시를 찍었다. 오늘도 대문을 뛰어넘고 연탄 창고를 탐험해야 하나. 내 표정이 절로 구겨졌고, 승빈이는 오해를 좀 한 모양이다.

"걱정하지 마세요. 제가 집 앞까지 바래다드릴게요!"

"네가 문제야……, 갑자기 어디서 나온 거야? 너 때문에 심장 떨어지는 줄 알았어!"

"어, 그게요. 매니저님한테서 경고 들은 뒤 누나 표정이 너무 안 좋아지길래…… 출근할 땐 웃었잖아요."

"……그랬지."

"혹시, 만날까 봐 걱정하던 사람이 아까 그 취한 사람이에요?"

"아니야."

"만약 올라가는 길에 그 사람 만나면 어떻게 할까요? 경찰한테 순찰 부탁할까요?"

"아니, 괜찮아."

"그럼 바래다줄게요."

거절했는데도 몰래 쫓아온 건 정말 짜증 났다. 하지만 여기까지 온 애를 그냥 돌려보내기도 뭣했다. 나는 승빈이의 호의를 거절하지 않았고, 승빈이는 힘차게 골목길을 앞서 걸었다. 바스락거리는 소리만 들려도 움찔거리는 애가 얼마나 도움이 될지는 모르겠지만, 보고 있자니 지루하지는 않네.

"넌 늦게 들어가도 괜찮아? 혼나지 않겠어?"

"어릴 땐 저녁 시간만 넘겨도 혼났죠. 그러다 대학 새내기 때, 주량 파악을 못 하고 필름 끊겼다 눈 떠보니 현관인 거예요. 집에서 내쫓길 줄 알았는데, 부모님이 그러시더라고요. 어른이면 알아서 하라고."

"섭섭하진 않았어? 사람이 스무 살에 딱 어른이 되는 건 아니잖아."

"오히려 그날 이후 마음을 다잡게 되더라고요. 내가 날 챙겨야겠다, 하고. 이젠 늦게 들어가도 혼나지는 않아요. 저만 떳떳하면 되지요."

"좋겠다. 혼자 오해하고 욕하는 사람이 가족이면 절대 그렇게 안 되는……"

이렇게 말하자마자 후회가 몰려 들어왔다. 이거, 완전 내 가족이 그렇다고 말하는 거나 마찬가지잖아. 알바 동료에게 가족 험담을 하는 멍청이가 어디 있어! 승빈이도 답할 말이 없나 보다. 대화가 어색하게 끊겼다. 이런 젠장. 어디에서 고양이라도 나와라. ……그러고 보니 아까 그 노란 눈은 어디로 갔지? 골목 어디에도 그 흔적은 없다. 어느 집에서 흘러나오는 불빛을 잘못 본 건가 싶었을 때 승빈이가 입을 열었다.

"누나, 뭐 물어봐도 돼요?"

"어, 어. 다 물어봐!"

"그 남자 누구예요……?"

"누가 들으면 바람피우는 여친 구슬리는 줄 알겠다."

"당연히 그거 아니고요! 그, 매니저님이 말한 사람. 뭐 짚이는 게 있는 것 같아서요!"

"알아. 어, 그게……"

별 건 아니다. '할머니가 자식 농사에 실패했다' 이거 한 줄이면 된다. 망한 농사 중 하나는 죽었지만 하나는 썩은 채 살아서 돌아다니고, 나는 가끔 거기에 새우 등 터지는 신세라고. 물론 이 복잡한 이야기는 아무에게도 꺼내지 않았다. 어릴 적부터 '피 안 통하는 할머니가 나를 키워주셨다' 이거 한 문장만 말해도 나에게 감동적인 천만 영화 맡겨놓은 것처럼 구는 인간들이 우글우글했는걸. 거기에 스릴러와 막장까지 뒤섞어 아침드라마만큼 재미있는 구경거리가 될 필요는 없지. 하지만…… 지금, 그놈이 내게 위협으로 다가올 때 누군가가 그놈에 관해 묻는다. 주변은 고요하다. 아무도 우리 이야기를 엿듣지 않는다. 승빈이는 정말 착한 애다. 만약 단한 번, 누구에게 솔직하게 말할 기회가 온다면 지금이 아닐까 싶은 생각마저 든다. 나는 입을 열려고 했다. 그러나 침묵을 이기지 못한 승빈이가 한 박자 빨랐다.

"부모님께는 말씀드렸어요?"

"어?"

"물론 누구나 모카 누나처럼 가족과 친한 건 아니겠지만. 그래도 사람한테 1순위로 기댈 수 있는 건 가족이잖아요."

참 좋은 이야기네. 여기서 '난 가족 없어'라고 대답하면 진짜 영원한 침묵이 찾아오겠지. 일단 긍정했다.

"응, 그렇지."

승빈이가 내 눈치를 살피더니 입을 열었다.

"저희 아버지도 되게 무뚝뚝하세요. 대화 같은 대화를 한 기억이 없었어요. 그런데 제가 고등학교 1학년 때 얻어맞고 들어왔더니 아버지가 그대로 저 잡아끌고 주차장으로 내려가는 거예요. 사내새끼가 어디서 맞고 다니냐고 윽박지르려 하나 싶어 잔뜩 쫄았는데, 조수석에 태우시고는 내비게이션에 너 괴롭힌 놈 주소 찍으라고 하시더라고요. 가서 밀어버리고 튀자고."

뭐라 말하든 예의 바르게 맞장구쳐주려고만 했는데, 생각지도 못한 일화를 듣고 내 영혼이 웃음을 터트려버렸다.

"푸하하! 아버지 대단하시다. 그래서 어떻게 했어? 진짜 주소 찍고 액셀 밟았어?"

"아뇨. 그러지 마시라고 조수석에서 아버지 핸들 붙잡고 엉엉 울었죠. 그랬더니 아버지가 도와주기를 원한다면 말해달라고, 여기서 들은 건 엄마에게도 동생에게도 비밀로 해주겠다고 하시는 거예요. 그래서 저는……."

훈훈한 이야기는 승빈이가 최고의 아군을 얻었다는 결론으로 끝을 맺었다. 딱 우리 집 대문 앞에서.

"다 왔네. 고마웠어."

"고맙긴요. ……그리고 저기, 괜한 거 물어봐서 죄송해요."

왜 자기 이야기를 줄줄 늘어놓나 했더니, 괜한 거 물어봤다고 미안해서 이야기 돌린 거였나 보구나. 나는 승빈이 어깨를 가볍게 토닥였다.

"죄송할 게 뭐 있다고. 너도 빨리 들어가. 부모님이 걱정하실라."

"누나 들어가는 거 보고 갈게요."

"그럼 잠깐 나 좀 밀어줄래? 담 위로."

"네?"

"대문 잠겼어."

승빈이는 마지막 순간, 내 귀가에 혁혁한 공을 세웠다. 마당 안으로 가방까지 던져줬다. 나는 승빈이에게 손을 흔들어준 뒤, 현관문은 건드릴 생각도 없이 바로 지하실로 향했다. 핸드폰 배터리 잔량 8%. 과연 내 방까지 무사히 들어갈 수 있을까. 삐걱대는 지하실 문을 열었다. 그 안은 마치 보석 광산처럼 사방이 반짝인다. 하지만 어제와 단 하나 다른 점이 있다면, 부드러운 주황색 불꽃이 집 안으로 들어가는 최단 거리를 카펫처럼 밝히고 있었다는 점이다.

나는 핸드폰 손전등을 껐다. 불꽃이 만든 길, 그 초입에 서 있는 건 악마였다.

"'저기요', 어서 오세요."

악마는 생긋 웃으며 한 손을 내밀었다. 가방 달라는 건가? 난 가방끈을 꽉 쥐고 어정쩡한 포즈로 답했다.

"제가 이쪽으로 들어올 거 알고 계셨어요?"

"네. 오늘도 집주인께서 욕을 하며 문을 잠그시기에."

"일부러 늦은 건 아니에요! ······그쪽에 변명해 봤자지만."

"알아요. 싸움에 휘말리셨죠?"

"어떻게 아셨어요?"

"악마니까요. 안 좋은 일을 누구보다도 빨리 듣고 알 수 있죠."

악마의 검은 동공에 노란 불꽃이 비쳐 어른거렸다. 그 모습을 보자 어떤 이미지가 떠올랐다. 혹시, 아까 담장 위에서 싸움을 바라보던 검은 그림자······.

"그리고 이 집은 방음도 별로고요. 밖에서 누가 싸우기라도 하면 그 싸움판에 낀 기분까지 들지 뭡니까."

"많이 거슬려요? 다른 방 커튼 떼다 붙여드릴게요."

"괜찮아요. 맛있는걸요."

"네?"

잘못 들은 줄 알았다. 맛있다니, 이런 상황에 나올 말이 아니잖아. 악마는 내 당혹에 눈을 동그랗게 뜨더니, 단어를 다시 골랐다.

"인간의 표현을 빌리자면 감동적이라고 해야 하나? 먹지 않아도 배가 부르다?"

"어쨌든 남이 싸우는 거 듣는 게 좋다는 거죠? 진짜 악마 맞구나······."

"악마만의 특성인가요? 그러면 주인어른이 매일 아침 '감히 내

아들을 노려?', '저에게도 자존심은 있어요. 댁처럼 남의 돈 빨아먹으며 사는 쓰레기는 모르겠지만!', '이게? 철썩!' 같은 소리를 들으며 얻는 건 뭔가요?"

"……그게, 드라마를 보는 것과 현실을 즐기는 건 좀 차이가……."

하고 말하다가 입을 다물었다. 진짜 싸움 구경 좋아하는 사람도 많잖아. 남의 집 불륜이나 집안 망한 이야기에 눈 빛내는 사람들은 어떻고. 사실 나도 완전히 결백하다고 볼 수는 없지.

쓸데없이 고민하는 동안 악마는 매끄러운 손놀림으로 내 가방을 빼앗아 들었다. 그의 경쾌한 발걸음 아래 주황 불꽃이 발자국 모양으로 남았다. 나는 그 불꽃을 피하려 기묘한 스텝을 밟았지만, 때로 내 발이 발자국을 침범할 때마다 훅 올라오는 건 열기가 아니라 오렌지 향기였다. 연탄재로 얼룩진 벽은 은하수처럼 빛나고, 새콤달콤한 향기가 부드러운 불꽃의 길을 채운다. 평소와 다를 바 없는데 너무나도 달라 보이는 풍경 너머, 악마는 때때로 내가 잘 쫓아오는지를 돌아보며 미소 지었다. 그래요, 잘 쫓아오고 있어요, 잘했어요, 그렇게 말하는 듯이.

붉은 길의 끝에서 악마는 내 방문을 열었다. 나는 바닥에 쓰러지고 싶은 욕망을 억누르고 의자에 앉았다. 풀썩 소리와 함께 사방으로 연탄재가 휘날렸다. 할머니 비명 지르시겠네. 하지만 알 게 뭐야. 당장 매트리스에 몸을 던지지 않는 것만으로도 나는 내가 가진 의지를 다 꺼내 쓰고 있다고!

악마는 등불 역할을 했던 불꽃을 끄며 말했다.

"오늘도 고생 많으셨어요."

"그쪽도요. 어째 오늘은 시작부터 끝까지 그쪽 얼굴을 보네요."

"그래서 싫어요?"

갑자기 뭐라는 거야. 길고 긴 하루를 영양가 없는 잡담으로 끝내고 싶진 않다고. 그 농담에는 반응 안 해줄 거야. 하지만 악마는 자신이 던진 말을 자신이 끝마쳤다.

"싫었더라도, 좋게 끝내드리죠."

어디서 났는지 악마는 커다란 유리잔을 들어 보였다. 그리고 자신을 뒤따라온 불꽃을 길어 올리듯 휘저었다. 칵테일 바의 쇼와는 비교도 안 될 만큼 커다란 불꽃이 잔 안으로 빨려 들어갔다. 악마는 내게 잔을 내밀었다. 그 안에 가득 찬 건 맥주였다. 냉기와 탄산이 동시에 느껴진다. 난 나도 모르게 침을 꿀꺽 삼켰다.

"마셔도 되는 거예요? 먹으면 나 불 뿜는 거 아닌가?"

"그것도 재밌겠네요. 나중에 써먹어 봐야지."

"여보세요!"

"죄수들에게나 할 거예요. 지옥의 것들은 당신에게 아무런 영향을 미치지 못하니까, 마셔도 취하기는커녕 배도 차지 않을 겁니다."

하지만 시원함만은 채울 수 있을지도 모르겠다. 잔은 방금 냉장고에서 꺼낸 듯 차가웠고, 반사적으로 뒤늦은 갈증이 밀려왔다. 오늘 마지막으로 물을 마신 게 언제였지? 닭갈비집에서 나올 때였나? 마지막 주문받고 나서였나? 경찰서에서 10분쯤 떠들고도 물 한 컵 못 마셨지. 더 고민하지 않고 잔을 기울였다. 시원한 탄산이 식도를 뚫고 위장에서 소용돌이친다. 아, 아아아아. 진짜 죽을 것 같다. 그래, 이게 맥주가 제일 맛있는 순간이지! 죽도록 일한 뒤 자기 전에 한 잔! 갈증이 해결된 뒤에는 속도를 줄여 맛을 음미했다. 예전에 한 번 얻어먹은, 좀 비싼 수제 맥주가 이런 맛이었던 것 같다. 마지막으로 오렌지 향을 입안에 남기고, 500ml는 될 것 같은 잔은 순식간에 동이 났다.

"크아! 와, 맛있다. 잘 마셨어요."

"맛있었다니 다행이네요. 지금 냉장고에 안줏거리가 없어서 술만으로 될까 싶었는데."

"안주요?"

"네. 간단하게 콘치즈라도 만들까 했는데, 이 시간에 부엌을 쓰면 주인어른이 깨겠죠?"

악마는 정말 아쉽다는 투로 말했다. 이놈은 혹시 나를 살찌워서 지옥 불에 구워 먹고 싶은 걸까?

"저기요, 왜 자꾸 먹을 걸 주시는 거예요? 미숫가루도 타주고, 맥주도 주고. 게다가 할머니 몰래 문도 열어주고. 지난번에 주인님 운운한 거 듣고 식겁했는데, 혹시 악마의 세계에는 세입자가 집주인에게 엄청 잘 해줘야 한다는 오해라도 퍼져 있어요?"

"인간으로서 양심에 손을 얹고 다시 말해보세요. 인간 기준으로 그게 정말 오해일까요?"

"……아, 뭐, 대부분 세입자가 불리한 입장인 건 사실이지만, 모든 집이 다 그런 건 아니잖아요. 특히 우리 집은."

"그렇다고 치죠. 하지만 그거랑은 관계없어요. 악마에 관해 전혀 모르시는구나."

"당연하죠!"

내가 그걸 왜 알아야 해. 난 종교도 없다고.

지옥도, 악마도 이 집 밖으로 나가면 완전히 나와 관계없어지는 세계다. 누구에게 말하더라도 환청을 듣는 거 아니냐는 오해나 사겠지. 난 맥주잔을 돌려주고 그를 내보내려 했다. 하지만 그는 맥주잔을 받아 책상 위에 올리고는 말했다.

"그런 농담 아세요? 저도 우리 죄수한테 들은 농담인데, 너무 웃겨서. 신은 인간에게 감자를 선물했다면, 악마는 감자를 튀기는 방법을 알려주었다. 신이 밀가루를 선물하자, 악마는 그걸 반죽해 튀겨 설탕을 발라 주었다."

"몰라요. 그냥 빨리 나가……."

"내가 있으면 당신이 행복하잖아요."

"주시겠…… 네?"

지금, 뭐라고? 내가 뭘 들었지? 말을 잃고 굳어버렸을 때 악마는 마지막으로 웃어 보였다.

"간단하죠? 그럼, 또 당신에게 뭔가가 필요할 때 뵈어요!"

문이 닫혔다. 아니, 언제나 그렇듯, 오랜 시간에 걸쳐 휘어버린 나무문은 끼긱끼긱 소리를 내며 서서히 문지방과 합체했다. 낡아빠진 나무문은 복도는커녕 다른 층에서 나는 소리마저도 제대로 흡수하지 못했다. 밖에서 또 목소리가 들린다. 악마의 쾌활한 목소리, 그리고 겁에 질린 죄수의 목소리.

"또 어딜 나와서 돌아다니실까?"

"죄송합니다, 죄송합니다! 부, 불이, 꺼져서, 끝난 줄 알…… 끄아악!"

"전부 불탈 때까진 끝난 게 아니라고 했잖아요. 조금만 더 기다리셨으면 당신 뱃속에서부터 불씨가……"

거기에서부터 목소리는 들리지 않는 곳으로 넘어갔다.

난 의자에 기댔다. 그리고 내가 형광등을 켜지 않았다는 걸 뒤늦게 깨달았다. 방을 밝히고 있던 건 어느새 아로마 캔들로 바뀌어버린, 악마가 두고 간 맥주잔이었다. 500ml를 원샷하다시피 했는데도 뱃속은 편안하다. 취기도 없다. 완전히 사라진 갈증만이 내가 겪은 일을 증명한다. 지옥은 이승에 영향을 미치지 못한다고 했던가. 하지만 아로마 캔들은 거짓이라기엔 지나치게 달콤한 향을 풍겼다.

06
가장 비싼 생일잔치

대낮, 혼자 번화가에 나와 있으면 피할 수 없는 것이 있다.

"저기요, 잠시만요. 뭐 좀 물어보려고 하는데요."

생글생글 웃는 여자와 남자가 한 조를 이루어 따라붙는 것이다. 물론 그 인간들이 물어보고 싶은 건 뻔하지.

'고민이 있니? 네 고민을 인질 삼아 너에게서 돈을 뜯어내고 싶은데!'

약속 시각까지 여유도 있겠다, 나는 고개를 끄덕였다. 여자의 표정이 눈에 띄게 밝아졌다.

"인상이 너무 좋으셔서 말을 걸 수밖에 없더라고요. 성격 좋다는 이야기 많이 들으시죠?"

"아뇨."

"어머! 전 절대 이런 거 틀리는 법이 없는데. 요즘 뭐 힘든 일이 있으신가 보다."

"힘든 게…… 있죠."

"저희에게 말해줄 수 있으세요?"

두 사람은 입술을 실룩이며 내 양옆으로 달라붙었다. 방향은 자연스럽게 카페 쪽을 향한다. 커피 한 잔은 얻어 마시겠다, 이거지. 커피 뜯기기 전에 빨리 말씀드려야겠네.

"집이 지옥이에요."

"어머나……, 집안 문제로 힘드시구나. 그렇죠, 집안 이야기는 남들에게 상담하기도 어려우니까. 생판 남한테 말하는 게 훨씬 낫죠."

"그래서 묻는 건데요, 지옥이란 대체 뭘까요?"

"지옥이라……."

이번에는 남자가 어색하게 웃었다.

"지금 학생, 학생 맞죠? 학생이 이미 지옥이라는 비유를 썼잖아요. 학생도 지옥의 풍경이 어떤 것인지 상상한 게 있을 거예요."

"비유 아닌데요. 진짜로 집에 지옥이 있다니까요. 사실 저희 집이 하숙을 해서 방이 엄청 많은데, 밤마다 비명이 들려요. 어느 방에서는 사람 손톱을 찌르는 걸 본 적도 있고요. 얻어먹은 게 있다 보니 못 본 척했지만……."

"그, 그렇구나. 힘드시겠어요."

남자가 여자에게 눈짓했다. '후퇴하자!'라고 말하는 것 같다. 그러나 여자는 포기하지 않았다. 내가 하는 말을 자기들 퇴치용 헛소리로 생각한 걸까.

"지금 집이 지옥이라고 말씀하셨는데, 그중에서도 제일 학생을 괴롭히는 게 뭐예요? 문제가 있죠?"

"있죠. 제 지옥에는……"

"네."

"악마가 살아요."

"저런. 어떤 끔찍한 악마일까."

"악마라는 건 대체 뭔가요?"

"……학생이 지금 악마라는 비유를 썼잖아요. 학생도 악마가 어떤 존재인지 상상한 게 있을 거예요."

그거, 아까 저 남자가 한 레퍼토리랑 똑같잖아.

"비유가 아니에요. 맛있는 걸 만들어주는 악마에 대해서는 어떻게 생각하세요?"

"네? 어, 보통 인간을 유혹할 때 그렇게 하겠죠? 검소한 식사를 하는 이들에게 술과 만찬을 대접해 타락으로 이끌듯이."

"남의 집 미숫가루를 타주는 것도 유혹에 들어갈까요?"

나는 진지했다. 우리 집의 지옥이 어떻게 굴러가는지는 알 것 같다. 어느 만화에서 본 지옥, 어릴 적 끌려간 성경학교에서 들은 이야기, 할머니로부터 협박처럼 들은 이야기가 전부 그 지옥을 이해하는 데 나름 도움을 준다. 하지만 악마에 대해서는 전혀 모르겠어!

"인간을 행복하게 해준다고 말하는 악마도 있나요?"

당신들도 종교인이라면 대답 좀 해줘. 나는 단서가 하나라도 필요해! 그러나 두 사람은 대화를 포기한 듯하다. 갑자기 입을 모아 이렇게 외친다.

"학생을 지옥에서 꺼내줄 수 있는 건 오직 자기 자신밖에 없어요!"

"어, 아직 나갈 생각은 없는데요. 일단은 집이라서."

"해결하기 위해서는 먼저 가신 조상님들을 지옥에서 끄집어내야 해요. 지옥에서 몸부림치는 조상님들의 눈물이 후손에게 영향을 끼치는 거라……."

슬슬 약속 시각이다.

"예, 지금까지 감사했고요. 믿으시는 교리에 악마고 지옥이고 없으면 저도 이만."

"안 돼요, 믿으셔야 해요!"

"나중에 교리 점검하고, 악마에 대해서 좀 설명해주실 수 있으면 그때 믿을게요. 저, 지금 약속이…… 할머니, 여기야!"

"때를 놓치면 말세가 왔을 때 대처할 수 없습니다!"

말세라……. 그런 거 함부로 입 밖에 내면 안 된다고 거품 무는 분이 우리 집에 있지. 할머니는 내게 다가오다 말고 '말세'라는 단어를 듣자마자 두 주먹을 들어 올리셨다.

"이 새끼들이 어디서 더럽게 말세, 말세거려!"

"꺄아악!"

"어, 어르신! 귀, 귀, 귀 잡아당기지 마세요!"

"똑바로 들어, 어! 말세 같은 끔찍한 소리 하지 말어, 어! 어디서!"

할머니는 한참 동안 그들의 귓불을 잡아당기며 재수 없는 소리 하지 말라고 외쳤다. 그들은 뭐라 논리를 펼치려다가 실패하고 바닥에 떨어진 팸플릿을 챙겨 달아났다. 난 아직도 씩씩거리는 할머니를 안아 진정시켰다.

"아이고, 할머니 기운 좋네. 좀 움직일 만해? 혼자 나오는데 힘들진 않았어?"

"아직 늙어 죽으려면 멀었다, 야."

"할머니 옷 예쁘다. 옷장 냄새나네. 모자도 곱게 쓰고. 응?"

할머니는 멋쩍게 웃으며 내 팔을 뿌리쳤다. 나는 하늘을 향해 날아가는 할머니 손을 다시 꽉 잡아 번화가의 식당으로 이끌었다. 누가 '서주야, 넌 할머니랑 사이좋아?'라고 물으면 긍정적인 답변을 내놓을 수 없는 관계긴 하지만, 그렇다고 할머니 생신날 번화가에서 밥 한 끼도 못 챙겨드릴 정도로 삭막한 관계는 아니니까. 물론 할머니는 내 생일 안 챙기지만.

우리가 찾은 곳은 두부가 맛있다는 백반집이었다. 승빈이 친척이 하는 곳이라고 소개받았는데, 마침 내 지갑 사정과도 적절히 맞아떨어졌다. 나는 당당한 표정으로 메뉴판을 할머니에게 건넸다.

가격을 본 할머니 표정이 일그러졌다.

"왜 이리 비싸? 두부에 금 갈아 넣냐?"

"할머니, 내가 산다니까."

"니미, 두부 사다가 만들어 먹으면 뒤집어쓴다. 차라리 나한테 돈으로 줘. 돈으로!"

"됐고, 그냥 앉아! 여기 사장님이 내 친한 친구 아는 분이거든? 소개받고 온 집이니까 그냥 먹어!"

계산대에 있던 사람이 의아한 표정으로 나를 쳐다보았다. 죄송합니다. 저희가 그렇게 가까운 사이는 아닌 거 알아요. 계산 잘 할게요. 난 그런 의미의 손짓을 했지만, 그분이 알아들었는지는 모르겠다. 겨우 진정한 할머니와 합의해 두부전골을 시킨 후, 나는 메뉴 하나하나를 찍어 비싸다고 불평하는 할머니에게 질문을 던졌다.

"할머니, 지옥 계약은 그놈하고 한 거지? 뿔 달린 놈."

"그놈? 아, 그 번드르르하게 생긴 마귀 새끼. 가까이하진 말어. 웃음이 헤프면 몹쓸 놈이야."

"할머니가 불렀으면서……. 걔는 어디서 보고 연락했대? 버스정류장에 저단 붙인 거 보고 다니나?"

"우리 옆집 공사하잖냐."

갑자기 딴소리네. 그래, 옆집이 일단 공사 중이긴 하다. 3년 전에 쌓은 흙더미가 그대로 남아 있고, 집주인은 코빼기도 보이지 않는 걸 보면 영원히 끝나지 않을 것 같지만.

그 자리를 지키는 생명이라곤 늙은 대추나무뿐이다.

"바닥에 굴러다니는 대추 썩는 꼴 보기 싫어서 주우러 갔거든. 근데 몇 개 되지도 않는 게 누가 지남철로 당기는 것마냥 데굴데굴 굴러서 마당 구석에 있는 웬 구멍으로 들어가는 거야."

"신기하네."

"이게 뭘까 하고 들여다보니까 글쎄, 시꺼먼 아귀들이 구멍 아래쪼로록 서서 대추를 받아먹으려고 숨을 막 들이마시고 있지 뭐냐."

"어, 그러면 그 구멍이 지옥으로……."

"그렇지. 그런데 대추를 입에 넣는다고 끝이 아니야. 보니까 걔들, 이가 죄 뽑혔더라고. 그래도 먹어보겠다고 잇몸으로 대추 씨에 붙은 자투리 살까지 쭙쭙 빨다가 입이 씨앗에 찔려서, 피 섞인 침이 줄줄 흘러."

"……밥 먹는 데 그런 이야기 하지 말자."

"그러니까 먹을 거 작작 탐해. 고기 추가 주문은 하지 마라."

"알았어! 그래서 세를 어떻게 줬냐고?"

"피골상접한 것들이 좀 불쌍해야지. 내가 대추를 하나 깨물어 씨를 빼고 줬거든. 그랬더니 뒤에서 그 마귀 놈이 헐레벌떡 뛰어나와서는 이러시면 안 됩니다, 하더라고."

"헐레벌떡? 정말 안 어울린다."

"딱 봐도 새파란 게 신입이잖냐. 아무튼, 지옥이 공사 중이라 여기저기 신세 지고 있다는 거야. 그래서 이야기를 해봤지. 우리 집이요 옆인데, 사람 적고 넓다, 들어오겠냐 해서 그날로 도장 찍었지."

"그걸로 끝이우?"

"그럼 끝이지, 뭐가 더 있냐?"

가볍다. 할머니 이야기는 가벼워도 너무 가볍다. 아귀들을 묘사할 때 할머니 얼굴에 비친 혐오와 두려움은 절대 가볍지 않았음에도 말이다. ……하긴 그런 사람이니까 나를 똥강아지 줍듯 데려와 키웠으리라. 적어도 굶주림과 추위만은 잊게 하면서.

"왜 물어봐 놓고 딴생각이야? 새삼 돈 아까워?"

비록 훈훈한 분위기와는 거리가 먼 사람이지만!

"그래, 돈 이야기나 하자! 월세 얼마나 받아? 좀 더 얹어주나?"

"남들하고 똑같이 받았지. 방 세 개어치."

"뭐야, 복도하고 보일러실에 천장까지 쓰는데?"

"그건 다른 세입자도 똑같잖냐. 천장도 쓸 수 있으면 쓰라지."

"아니, 내 집 아니지만 좀 그런데."

"지옥도 세상 순리다. 거기다 대고 함부로 흥정하면……."

"음식 나왔습니다. 뜨거우니 조심하세요."

직원이 할머니 말을 끊었다. 휴대용 가스레인지 위에서 냄비는 금세 끓기 시작했다.

검은 냄비, 붉은 국물, 새하얀 두부와 여기저기서 갓을 내민 팽이버섯들. 저것들을 보고 지옥을 연상하지 않기란 어려운 일이다. 어디선가 비명이 들리는 것만 같다.

"할머니, 지옥 보는 거 괜찮아?"

'말세'라는 단어만 들어도 진저리를 치면서. 할머니는 대답하지 않고 국자를 들었다. 두부가 뒤집힐 때, 아래쪽에 가라앉아 있던 고기가 떠올라 조금씩 갈색으로 물들 때, 회색 거품을 걷어낼 때, 머릿속에는 집에서 보았던 각기 다른 형태의 지옥이 떠오른다.

"할머니, 아무리 문단속 잘한다 해도 비명 들리고, 누가 피 줄줄 흘리면서 지나가고……, 그런 거 보는 게 좋아?"

"우린 어차피 지옥에 세 들어 살잖냐."

"……뭐?"

예상하지 못한 답이 나왔다. 할머니는 국자를 내려놓고 내 눈을 똑바로 바라보았다.

"우리 사는 데가 다 지옥이라고. 말만 이승이지, 여기에 명줄 두고 버티려면 돈으로 디딤돌을 쌓아 계속 뛰어야 하는 꼴이 지옥이랑 뭐가 다르다니."

"……꿀꿀하긴."

"그러니까 우리도 지옥에서 돈 좀 받아야지. 게다가 아래쪽 지옥은 일이 순리에 맞게 돌아가기라도 하는데, 여긴 통 그런 것도 없고…… 야, 이거 익었다."

할머니는 내 앞접시에 두부를 덜고, 딸려오다가 뚝 떨어지는 차돌박이에 욕설을 내뱉고, 휴지를 집어 들었다. 아주 혼자 말하고 혼자 바쁘다.

그동안 나는 질문 하나를 꺼내지 못해 망설였다. 할머니, 여기서 사는 거, 지옥만큼 힘들어? 그건 다른 질문이기도 했다. 할머니, 할머니 지옥살이를 내가 연장하고 있어? 당장에라도 다 버리고 날아가고 싶은데, 내가 억지로 할머니 지옥을 닦고 쓸고 있냐고. 나 때문에 억지로 버티고 있는 거냐고. 아주 옛날, 내가 그 집에 기어들어 가 제발 하룻밤만 재워달라고 질질 짜던 그 날 이래로.

하지만 나는 묻지 않았다. 대신 할머니가 내민 앞접시를 받았다.

"다 먹어. 먹어야 죽든 살든 후회를 덜 한다."

"고마워. ……아, 맛있다."

"그러게. 잘 골랐다. 이런 덴 어디서 찾았대? 너희 사장님이 하는 데라고?"

"아니. 직장 동료가 추천해줬어."

할머니는 이제 가격 불평을 멈추고 '두부 좀 사 갈까?'라며 지갑 안을 들여다보신다. 나보고 사달라는 거겠지. 슈퍼마켓 두부값보다 훨씬 비싸지만, 그 정도는 낼 수 있다. 안 좋은 이야기를 꺼내기 전 뇌물 바치는 셈 치자.

지금 제일 큰 문제는 정효섭 씨. 즉 할머니의 두 아들 중 살아 있는 놈이 이 근방에서 누군가를 찾아 돌아다닌다는 것. 놈이 할머니를 찾아와 돈을 요구하다가 쫓겨난 건 한두 번이 아니다. 그나마 제 형의 유품을 입었다가 크게 싸운 후로는 몇 년을 돌아오지 않아 진짜로 연 끊은 줄 알았는데. 인간의 지질함이 그리 쉽게 바뀔

리 없지. 자기 집이 어디인지 잊어버린 건 아닐 텐데. 만약 나를 찾으려는 거라면, 할머니보다도 더 만만한 나를 따로 만나 할 소리가 있다는 거겠지. 내겐 너와 할 이야기가 없어요, 이 총체적 개자식아. 할머니도 알고 있어야 할 것 같아 슬쩍 운을 띄웠다.

"할머니, 요새 어디서 연락받은 거 없어?"

"무슨 연락."

"어……, 뭐, 어디서든. 할머니 친구나."

"다 뒤졌어. 마지막으로 받은 연락도 장례식 오라는 소리였다."

"집에 온 사람도 없어?"

"없다. 집 팔라고 온 업자는 있었는데, 세입자 있어서 안 된다고 했더니 웃더라. 이런 집에도 살겠다는 사람이 있냐고."

어느 정도는 동의해. 하지만 리모델링만 제대로 해주면 꽤 멋진 집이 될 거다. 정원까지 딸려 있으니, 돈 좀 있는 사람이 사서 3층 카페로 개조할 수도 있겠어. 아들놈이 연 끊은 엄마에게 돌아와 어리광부릴 만한 이유가 된다.

"그러니까, 그 집 때문에."

"응?"

"혹시 요즘…… 할머니 둘째 아들 본 적 없어?"

할머니 표정이 굳었다. 나는 급하게 말을 이었다.

"무슨 일 있는 건 아니고, 누가 비슷한 사람을 동네에서 봤다길래. 그러니까 조심하라고……."

"그 육시랄 놈이!"

할머니가 숟가락을 내동댕이치며 자리에서 일어섰다. 사방으로 국물이 튀고, 사람들 이목이 한데 모였다.

"오기만 해봐라. 그 미친, 미친놈이. 응? 그래, 지옥에, 지옥에 가야지. 그래."

"할머니, 일단 앉아. 응?"

"지, 지 형만, 지 형만 보내고, 그래서는, 응, 얼마나 오래, 영화를 누리겠다고……."

주변 사람들은 애써 못 본 척 시선을 돌리지만, 목소리가 점점 작아진다. 나에게 있어서는 이게 더 폭탄 같은 신호다. 할머니의 얼굴이 납처럼 하얘졌다. 난 바로 일어서서 할머니가 앉은 맞은편으로 갔다. 점원이 짧은 비명을 질렀다. 그와 동시에 할머니가 내 품에 쓰러졌다.

"할머니, 나 보여? 응? 보이지?"

"그런 게, 왜, 왜 살아서, 응……."

노기가 활활 타오르는 눈은 내 시선을 피한다. 목소리는 멀쩡하다. 난 할머니의 차가운 손을 주물렀다. 나도 정신이 없어서 뒤늦게 깨달은 거지만, 어느새 다른 점원이 할머니 반대편 손을 주무르고 있었고, 또 다른 누군가는 상을 뒤로 빼고 할머니를 눕힐 만한 공간을 만들어주었다.

얼마나 그러고 있었을까. 문득 깨닫고 보니 손님들의 목소리는 사라지고, 직원들은 식당 구석 자리에서 뒤늦은 점심을 먹고 있었다. 할머니는 식당 벽에 기대앉아 한 손으로 모자를 만지작거리는 중이다.

"할머니, 좀 괜찮아?"

"괜찮긴, 니미……."

욕하는 걸 보니 괜찮은 모양 같네. 난 안도의 숨을 내뱉었다. 직원이 다가와 내게 물잔을 건넸다.

"괜찮아요, 학생? 어유, 학생 땀나는 것 좀 봐."

"정말 감사합니다. 갑자기 놀라셨죠?"

"둘 다 괜찮으면 됐죠, 뭐. 그보다 119 신고하려는데 학생이 갑자기 소리친 거 기억나요?"

"네?"

"신고하지 말라고 소리쳤잖아요. 학생도 정신없었나 보네."

신고 소리를 듣고 반사적으로 경찰 신고로 착각한 모양이다. 이럴 때 경찰까지 왔으면 할머니는 정말 머릿속 핏줄 하나 터졌을지도 모르겠다.

직원들이 점심 식사를 끝마쳤을 때 우리도 자리에서 일어났다. 빨리 집에 가서 쉬는 게 나을 듯했다. 할머니는 아직 혼란스러워 보이지만 내 손을 쥐는 힘은 제법 돌아와 있었다. 식당에 죄송스러운 마음에 두부를 원래 사려던 것보다 더 많이 사려 했지만, 사장님이 선수를 쳐 공짜 두부를 안겨주셨다. 언제 한번 사람들 데리고 먹으러 와야겠네.

전골값을 계산하고 식당 문을 나섰을 때 예상하지 못한 사람이 내 반대편에서 할머니 손을 쥐었다.

"괜찮으세요?"

"승빈아! 네가…… 여긴, 여긴 웬일이야?"

"고모, 아니, 사장님한테 연락받고 왔어요."

식당 유리문 너머에서 사장님이 손짓하셨다. 난 다시 고개를 숙였다. 공짜로 받은 두부만 해도 무거운데.

"여기, 너희 고모님 댁이라고 했지? 신세를 너무 많이 지네."

"뭘요. 나중에 매니저님이 회식 어디로 갈까 고민하실 때 누나가 여기로 오자고 바람 좀 넣어주시면 되죠."

승빈이는 할머니를 부축했다. 그럴 필요까지 없다고 말하고 싶지만, 이번에 내세울 건 자존심이 아니다. 우리는 아직도 혼잣말하는 할머니를 양쪽에서 부축해 택시 정류장으로 향했다.

승빈이는 우리가 당연히 병원으로 갈 줄 알았나 보다. 하지만 할머니는 '사람이 살다 보면 밥숟가락 던지는 날도 있는 거지, 내 관 짜야 한다는 소리 듣고 싶냐'라고 목소리를 드높여 우리를 더욱 걱정스럽게 했으며, 나 또한 승빈이의 심정을 속속들이 알기는 했지만 고개는 저었다. 이런 증상으로 병원에 가봐야 듣는 대답은 '혈압약 꼬박꼬박 챙겨 드시고 푹 쉬세요. 스트레스 조심하시고요.'

뿐이었다. 게다가 이 시간에 갈 수 있는 곳은 응급실뿐. 밖에서 사이렌이 돌아갈 때 할머니 상태는 더 안 좋아질지도 모른다.

난 승빈이 귀에 속삭였다.

"좀 사정이 있어서 응급실은 못 가거든. 병원에는 나중에 모시고 갈게. 걱정해줘서 정말 고마워."

"아…… 네, 넵!"

그러고는 당연히 갈 줄 알았는데, 아니었다. 승빈이는 끝까지 도와주겠다며 택시에 앉아 버텼다. 처음에는 부담스러웠지만 다행히도 돌아오는 오르막길에서 큰 도움이 되었다.

우리 어깨에 매달려, 할머니가 내게 물었다.

"그런데 얘는 누구냐?"

"그걸 이제 물어봐? 내……"

내, 그다음에 뭐라고 하지? 친구라고 하든, 동료라고 하든 할머니는 분명 '어른 되자마자 남자 만나냐'라고 따질 게 분명해! 아르바이트하는 가게에서 만났다는 이야기까지 나오면 '직장 다닌다는 건 뭐냐'라며 두 번 죽을 거다. 난 다급하게 머리를 굴렸다.

"아는 동생이야!"

꼬장꼬장한 할머니는 연하남 따위 취급하지 않을 것이다. 과연, 할머니 표정은 평소보다 조금 더 인자해졌다.

"고등학생인가? 귀엽구먼."

"대학생이야. 장하다고 좀 해줘. 오늘 쟤 없었으면 할머니 집에 못 들어왔어."

"그래. 이따 하드 사줘라. 요즘 애들은 뭐 좋아하나? 서주가 공부 가르쳐주니?"

애 취급에 승빈이의 힘이 빠졌는지, 어째 할머니가 더 무거워진다. 난 자세를 고쳤다. 승빈이 입에서도 짧은 기합 소리가 나오는 걸 보니 승빈이보다는 좁은 언덕이 문제였던 모양이다.

"정말 고마워. 계속 너 돌려보낼 타이밍만 찾고 있었는데, 끝까지, 신세 지네……. 헥, 너 없었으면, 좀, 힘들 뻔했다."

"천만……에요. 지난번에는 별 도움도 못 된 것 같았는데, 이번에는 기운 쓸 일이, 있네요!"

언덕은 서서히 완만해졌다. 하지만 오후 햇빛에 건물들의 그림자는 점점 길어진다. 주변에 높은 건물이 없어 햇빛이 고만고만한 주택들 위로 직접 내리쬐이는데도 주변 경관은 버려진 유적처럼 사람을 불안정하게 한다.

"낮에 오는 건 처음인데, 빈 건물이 제법 있네요."

"그렇지? 원래 오래된 주택가라 반 정도는 공사한다, 리모델링한다, 재개발한다 등등 말이 나왔는데, 그게 많이들 파투났어."

"누나네 옆집도 빈집이었네요. 이 바이크는 폐차 좀 하고 가지."

승빈이는 바닥을 구르는 오토바이를 걷어찼다.

"야, 안 돼. 그거 없었으면 나 집에 못 들어갔어."

"네?"

"농담이야. 아무튼, 덕분에 살았다. 다음에 밥 살게!"

"하는 김에 현관까지 모시고 가는 거 도와드릴게요. 저 안에 계단 있는 거 아니에요?"

오늘도 대문은 닫혔다. 할머니가 잠그고 나오셨겠지. 승빈이는 자연스럽게 초인종을 눌렀다. 달각달각 소리만 허무하게 울린다.

"아, 아. 여보세요?"

"없어."

"안에 아무도 안 계세요? 다른 가족⋯⋯."

승빈이의 말이 끊겼다. 뒤늦게 눈치챈 모양이다.

문을 열어줄 만한 가족이 있었다면 식당에서 할머니가 쓰러졌을 때 진작 도와달라고 연락을 했겠지. 승빈이는 말을 얼버무리다 고개를 돌렸다. 그러고는 빠르게 태세를 전환해 할머니 앞에 무릎을 꿇었다.

"제가 업고 넘어갈게요!"

"괜찮아. 할머니, 할머니. 대문 열쇠 어디에 뒀어? 어느 주머니에?"

"거, 내 가방에 있어. 작은 속주머니."

"빨간 가방? 여기?"

내가 보물찾기를 하는 동안 승빈이는 우리 두부를 받아들었다. 어색한 침묵이 흐른다. 난 할머니 가방을 뒤집으며 말했다.

"승빈아, 약속 없으면 저녁이라도 먹고 갈래?"

"네? 저녁이요?"

"어. 시간도 애매하고, 두부도 많고."

"갑자기, 갑, 갑자기 폐 끼치는 거 아니에요?"

"두 사람 밥 차리는 것보단 세 사람 밥 차리는 게 더 편해."

집에 들어갈 수 있다면 말이지만. 할머니, 대체 열쇠 어디에 둔 거야?

"승빈아, 미안. 조금만 더 찾아보고 없으면 다시 담 넘는 거로……."

"……두 분만 계신 거 맞아요? 그럼 저분은 누구세요?"

"응?"

승빈이의 의문을 향해 고개를 들자마자 대문이 열렸다. 대문을 연 사람은, 사람이 아니다. 늘어진 햇살에 눈을 찌푸린 악마가 우리를 내려다보고 있었다. 한참 일하다 나온 건지 작업복은 얼룩투성이다. 할머니를 부축하러 다가온 그에게서는 햇살 냄새가 났다.

"안녕하세요."

눈이 가늘어진다. 그는 친절하지는 않은 표정으로 승빈이에게 인사를 보냈다. 승빈이는 얼떨결에 마주 고개를 숙였다.

"안녕하세요."

"이렇게 또 신세 지네요. 모시고 와주셔서 감사합니다. 식사도 하고 가신다고요?"

"아……, 아뇨, 아닙니다!"

"예, 알겠습니다. 저기요! 식사는 거절하신다는데요?"

111

악마가 나를 보고 웃었다. 야, 그렇게 대놓고 물어보면 당연히 거절하겠지! 난 승빈이 옷깃을 잡아당겼지만 승빈이는 악마 앞에 얼어붙었다.

"누나, 이분은 누구세요?"

"어. 우리……"

"식구요."

악마가 대신 답했다. 우리 모두의 시선을 끌어놓고는, 얄밉게 한 문장을 덧붙인다.

"군식구입니다."

"그, 우리 집이 하숙하거든. 같이 사는 사람이야."

"전 할머니 모시고 먼저 들어갈게요. 친구 분하고 천천히 놀다 오세요!"

악마는 할머니를 혼자 부축해서는 마당을 가로질렀다. 아, 저 악마는 왜 갑자기 튀어나와서는. 할머니의 대문 열쇠는 그제야 가방에서 툭 튀어나왔다.

"그냥 하숙하는 사람이야. 진짜."

"뭐라고 안 했어요."

승빈이는 두부 봉지를 내밀었다. 난 그걸 받아들며 어색하게 말을 이어붙였다.

"정말 식사 안 하고 갈래? 아니면 커피라도."

"아뇨, 아니에요."

"미안……. 이 시간까지 도와줬는데 배고프게 보내네."

"괜찮아요. 제가 괜히 부담 준 것 같네요. 그런데 저 사람, 저 알아요?"

"응? 모를 텐데."

"저한테 '또 신세 졌다'라고 하던데요."

"……어? 진짜 그랬어? 난 네 이야기 한 적 없는데."

"한집에 있으면, 뭐. 밥 먹으면서 이야기하던 걸 들었을 수도 있죠."

승빈이는 묘하게 씁쓸해 보이는 웃음을 지으며 물러났다. 또 보자는 인사를 나누고, 승빈이는 언덕길을 털레털레 내려갔다. 난 미안한 마음에 승빈이가 시야에서 벗어날 때까지 손을 흔들었지만 승빈이는 한 번도 뒤돌아보지 않았다.

집에 들어오자마자 현관에서부터 심란한 풍경이 펼쳐졌다. 우리 없는 새 또 죄수들이 지지고 볶고 다녔겠지. 그대로 방에 올라가 쓰러지고 싶었지만, 할머니는 방에 들어가는 대신 거실 소파에 늘어지셨고, 부엌에서 악마가 쌀을 씻는 걸 보니 가만히 있을 수가 없었다. 게다가 그새 작업복도 벗어 던지고 트레이닝복 바지에, 맨발에, 반소매 티셔츠 차림이라니, 정말 누가 보면 이 집 백수 아들인 줄 알겠다!

"됐어요. 거기서 뭐 하는 거예요?"

"집주인 분에게 허락받았어요. 부엌에 있는 거 써도 된다고."

"그게 문제가 아니잖아요. 밥을 왜 그쪽이 차려요!"

"안 될 건 있나요? 흠, 점심때 뭐 먹었어요? 빨간 거?"

악마가 젖은 손으로 제 입술 가장자리를 꾹 눌러 훑었다. 뭔 되지도 않는 애교인가 당황한 것도 잠깐. 그 손길처럼 내 입술을 만져보니 뭔가 끈적한 게 느껴졌다. 아악, 전골이 묻어 있었구나! 얼굴이 새빨개졌다. 그러거나 말거나 악마는 내 손에서 두부 봉지를 빼앗아갔다.

"점심때 뭐 드셨는지나 말하고 앉아 계세요. 금방 만들어드릴 테니."

"아니, 내가, 얻어먹으려고 하는 게 아니라⋯⋯."

"두부도 많다면서요. 2인분 만드는 것보다 3인분 만들어 한 번에 먹죠."

"잠깐. 우리가 앞에서 말하는 거 다 들었어요?"

"방음 안 된다니까요."

악마가 씩 웃었다. 그의 귀 끝이 보통 사람보다 뾰족해 보이는 건 내 착각일까. 말 나온 김에 물어볼 게 있다.

"아까 승빈이에게 신세 졌다는 건 뭐예요? 그쪽, 승빈이랑 만난 적 없잖아요."

"그분이 요 앞에 싸움 말리러 온 적 있잖아요. 그분의 감정은 파닥파닥해서 맛있더라고요."

114

"파닥파닥? 승빈이가 이상한 마음이라도 먹고 왔어요? 걔 되게 착한데."

악마는 잠깐 묘한 표정으로 나를 쳐다보았다. 왜 그래? 곧 그는 고개를 저었다.

"아무것도 아니에요. 아, 나쁜 분은 아닙니다."

"부정적인 감정만 먹는 거 아니었어요? 악마잖아요!"

"그 기준이란 것도 참 애매하죠. 예를 들어, 적국의 파멸에서 오는 기쁨은 긍정적인가요, 부정적인가요?"

"……저녁 만들어주세요. 저희는 아까 두부전골 먹었어요."

"잘 생각하셨습니다."

악마가 도마 위에 두부를 꺼냈다. 들고 돌아다니느라 뭉개진 모서리를 좀 정리하니 고소한 냄새가 풍겼다. 입안에 침이 고인다. 악마도 좋은 두부는 알아보나 보다.

"기왕 좋은 두부를 가져오셨으니 오늘 중으로 먹어야 할 텐데. 찌개류는 맛이 겹치고. 두부 탕수육을 하기엔 좋은 두부가 아깝고. 심플하게 익힌 뒤 김치, 수육 곁들여서 먹어볼까요?"

"수육? 집에 고기 없어요. 찌개용으로 잘라 놓은 것밖에."

"사 오세요. 고기 삶으려면 오래 걸리니까, 빨리."

악마는, 악마답게 생긋 웃는다. 그러고는 한 마디를 덧붙였다.

"집주인분 생신인데, 그 정도는 해도 괜찮잖아요."

"그건 어떻게 알았어요?"

"계약할 때 주민등록번호 보잖아요. 자, 빨리 다녀와요. 밑준비는 해둘 테니까."

악마는 내 등을 떠밀었다. 행동에도 말에도 거침이 없다. 난 얼떨결에 지갑과 장바구니를 들고 대문을 나섰다.

최종적으로 우리 뱃속에 들어간 수육의 맛은……

"잘 먹었습니다. 정말 맛있었어요."

무난했다. 악마가 만든 요리는 엄청나게 맛있을 줄 알았는데…… 하긴, 생각해보면 그동안 먹은 미숫가루도 시장이 반찬이었다. 반면 두부는 비싼 값을 했다. 이제 동네 마트에서 파는 천오백 원짜리 두부 어떻게 먹지?

내가 설거지를 하는 동안 악마는 할머니를 방에 눕히고 나왔다.

"낮에 무슨 일 있으셨어요? 들어오는 거 보니 둘 다 안색이 안 좋던데."

"할머니가 건강이 안 좋으세요. 밖에서 쓰러지셨어요."

"연세가 연세니만큼 그럴 수도 있죠. 앞으로 병원 갈 일 있으면 저 부르세요."

식탁 의자에 기대 자신만만한 미소를 짓는 그의 모습은 드라마 속 하숙생을 연상시켰다. 허당 같지만 믿음직스럽고, 자기 일을 내팽개치고 하숙집 주인아주머니를 병원까지 업고 달릴 것 같은, 배우처럼 생긴 사람. 아, 사람이 아니지.

"여보세요, 세입자님. 나, 다시 물어볼 거 있어요."

"뭔데요?"

"왜 우리에게 잘 해줘요?"

"말했잖아요. 당신들을 행복하게 할 수 있으니까."

"그걸 이해를 못 하겠다고요. 당신은 악마잖아요. 우리가 원하는 걸 다 들어주다가, 당신에게 완전히 의존하게 된 우리가 마지막 소원을 빌 때 그 대가로 영혼이라도 가져가는 거 아니에요?"

"무슨 그런 끔찍한 소릴 하세요? 제가 왜 제 손으로 일감을 벌어 오겠어요. 위에서 보내주는 것만으로도 넘치는데."

악마는 정말 진실한 표정으로 진저리를 쳤고, 덕분에 나도 말문이 막혔다. 하지만 그냥 믿기도 그렇잖아. 악마가 좋은 소리를 하면 그 이면에 통신사 30개월 유지 약정 같은 함정이 있을 것 같단 말이야.

악마는 볼을 부풀렸다가 시위하듯 한숨을 뱉었다.

"진짜예요. 악마는 기본적으로 인간을 좋아한다니까요. 혹시 강아지 좋아하세요?"

"예전에 마당에서 키운 적 있어요."

"그러면 개로 설명하죠. 품 안에 작은 강아지가 있다고 생각해 보세요."

악마는 생각할 시간을 주지 않았다. 닫힌 방문 중 하나를 열더니, 거기에서 불꽃을 길어 올린 것이다. 팔뚝만 하던 불꽃은 곧 허공에서 뭉치기 시작했고, 곧 복슬복슬한 흰색 강아지 형태로 변해

덥석 내 품에 안겼다. 그 커다란 눈에 내가 비쳤다. 동시에 새하얀 꼬리가 프로펠러처럼 흔들렸다.

"자, 이 강아지가 원하는 게 뭘까요?"

"어…… 사료? 개껌?"

"지금 바로 당신이 줄 수 있는 것으로."

아마도 이거겠지. 난 강아지 머리에 손을 올렸다. 강아지는 꼬리를 더 빨리 흔들며 품으로 파고들다가 내 무릎 위에서 자빠졌다. 내 입에서 웃음이 터져 나왔다.

"아, 줄 수 있는 거 또 생각났어요. 뒤꼍에 고구마 한 박스 있는데, 전자레인지로 삶으면 금방 삶아져요."

"개들이 고구마를 좋아하나요?"

"엄청 좋아하죠. 계속 먹이고 싶을 만큼. 뭐, 그러다 살이 너무 쪄서 병원 데려가는 사람도 있다던데……."

"그게 답이에요."

"……인간이 강아지 같다고요?"

"그렇게 귀엽진 않아요. 하지만 방식은 그것과 크게 다르지 않을 겁니다. 난 상대가 무엇을 원하는지 잘 알고, 그것을 줄 수 있으며, 상대는 그걸 통해 바로 행복해지죠. 거기에서 내가 얻는 건 유치한 전능감이에요."

"지금 저는 원하는 게 빤히 보이는 개 취급당한 건가요?"

"힝, 이래서 비유는 안 쓰려고 했는데."

힝? 어린애야? 악마는 손가락을 튕겼다. 강아지는 순식간에 사라졌다. 무릎 위에 남은 건 지난 계절에 사라졌을 붉은 낙엽들이었다. 낙엽들이 아래로 떨어진다. 악마는 그걸 카펫처럼 밟더니, 가만히 앉아 아까의 강아지와 같은 눈높이로 나를 올려다보았다.

"개와 인간의 관계를 역으로 해도 상관없겠지만, 뭐라고 설명해야 할까요. 난 당신이 좋아하는 걸, 당신을 웃게 할 수 있는 걸 전부할 겁니다. 그게 당신을 파멸로 몰아간다 해도."

"내가…… 원하지 않아도요?"

"저는 초콜릿을 만들 뿐, 먹일 수는 없어요. 그 이후는 당신의 판단이죠."

조금은, 아주 조금은 무슨 이야기인지 알 것도 같았다. 얼마 전 그가 이런 농담을 했지. '신은 인간에게 감자를 주셨고, 악마는 감자튀김 만드는 법을 알려주었다.'라고.

악마가 조건 없이 무언가를 제공할 때, 인간이 거기 기대어 절제도 노력도 잃는다면 그게 타락 아닐까. 악마가 사람 한 명을 목표 삼아 계략으로 타락시키는 것보다는 사랑만 베풀도록 하는 게 효율이 높을 것 같긴 하다. 원래 애들을 망치려면 무한한 사랑만 주라고 하지 않던가. 그러나 나는 할머니가 엄하게 키워 다 컸으니, 이제 좀 망가져도 될 것 같다.

"복권 당첨시켜줘요."

"그건 어려워요. 사기나 횡령 요령은 가르쳐드릴 수 있는데"

"파멸시키는 거 맞네."

"하느냐 마느냐는 당신 자유죠. 필요하면 언제든 말하세요."

"……그것참 위로가 되네요."

진담이었다. 나는 아직 망가지지 않았다고, 내 삶에도 조금의 여유는 있다고 확인받은 것 같아서. 조금 굴러떨어질 때까지는 이 악마도 지켜봐 주겠지. 문득, 한 지붕 아래에서 맛있는 걸 나눠 먹게 된 이 사람에게 줄 것이 생각났다.

"이거 드세요."

나는 악마에게 사탕을 내밀었다. 악마가 눈을 동그랗게 떴다.

"어라, 이게 뭔가요?"

"사탕이요. 식당에서 후식으로 내놓은 거 가져온 건데, 드실래요?……맛있는 맛은 아니라 죄송하지만."

사탕은 홍삼 맛이었다. 분명 딸기 맛을 집어 온 줄 알았는데!

악마는 반응이 없다. 역시 악마도 홍삼 맛은 안 먹나? 홍삼에 퇴마 효과도 있나? 손을 계속 펴고 있는 것도 민망해서 그냥 내가 먹어버릴까 고민할 때, 악마가 조금 얼빠진 목소리로 말했다.

"이거, 저 주시는 거예요?"

"네. 별거 아니라 죄송하지만……."

"인간의 유혹을 받는 건 처음이네요."

"그냥 식당에서 공짜로 주는 사탕이에요! 별 의미 없다고요!"

"주는 입장은 그렇겠죠. 하지만 제게는 이런 의미예요."

악마가 사탕 봉지를 찢었다. 내 손바닥 위로 떨어지는 건 붉은 사탕. 그러나 악마의 긴 손가락이 그 위에서 원을 그리자 사탕은 눈부시게 빛나기 시작했다. 마치 귀한 보석처럼.

악마가 새삼 탄식하듯 말했다.

"내게도 이런 하찮은 걸 받는 날이 올 줄이야……."

"말과 행동이 다르잖아요! 혹시 비꼬는 거였어요?"

"하찮지만 귀하죠. 제가 지금껏 인간으로부터 받은 건 부모의 머리나 자식의 심장, 덤으로 본인의 영혼 정도였거든요."

"잠깐. 대가 없이 베푼다면서요?"

"저는 그랬어요. 하지만 인간은 그리 생각하지 않더군요. 언젠가 자신이 탐욕을 부린 만큼 빼앗길 거라 믿어 의심치 않고는, 빚 갚는답시고 꼭 거창한 걸 가져오더라고요. 본인들 죄만 쌓는 줄도 모르고."

그들이 어떤 최후를 맞이했을지는 모른다. 어디선가 들려오는 비명이 그 운명을 상상할 수 있게 할 뿐.

악마가 사탕을 집어 제 입에 밀어 넣었다. 그에게 사탕을 준 건 내가 처음이라지만, 악마에게 홍삼 사탕을 먹인 사람도 내가 최초겠지. 악마는 미묘한 표정을 지었다. 하지만 달콤함이 느껴졌는지, 그의 입꼬리가 살짝 올라갔다. 그걸 보는 내 입꼬리도 저절로 올라갔다. 아마도 대칭일 서로의 얼굴을 마주 보며, 악마가 말했다.

"나눠 먹을 걸 그랬네요."

07
가장 복잡한 뒷정리,
끝나지 않음

맛있는 두부를 배불리 먹은 다음 날, 김칫국에 둥둥 뜬 두부만 봐도 입맛 떨어지는 건 정상이겠지. 아직 아무 짓도 안 했는데 할머니가 소리쳤다.

"지금 제사 지내냐? 입맛 떨어지니 빨리 먹어!"

"잘 먹겠습니다."

나는 오늘도 양푼을 비우고 있을 남자를 떠올리며 '그래도 그 사람보단 낫지'라고 되뇌었다. 재수 없는 짓인 건 안다. 어차피 남자의 양푼 속이 상상되어서 입맛 되살리기는 실패했다. 누구랑 수다라도 떨 수 있으면 먹을 게 넘어갈 것 같은데. 악마는…… 지금 일하고 있으려나? 슬쩍 주변을 둘러볼 때 핸드폰이 반짝였다. 생각지도 못한 모카 언니의 메시지였다.

[안녕! 아침 먹었어? 갑작스럽지만 이따 열 시쯤 시간 될까? 너랑 가고 싶은 데가 있어서!]

우린 한 번도 단둘이 만나서 논 적이 없는데, 웬일이지? 모카 언니는 원래 놀자는 제안을 편하게 하나? 아니면 설마 종교 전도 목적? 그것도 아니면 알바 가게에서 문제가 생겼나…… 생각이 망상으로 굴러가면서 점점 만나기 싫어졌다.

나는 생각의 운전대를 억지로 돌렸다. 좀 더 희망적으로 생각하자. 언니는 밝은 사람이잖아! 물론 이 집구석은 나를 전혀 도와주지 않았다.

"사람을, 사랑한 게, 무슨 죄란 말입니…… 끄아아악!"

"아침부터 실례했습니다. 예, 식사하세요."

악마가 복도를 내달리던 죄수의 엉덩이를 걷어찼다. 죄수는 품에 안은 동물 인형을 떨어뜨리며 엎어졌다. 그런데 가만 들여다보니, 저건 동물 인형이 아니라 동물 인형 형태의 옷을 입은…… 못 본 거로 하자. 오늘 아침 식사는 글렀다. 할머니가 욕을 뱉었다.

"ㄱ 새끼 뭔데, 지 방맹이를 모시고 다녀?"

내가 대답했다.

"뭐였더라? 상습 불륜에, 상대와의 사이에서 낳은 아이 친권을 수집하는 데 도가 트신 분이었다고 했나?"

남자가 외쳤다.

"아냐! 나, 나는, 나처럼 풍족한 사람이, 아이를 많이 키워서 대한 민국에 이바지…… 아악!"

"가서 이거나 붙잡고 울어."

난 도저히 못 들어주겠다 싶어 인형을 걷어찼다. 감각이 이어져 있기라도 한 걸까. 남자는 아랫도리를 쥐며 엎어졌고, 악마가 죄수 의 목걸이에 사슬을 걸었다.

"그럼 전 다시 들어가 보겠습니다. 오늘 몸은 어떠세요, 주인어 르신?"

"눈 썩겠다."

"알겠습니다."

악마는 내게는 묻지 않았다. 다만, 입술 밖으로 혓바닥을 살짝 내보였을 뿐. 악마는 다시 몸을 돌려 제 일터로 향했고 나 또한 식 탁 앞에 앉았다. 언니의 메시지가 깜빡인다.

[서주야, 보고 있어?]

아, 보고 있지. 나는 다급하게 대답을 골랐다. 머릿속에 떠오른 그나마 긍정적인 상상은, 언니가 알바 가게의 누군가에게 마음이 있고, 내게 도움을 요청할지도 모른다는 것. 하, 정말 이루어질 수 없을 것 같은 상상이긴 하네.

[네 괜찮아요 그런데 어디서요? 저 아직 집인데]

대답은 바로 왔다.

[맞아]

[네?]

[세수했지?]

[네]

[이따 문 좀 열어줘]

문? 대체 무슨 짓을 하려는 거야? 그러나 내가 통화 버튼을 누르기 직전, 할머니가 '아까 밥상머리에서 제사 치르는 것도 모자라 이제 위패까지 세웠냐?'라며 핸드폰을 빼앗았고, 나는 불안한 마음으로 밥을 먹고 식탁을 정리했다.

그러고 나서 딱 열 시가 되었을 때, 누군가 간유리가 박힌 현관문을 두들겼다. 거실에 들어온 건 예상 못 한 얼굴들이었다.

"모카 언니, 승빈아. 대체 무슨 일이에요?"

모카 언니는 경우 없이 쳐들어온 사람답지 않은 차림새였다. 스튜어디스가 쓸 법한 머리망에 흰 셔츠에 베이지색 슬랙스. 어디 면접이라도 보러 갈 듯 얌전하다. 옆의 승빈이도 크게 다르지 않다.

언니가 속삭였다.

"승빈이한테서 들었어. 어제, 할머니 쓰러지셨다며?"

"아……, 네."

"오늘 병원 모시고 가자. 요 앞에 차 몰고 왔어."

"네? 아, 할머니 완전 괜찮으세요! 가끔 흥분할 때 그러시고, 금세 돌아오셔서……."

"정말? 정말 괜찮겠어?"

모카 언니의 전에 없이 진지한 눈이 나를 향했다. 언니라면 '괜찮은 사람이라면 안 쓰러진다', '도와준다고 할 때 가자, 응?'이라고 애교를 떨며 날 설득할 줄 알았는데, 언니는 완전히 내 판단을 믿고 기다려주는 거다. ……사실, 나도 안다. 괜찮은 사람은 안 쓰러진다는 거. 그리고 할머니를 나 혼자 병원에 모시고 가는 건 혼자할 일이 아니라는 거. 알바 가게 동료일 뿐인 사람에게 가족 문제로 신세 지고 싶진 않지만, 언니도 가벼운 호의로 여기까지 승빈이를 데리고 오진 않았으리라.

언니는 벌써 내 결론을 눈치챘다.

"들어간다? 간다?"

"……그런데요, 언니. 저희 할머니 성격 진짜 세요."

"통금 보면 딱 알지. 괜찮아, 내가 서비스직 하루 이틀 하나."

"그리고…… 미리 말을 맞춰둬야 할 게 있는데요. 저, 알바하는 게 아니라 회사 정규직인 줄 아세요!"

언니가 침통한 표정을 지었다.

"정규직 흉내는 어떻게 내야 하지? 우리랑 뭐가 달라?"

"까다롭진 않을 거예요! 전 당당하게 3시에 출근하고 10시에 퇴근하면서도 들킨 적 없어요."

하지만 오래 고민할 시간은 없었다. 부엌에서 할머니가 헛기침하며 외친 것이다.

"서주, 너 또 학습지팔이 들였냐? 아주 커피도 타 주겠다!"

할머니가 발을 질질 끌며 거실로 나올 때, 모카 언니가 만면에 웃음을 장착하며 외쳤다.

"안녕하세요, 어머님. 신모카 대리라고 합니다. 그간 서주 사원에게 많은 도움을 받고 있는데, 이제라도 인사드리게 되어 정말 반갑습니다."

너무 모범적이라 도리어 수상하기까지 한 문장. 하지만 할머니는 이 집에서 실로 오래간만에 맞이한 예의 앞에서 당혹감을 감추지 못하고, 떨리는 목소리로 물어보셨다.

"천국에서…… 마당 빌리러 오셨나?"

그 천사는 아니에요. 천사는 맞지만.

누구에게나 호감상인 모카 언니 덕분일까. 승빈이의 벌벌 떠는 자기소개에는 아무도 신경 쓰지 않았다. 모카 언니는 '회사에서 시범 복지사업으로 부모님 건강검진을 도와드리고 있다'라는 거짓말로 할머니를 차로 이끌었다. 그동안 승빈이는 꼭 무언가를 찾는 듯, 계속 집 안을 흘긋거렸다. 아침에 그 난리가 난 덕분일까. 악마가 문단속을 제대로 해놓아, 그 사이 비명이 새어 나오는 일은 없었다. 그래도 난 조금 불안해하며 물었다.

"뭐 찾는 거 있어?"

"……그 남자 하숙생이 안 보이네요."

"아침에 얼굴 봤는데. 왜? 할 말 있어?"

"아뇨! 없어요."

즉시 답하는 승빈이 표정이 안 좋다. 주는 것 없이 싫은 모양이네. 하지만 승빈이의 감은 맞았다. 악마는 승빈이를 보고 '감정이 팔딱팔딱하다'라며 무슨 생선회 보듯 평가하지 않았던가.

"알겠어. 괜히 만나봐야 불편하기만 하지. 그보다 할머니가 병원 갈 일 있으면 그 사람이 도와주겠다고 했는데……. 그럴 일도 없어졌네."

"예! 저희가 잘 도와드릴게요!"

내 혼잣말에 자동차로 향하는 승빈이의 발걸음이 가볍다.

이왕 나온 김에 좀 큰 병원 신경과로 향했다. 제발, 불효녀라는 소리를 들어도 상관없으니 MRI 찍자는 소리는 하지 말아줘! 그럴 돈 없어!

언니가 낮게 읊조렸다.

"병원비 부담되면 말해."

"그 정도는 있어요. 괜찮아요."

여차하면 다음 학기 등록금용으로 만들어둔 통장을 털면 된다. 그 생각을 하니 마음이 조금 편해졌다.

병원에 도착한 후, 처음에는 '손녀 덕분에 호강한다'는 부처님 표정이던 할머니도 기나긴 대기시간에 점점 표정이 금강역사를 닮아갔다. 병원 여기저기를 바라보며 벌 받아 마땅할 것을 찾는다.

목표물은 금세 나왔다.

"저것들은 왜 정신 사납게 깃발을 흔들고 있다니?"

"어디?……아, 무슨 시위 하나 봐."

입구 근처, 파란 스카프를 두른 여자가 웬 전단을 나눠주고 있었다. 곧 병원 보안요원이 그 여자를 밖으로 잡아끌었다. 여자는 별로 저항하지도 않고 나갔다. 지루한 모양인지, 승빈이가 근처를 굴러다니는 전단지를 주워 읽었다.

"주민 여러분, 곧 자식이 물려받을 가족 사기꾼 업체를 기억해 주십시오. 이런 놈이 병실에서 편하게 죽어서는 안 됩니다……."

내용을 보니, 어디 사장이 신입 직원에게 투자를 가르쳐준다는 명목으로 월급을 떼어먹고 거기에 빚까지 지운 모양이다. 투자처는 곧 문 닫을 예정이었던 사장 와이프가 세운 사업체. 직원의 가족들이 그 사실을 알았을 때 이미 직원은 안 좋은 선택을 했고, 책임져야 할 사장은 투병을 이유로 자식에게 회사를 물려준 후 병원에 처박혀 있다나. 고루고루 망할 놈들이다.

할머니가 사진을 보더니 혀를 찼다.

"딱 봐도 심술보 더럭더럭 붙었네. 이런 새끼랑 어떻게 얼굴 마주하고 사냐."

동감이다. 전단에 적힌 게 전부 사실이라면 조만간 우리 집에 들어오겠는걸. 할머니는 입안에 욕을 가득 장전했다. 귀를 막아야 하나 고민한 순간, 전광판에 할머니 이름이 떴고, 로비에는 아까 그 여자가 휠체어를 밀고 들어와 '나, 지금은 보호자야! 보호자도 쫓아낼 거야? 진료받으러 왔다니까!'라고 외치며 모두의 신경을 사방으로 흐트러뜨려 놓았다. 휠체어에 탄 청년은 눈에 초점이 없다. 모카 언니가 한숨을 푹 쉬었다.

"안됐네. 서주, 넌 빨리 들어가."

"아, 네."

하지만 진료실로 향하기 전, 또 다른 사람이 내 시선을 잡아끌었다. 엘리베이터 근처에 선 중년 여자였다. 각 잡히도록 다린 검은 정장에 까만 베레모까지, 나름 차려입었는데도 묘하게 안 어울리는 모습인데 아무도 그녀를 쳐다보지 않았다. 아니, 잠깐 쳐다봤다가도 고개를 확 돌린다. 꼭 저승사자라도 목격한 것처럼. 나 또한 소름이 돋는 건 마찬가지라, 황급히 할머니 어깨를 끌어당겨 진료실로 향했다. 다행인지 불행인지, 첫날부터 CT를 찍을 필요는 없었다. 무슨 테스트만 진행하면 된다나. 의사가 혀를 찼다.

"왜 바로 병원으로 오셨어. 동네 치매 안심센터 찾아보면 공짜로 해주는데."

"괜찮아! 우리 손녀 회사에서 해준대."

의사가 잠깐 내 표정을 살폈다. 난 거짓말을 숨기는 데 소질이 없나 보다. 테스트하는 내내 할머니 목소리는 퀴즈쇼 챔피언처럼 카랑카랑 잘도 울렸다. 때로 헛짚는 답도 있었지만, 의사 표정을 보면 답은 정해져 있었다.

"상세한 결과는 나와봐야 알겠지만, 지금만으론 큰 걱정은 하지 않으셔도 될 것 같아요. 고혈압약 드신댔죠?"

"네."

"예, 혈압도 변할 수 있으니까 동네 내과 가주시고…… 그리고 나중에……."

의사가 메모 하나를 슬쩍 팔랑였다. 집안 사정이 안 좋다면 주민센터에서 보호자가 진료비를 보조받을 수 있다는 내용이었다. 내 얼굴이 확 달아올랐다.

"가, 감사합니다. 수고하세요!"

좋은 의도인 건 알지만, 내가 그렇게 후줄근해 보였나? 진료실 문을 나서며 할머니와 내 옷을 훑어보았다. 내 눈에는 멀쩡한데. 조금 보풀이 일긴 했지만 요즘 아크릴 옷들은 다 그렇잖아. 아니면 오래된 집의 냄새라도 밴 걸까.

"이것아, 좀 천천히 가! 어차피 병원비도 백 년 앉아 있다 내라고 할 텐데!"

"알겠어. 소리 좀 작작 질러! 나 귀 안 먹었……."

때마침 한 가지 일이 정리된 모양이다. 아까 그 여자가 길쭉한 들 것 앞에 드러누워 있었다. 들것이라고는 하지만 받침대에 새하얀 천이 깔려 있고, 위에도 뭔가를 고정하는 듯 쇠틀이 붙은 것. 그걸 밀고 들어오던 남자의 정장까지. 그가 무엇을 데리러 온 것인지는 명확했다.

환자와 보호자들은 불길한 것을 본 양 애써 고개를 돌린다. 여자는 보안요원에게 밀려나고, 모카 언니가 다급하게 여자가 데려온 청년의 휠체어를 밀어 그 뒤를 쫓았다. 승빈이도 우리 눈치를 보다가 그쪽을 향했다. 전단지를 받아 든 사람들이 혀를 찼다.

"그래도 사람이 죽었는데 뭔 난리야."

"죽으면 다야? 지금 아주 죽은 놈만 편하게 됐잖아. 저긴 죽은 것도 산 것도 아닌데."

……글쎄, 정말 편하게 되었을지는 모르겠다.

병원 로비 한구석. 아까 본 검은 정장 차림의 여자가 허공에서 무언가를 잡아 흔들고 있었다. 왁자지껄한 로비 사이에서도 비명을 들을 수 있었다. 다른 사람들은 모르는 것 같지만, '지옥' 곁에서 살던 사람한테는 아주 익숙한 소리. 죽은 자의 발버둥.

"아아악! 이거, 못 내려놔? 너, 뭐야! 경찰, 경찰 불러!"

"당신 죽었어. 의사가 말하는 거 들었잖아? 오전 11시 27분, 운명하셨습니다."

"나, 나, 나는, 안 죽었다고! 이불 밑에, 인감 넣어둔 거 애한테 줘야 하는데……. 크아악! 이, 이 새파란 게, 어, 우웩!"

노인의 목소리. 하지만 모습은 보이지 않았다. 허공에서 빨래 짜듯 무언가를 비트는 여자가 보일 뿐.

역시 저 여자는 저승사자구나. 남들 눈에도 저 여자는 보이는 모양이지만, 죽은 자의 소리까지는 들리지 않겠지. 신경 쓰지 말

자. 쳐다보는 티를 내서 좋을 게 없을 거야.

하지만 바로 그 순간, 쳐다볼 수밖에 없는 존재가 어디선가 나타나 저승사자에게로 다가갔다. 얼룩투성이인 작업복 매듭이 꼬리처럼 달랑거리고, 새하얀 셔츠의 등을 따라 올라가면 보이는 그 얼굴은……

저승사자가 말했다.

"지옥 정(丁) 구역 담당자 맞으십니까? 죄수 인계합니다."

"담당은 맞습니다만, 왜 지옥 입구를 통하지 않고 저를 부르셨는지도 인계받을 수 있을까요? 이런 경우는 처음이라서 말입니다."

악마의 목소리가 전에 없이 뾰족하다. 집에서 밥 잘하는 백수처럼 보일 때도, 지옥에서 죄수 상대로 '일'을 할 때도 저런 반응은 본 적 없다. 하지만 상대는 젊은 신입사원 어르듯 반응할 뿐.

"판결이 일찍 끝났습니다. 이런 예외 상황이 가끔 발생하지요."

"네? 영혼이 여기 있는데도요?"

"어제 죄수의 심장이 멈춰 이승에서 28분간 CPR이 진행되는 동안 지하에서 재판 완료하였습니다. 판결문은 송부한 그대로입니다."

"아……."

"병원에서는 가끔 발생하는 이슈입니다. 혹시 귀하의 부재로 발생하는 문제가 있다면 도와드릴까요?"

저승사자의 표정은 아까보다 훨씬 부드러워졌다. 그리고 그 친절

만큼 신입사원, 아니, 신입 악마의 얼굴에는 부끄러움이 더해진다.

"그게, 집에 아무도 없어서…… 제가 지켜야 해서 말입니다."

"아, 정 구역이 일부 민가 공간을 대여하셨다던가요? 일하기 수고로우시겠습니다. 인간들은 조금만 방심하면 항상 계약서에 이상한 조항을 집어넣는다니까요."

악마에게 집 지키라고 한 기억은 없지만, 억울해하기에는 할머니의 계약 내용을 모르겠네. 악마는 저승사자에게 고개를 숙인 후 허공의 무언가에 쇠사슬을 걸어서 당겼다. 퍽, 무언가가 바닥에 부딪히는 게 느껴졌다. 그리고 바람이 새는 비명도.

저승사자가 사라졌다. 악마는 무언가를 잡아끌며 서서히 병원 밖으로 멀어져갔다.

옆에서 보안요원들이 통신하는 소리가 들렸다. 응, 시신은 지하 주차장으로 내려갔어. 거기서 구급차 대기하다 바로 장례식장 보낸대. 그 여자는 로비 앞에서 버티고 있어. 조금 더 내버려 두지, 뭐.

뒤늦게 승빈이가 병원 안으로 들어와 할머니에게 손을 뻗었다.

"죄송해요, 늦어서. 할머니, 진료 다 받으셨어요?"

"염병할 것들이 약 하나도 안 주면서 오라 가라 하더라. 이거 공짜로 하면 안 돼. 내가 병원에서 돈을 받아야 쓰겠어."

"하하, 고생 많이 하셨네요."

"뭐가 신나서 웃어?"

"할머니이이, 도와주러 온 애한테 말을 왜 그렇게 해!"

나는 할머니 등을 가볍게 찰싹찰싹 때리며 발걸음을 옮겼다. 로비 밖에서는 모카 언니가 파란 머플러를 두른 여자의 눈물을 닦아주다가 이쪽으로 후다닥 달려왔다. 그런 언니 눈시울도 조금 붉었다. 붉어져 있었다.

"잘 다녀왔어?"

"네. 나중에 제가 결과지 받으러 오긴 해야 하는데, 별일 아닐 것 같대요."

"다행이네."

병원에서 나가는 길. 모카 언니와 승빈이는 씁쓸한 표정으로 아까의 모자를 바라보았다. 여자는 아들의 휠체어에 매달려 눈물을 삼키고 있다. '왜 저 새끼는 죽는 것도 수월하냐'라는 중얼거림이 들렸다. 귀신은 악인을 잡아가지 않는다.

지옥이 존재한다는 사실이 저 모자에게 위로가 될까. 그건 알 수 없다. 하지만 나는…… 오늘, 그 죄수가 지옥의 간수에게 잡혀 비명을 지르는 꼴을 보지 못했더라면 분명 잠도 이루지 못했을 것이다.

돌아오는 길에는 내가 점심을 샀다. 4인분 밥값이 가볍지는 않았지만, 마음의 부담을 짊어지고 가는 것보다는 훨씬 낫다. 모카 언니도, 승빈이도 웃으며 함께 식사했다. 할머니는 머리를 써서 어질어질하다며 고봉밥을 한 번 더 추가해 먹었다. 할매, 앞으로

20년은 더 사시겠어.

해가 길게 늘어지는 시간, 우리는 골목 앞에서 헤어졌다.

"언니, 정말 고마웠어요."

"그래, 내일 보자."

"승빈이도 잘 들어가."

"네. ……그런데 누나, 아까 병원에 그 하숙생 있지 않았어요?"

아, 역시 봤구나.

"맞아. 바빠 보여서 말은 안 걸었는데, 일하러 왔었나 봐."

"무슨 일 하는 사람이에요? 병원에 어울리는 차림은 아니던데."

"나도 모르지."

"……뭐 하는 사람인지 모르시는 거예요?"

"응. 솔직히 월세만 받으면 되는걸."

작은 거짓말을 했다. 그 사람 공무원이야. 저승마저도 외부 사기업에 외주를 주는 게 아니라면, 아마도.

승빈이가 방긋 웃었다.

"아, 아예 물어보지도 않으셨구나. 알겠어요!"

"궁금하면 물어봐 줄까?"

"아니에요. 그럼 저도 이만 들어갈게요!"

팔랑거리는 발걸음이 멀어진다.

그동안 할머니는 어느새 마당을 가로질러 현관문을 열었고, 나 또한 천천히 그 뒤를 밟았다. 마실에서 돌아온 할머니가 하는 일은 한결같다. 일단 방에 가서 으구구구, 하며 드러누우시고, 저녁 식사를 할 시간쯤 귀신같이 일어나신다. 오늘은 아르바이트도 없으니 오래간만에 할머니가 차려준 저녁 먹겠네. 비록 좀 나갔다 왔다고 복도는 또 개판이지만, 내가 청소할 거 아니니까 이 정도는 참을 수 있⋯⋯.

하지만 양말 밑에서 흙모래가 바작, 바스러지는 감각은 지나치게 현실적이었다. 마치 죄수들이 난장을 피운 게 아니라, 정말로 누군가가 흙발로 여기 비집고 들어온 것처럼. 불길한 예감이 등을 타고 올라온다.

복도 바닥에 납작 엎드렸다. 만화에서처럼 누군가의 발자국이 당당하게 남아 있지는 않지만, 곳곳에 흙모래가 반짝인다. 그걸 따라갈수록 의심은 조금씩 커지기만 한다. 왜 작은 창고 서랍장이 다 열려 있지? 냉장고 물병은 왜 부엌에 나와 있는데? 수도꼭지 제대로 안 잠근 새끼는 누구고?

나는 숨소리마저 억누르며 싱크대 문을 열었다. 그리고 심장이 훅 떨어질 뻔했다. 칼꽂이 한 칸이 비어 있었다. 내 기억으로는 손잡이가 빨간 과도가 있던 자리. 할머니가 과일 깎아 먹는다고 방에 가져갔다가 그대로 뒀을 가능성도 있지만, 이제 내가 할 일은 확실하다. 남은 칼 중 하나를 덜덜 떨리는 손으로 쥐고 나서는 것. 이제 어디로 가야 하지? 앞으로? 뒤로? 아니면, 할머니에게로?

바로 그때, 갈 곳을 정하지 못한 채 싱크대 문을 붙잡고 일어난 내 앞에, 누군가가 다가와 있었다. 악마였다. 그의 '저기요'는 한 박자 늦었다. 다리가 풀려 주저앉을 뻔했다. 칼은 휘두르지도 못했다. 내 발등을 안 찍은 게 다행이다.

"놀랐잖아요!"

"미안해요. 더 놀라게 해도 돼요?"

그렇게 말하는 악마의 표정에는 장난기가 없었다. 듣고 싶지 않아. 대체 무슨 이야기를 하려고?

"……말씀해주세요."

"일단, '지금은' 집에 침입자가 없어요."

"그 말은……."

"두 분이 외출하신 사이, 누가 집에 들어왔어요. 다른 죄수들의 증언을 들으니 주인어른 방 창문 걸쇠를 풀고 들어온 것 같다더군요."

안방 창문이 허술하다는 걸 알고 있다면 범인은 뻔하다. 곧 악마의 말이 생각의 마침표를 찍었다.

"어깨와 등이 아주 넓어서, 입고 있는 남색 잠바가 엄청 꽉 끼는 남자였습니다. 이야기 좀 나누자고 외치며 두 분을 찾았다고 해요."

"그 새끼가……."

"아는 사람인가요?"

"네. 아, 썩을!"

입안으로는 더 심한 욕들이 팝콘처럼 튀어 다닌다. 그 새긴 사람 말로 욕먹는 건 부족해. 이제 아예 집에까지 쳐들어왔어? 어제가 할머니 생신이었던 건 알아? 개자식아, 아주 최고의 생신 선물이 될 뻔했네.

난 방을 뛰쳐나가 1층부터 훑기 시작했다. 문제는 흙발자국만이 아니었다. 자세히 들여다보면 곧 사라질 지옥의 흔적들과 달리 누군가의 손길이 닿은 흔적이 보인다. 부엌에도, 신발장에도, 거실 장식장에도. 이 새끼는 문 여닫는 법을 모르는지 문짝마다 뭔가가 끼어 있었다. 할머니가 아끼던 세트 유리컵이 바닥을 굴러다닌다.

지옥에서 빌린 방문은 대부분 잠겨 있다. 여긴 됐고. 할머니가 잠든 방문을 조심스레 열어 보았다. 할머니 방에는 침입자의 흔적이 보이지 않았다. 그놈이 통장 털어갈 뻔한 이래로, 할머니가 큰돈 주고 주문한 금고가 굳건하게 버티고 있을 뿐. 저거 돈값 하게 해줘서 고맙다, 이 망할 자식아.

난 할머니가 깨지 않도록 조심스레 방에서 물러나 악마에게 물었다.

"혹시 죄수들 중 그놈하고 이야기한 사람 있어요?"

"없어요. 누굴 찾는지, 방문을 죄다 두들기고 다녀서 골치 아팠다고 하더라고요."

난 계단을 뛰어 올라갔다. 2층, 3층으로 올라가면서 놈이 적어도 신발을 벗고 다녔다는 건 알 수 있었다. 남자 어른의 양말 자국이 짜장면 얼룩 위에 찍혔고, 그 더러워진 발이 방문 앞마다 머물러 있다. 꼼꼼히도 돌아다녔네. 네 어머니가 어디 금괴라도 숨겨 뒀을까 봐 그래?

지옥으로 쓰고 있는 방은 전부 잠겨 있었다. 그리고 난 유일하게 인간 세입자가 사는 방 앞에 섰다. 무의식중에 문을 두들기며 말했다.

"이봐요!"

⋯⋯방 안에서 물건 떨어지는 소리가 들렸다. 가만히 문에 기대 보니 안에서 들려오는 숨소리가 거칠다. 뒤늦게 이 사람을 어떻게 대해야 하는지가 기억났다. 자기 방에 들어오지 말라고 했다. 여기까진 상식선인데, 함부로 문 두들기거나 말 걸지 말라고도 했지⋯⋯. 난 급하게 메모지를 가져와 필담으로 세입자에게 말을 걸었다.

[죄송해요, 저 집주인 손녀예요. 혹시 이상한 사람 왔다 가지 않았어요?]

되돌아온 종이에는 꾹꾹 눌러 쓴 글씨가 세입자의 감정을 전달하고 있었다.

[있었지만!! 있든 없든 다신 그러지 마요!!!! 절대!!!!! 무서웠어!]

느낌표 하나가 욕을 열 마디는 품고 있는 것 같다. 난 다음 종이에 미안하다는 말을 세 번 더 보탠 후 본론을 보냈다. 그 새끼가 이 집에서 뭘 하고 갔는지. 세입자는 떨리는 손으로 답을 보냈다.

[그 사람, 나 이번에 진짜 위험하다, 돈 문제로 끌려갈 것 같다고

소리 지르면서 방문 죄다 두들기고 감. 뭐 하는 놈?]

[할머니랑 사이 나쁜 친척]

[당신 이름도 부르던데. 서주 맞죠?]

정효섭 이 새끼, 역시 할머니보다 내가 더 만만하다 이건가? 이 놈을 어쩌지? 내가 한참 대답을 안 하자, 그쪽이 먼저 종이를 내밀었다. 오래된 영화잡지 위에 글씨가 매직으로 거칠게 그어져 있었다.

[무서웠어]

뭐라 말해야 사과할 수 있을까. 집에서 혼자 그 새끼를 버텨내야 했던 사람에게. 난 한참 망설이다가 겨우 글을 이어 보냈다.

[죄송해요. 다음에는 혼자 안 둘게요. 혹시 또 누가 문 두들기고 다니면 바로 경찰 문자신고]

[경찰 불러도 돼요? 주인 할머니는?]

아, 이 사람, 할머니 사정 알 정도로 오래된 세입자였던가. 난 약간 고마움을 느끼며 답을 보냈다.

[집에 인간말종이 왔다면 그게 문젠가요. 오늘 고생하셨어요. 다신 절대 식수로 문 두들기지 않을게요]

[네]

짧은 답이 돌아왔다. 혹시 뭐라 더 말할까 싶어 기다렸지만, 방 안쪽에서 전자기기 돌아가는 소리가 우웅 울렸다. 외국 노래가 다시 흘러나온다. 난 마지막 세입자의 방에서 물러났다. 악마가 신기한 듯 내 귀에 속삭였다.

"저기도 사람이 살았네요? 귀신 들린 방인 줄 알았는데."

"무슨 그런 소릴……. 그냥 밖으로 안 나오는 분이에요."

보증금을 전세처럼 내고 오래오래 버티고 있는 사람이다. 그동안은 방 밖으로 나오기 싫어서 집을 안 옮겼던 것 같지만, 이런 상황이면 이사 간다고 할 수도 있겠는걸. 다락방까지 살핀 후(지옥으로 막혀 있었다), 나는 내 방으로 돌아가려다 힘이 빠져 3층 계단에 주저앉았다. 보나 마나 돈 문제로 왔겠지? 집 팔아서 돈 달라고 하는 걸까, 아니면 보증? 보나 마나 나에게 할머니를 설득해보라고 하겠지? 몸에 힘은 빠졌는데 머리는 쉴 새 없이 움직인다. 누가 또 대문을 두들길까 봐, 귀는 바짝 긴장이 올라 있다. 그때 가장 먼저 들린 건 유리잔 속 얼음이 부딪치는 소리였다.

"저기요, 드세요."

"잘 먹겠습니다."

악마가 내민 유리컵의 내용물이 뭔지도 모르고 들이켰다. 달콤한 꿀물이었다. 한 모금 마시자 척추까지 펴지는 기분이 든다.

"좀 살겠네……."

"뭔진 몰라도, 하려던 건 다 끝났어요?"

"오늘은요."

나중에 제 패거리를 이끌고 쳐들어올 수도 있고, 내 직장이 어딘지를 찾아내 쳐들어올지도 모르겠지만, 제발 좀 오늘은 다시 오지 마라. 당신 없이도 난 어제부터 너무 긴 하루를 보내고 있어.

　악마는 센스 있게 유리컵을 빼앗아 들고 부엌으로 직행했다. 고마워라. 설거지는 안 해도 되겠네. 이제 정말 난 얼굴만 씻고 잘 거야. 잘 거라고. 난간을 부여잡고 기듯이 내 방으로 향했다. 열자마자 엎드릴 작정이었다.

　하지만 3층 내 방문 앞의 발자국이 신경을 긁었다. 문손잡이는 제힘을 잃고 덜걱댄다. 문을 걷어차듯 열었다. 볼 것 없이 휑한 방이지만 그 새끼가 헤집고 갔다는 건 바로 알 수 있었다. 3층 구석, 한때 정효섭의 방이었던 곳. 아직도 네 방인 줄 알고 기어들어 왔어? 됐어. 어차피 아무것도 못 건졌겠지. 난 집에다가는 통장도 안 둔다고, 개자식아. 헛고생하고 가서 재밌었지? 그 새끼의 씩씩대는 얼굴을 상상했다. 분명 아무것도 못 건지고 돌아갔을 거야. 주변에서 돈 빌려놓고는 빚쟁이들에게 '우리 엄마가 나한테 집 한 채 물려준다니까?'라고 자랑을 했겠지. 그런데 어쩌니. 집에 엄마도 없고 집문서도 없는데. 가서 새빨개진 얼굴로 변명질을 하고 있으려나? ……그렇게 상상을 해도, 척추를 긁어대는 듯한 불쾌감은 좀처럼 사라지지 않는다. 토할 것 같다. 방에 락스라도 뿌리고 싶다. 그 새끼 손 닿은 데를 전부 비누칠해서 박박 닦아내고 싶다.

　세수만 하고 쓰러지려 했지만, 나는 마음이 바뀌었다. 샤워도 하고 자야겠다고. 난 그런 생각으로 속옷을 넣어둔 서랍장을 열었고, 옷 위에 가로로 누운 칼을 발견했다. 분명 싱크대에서 사라졌던 그

칼이었다.

아, 손이 다시 떨린다. 눈을 깜빡여도, 서랍을 닫았다가 열어도 그 광경은 변하지 않는다. 분명히 이 집에서 평생 보아 온 칼인데, 지저분한 손잡이가 유독 눈에 거슬려 욕지기를 불러일으킨다. 난 그걸 집어 던지려 했다. 하지만 몇 번씩 헛손질을 했다. 겨우 손잡이를 쥐었다가도 더러운 것을 만진 생각에 나도 모르게 손가락을 떼어버린다. 토할 것 같다.

난 수건으로 칼을 덮고, 그대로 수건으로 감쌀 수 있는 걸 전부 끄집어내어 쓰레기통에 던져 넣었다. 머릿속으로는 칼은 따로 분류해서 버려야 하지 않냐고 누가 말한다. 나중에, 정신 좀 돌아오면 할게. 그렇게 답한다. 이런 쓸데없는 문답이라도 나누지 않으면 안 될 정도로 머릿속이 혼란스러웠다. 다른 수건으로 방문 앞의 발자국을 닦고, 그걸 욕실로 들고 가 샤워하면서 계속 밟아 빨았다. 수건은 거품을 뱉는 걸 멈추지 않았다. 그 사이에 빨랫비누가 끼어 있던 건 나중에야 깨달았다. 수건을 들추다가 욕실 바닥에 엉덩방아를 찧으면서 말이다.

빌어먹을. 그 새끼 인생 망한 줄 알았어. 제 형, 제 엄마 인생 잡아먹고 체해서는 떠돌다 끝날 줄 알았어. 살아가는 꼴이 영 아닌 것 같더라고. 인과응보겠거니 해서. 비웃을 수 있을 줄 알았어. 계속해서. 하지만 아니었네. 내가 내 주제에, 누굴 비웃을 계제가 아니었네. 그 새끼의 협박 같잖은 협박에 벌벌 떨고, 비명조차 못 지르고 있잖아. 소리라도 질렀다간 남은 세입자가 배관 타고 들리는 소리에 기절하겠지. 할머니가 일어나면 뭐라 하시겠어. 꾸역꾸역 할머니가 목덜미를 잡고 졸도하게 만들어서 병원 모시고 가야 할까? 머리가 제대로 굴러가지 않는다.

겨우 샤워를 마치고 물이 뚝뚝 떨어지는 머리를 해서는 문지방을 넘었다. 넘으려 했다. 대신 아까 빨다가 구석에 던져둔 수건에 걸려 넘어졌다. 그 핑계로 소리라도 질러볼걸, 하는 생각이 뒤늦게 든다. 무릎으로 복도를 기었다. 일단 수건부터 걸레통에 넣어두고, 이젠 진짜로 다 잊어버리고 방에 몸을 던질 작정이었다. 하지만 부엌에서 악마와 마주했다. 악마는 수건을 빼앗아 걸레통에 던져 넣었다. 그리고 내 손을 잡아, 따듯한 물이 흐르는 싱크대 수도꼭지 아래로 밀어 넣었다. 따듯한 물줄기 아래에서 손이 흐물흐물 풀어져 사라질 것만 같다. 악마는 수도꼭지 끝을 움직여 내 손가락 끝까지 조심스럽게 적셨다. 따듯한 물에 가라앉고 싶다. 하지만 지금할 수 있는 건 의문을 꺼내는 일뿐이다.

"뭐 해요? 이러면 내가 '행복해진다'라고 악마 교본에라도 적혀 있어요?"

"역시 제 존재 의의에 대해 섣불리 설명하지 말아야 했다고 후회 중이에요."

"악마도 후회라는 걸 하나요?"

"그 정도의 지능은 있죠."

악마는 수도꼭지를 잠갔다. 그리고 어디에서 깨끗한 손수건을 들고 와 내 손톱 안쪽까지 물기를 닦는다.

이제 다 끝났어? 나, 이제 이불에 얼굴 묻고 자도 돼? 그리고 세상 모든 일이 다 해결될 때까지 안 깨어나도 되지? 악마는 뒤돌아섰다. 이대로 멀어질 거로 생각했지만, 그는 고작 한 뼘 거리에서 내 시야를 꽉 메운 채 움직이지 않았다.

"등 빌려줄게요."

"……어디에 쓰라고요."

"콧물 닦아도 되고, 스트레스 풀고 싶으면 칼 꽂아도 돼요. 얼굴 안 볼 테니 마음대로 쓰세요."

구국의 결단이라도 내린 것처럼 결연한 목소리에 나는 웃음을 터트렸다. 콧물 닦는 거나 칼 꽂는 거나 당신에게는 다를 게 없어? 대단하네.

한 발짝 다가갔다. 햇살 냄새 같은 게 풍긴다. 악마 주제에 말이야. 지옥에는 햇살 냄새나는 섬유유연제라도 있는 걸까.

"후회하지 마세요"

난 그의 등에 얼굴을 가져다 댔다. 지옥의 유황 냄새나 짐승 냄새(육감적인 의미 말고, 짐승 우리에 가까운)가 날지도 모른다고 생각했지만, 그 이전에 부드러운 살이 냄새에 대한 각오를 잊게 만든다. 셔츠에 눈물 자국이 찍힌다. 콧물도 늘어진다. 젠장. 언제부터 울기 시작한 거야? 난 얼굴을 비볐다. 섬유 냄새가 난다. 눈물에 젖은 셔츠 뒤에서 풍기는 건 익숙한 냄새였다. 우리 집 사람들이 풍기는 냄새. 순간적으로 눈물이 왈칵 터졌다.

"역시 도움 하나도 안 돼!"

"네, 네? 저는 노력하고 있거든요?"

"맛있는 거나 주세요. 맛있는 거! 그런 거 잘하잖아요! 아, 이번에는 미숫가루 말고!"

"이 시골 외가댁 같은 냉장고로는 한계가 명확하거든요?"

"비유를 해도 왜 꼭 그런 건데!"

헛소리가 오간다. 난 등에서 얼굴을 떼고 한 마디 던지고, 죽 늘어지는 콧물이 떨어지기 전에 등에 달라붙었다. 두 손이 어느새 셔츠를 꽉 쥔다. 그는 냉장고에 가까이 가려다가, 내 손에 잡혀 뒤로 한 번 물러나서 한숨을 쉬고는,

"꽉 잡으세요."

하더니 나를 둘러업었다.

그의 목에 팔을 둘렀다. 내 눈가에 닿는 건 더 이상 셔츠가 아니라 그의 목덜미다. 지옥에 어울리지 않는 냄새가 난다. 그는 반대편 팔을 뒤로 둘러 내 몸을 받치고, 다른 손으로는 냉장고 문을 열었다. 문이 열리고 닫힌다. 페트병 뚜껑, 밀폐 용기 뚜껑이 열렸다 닫힌다. 숟가락이 컵에 부딪힌다. 비닐이 찢어지고 가루가 떨어진다. 그 소리를 자장가 삼아 난 숨을 골랐다. 물론 잠이 들지는 않았다. 그의 폐가 숨을 받아들이는 감각이 나를 두들긴다. 당신도 살

아 있구나. 당신도 세상을 필요로 하는구나. 그는 한참 동안 나를 받쳐 든 손을 바꿔 가며 뭔가를 만들다 말했다.

"저기요, 지금 자요?"

"아뇨!"

"오래 기다리셨습니다. 지옥표 카페모카입니다!"

난 식탁 위를 보았다. 어떻게 만든 건지, 거품 위로 코코아 가루가 올라간 머그잔이 두 개 보였다. 괜찮은 향이 풍겼다. 그의 등에서 내려왔다. 내가 눈물, 콧물로 찍어 놓은 얼굴도장이 유령처럼 나를 쳐다본다.

"……저, 저기요. 셔츠는 나중에 빨래함에 넣어두시면 빨아드릴게요."

"괜찮아요. 불로 지지면 돼요."

어디서 찾은 건지, 그는 커피 쿠키까지 꺼내 제법 괜찮은 상을 차렸다. 이 시간대에 즐기기에는 술보다도 더 부적절한 메뉴들이지만 뭐, 어때. 달고, 달고, 달콤하다. 그리고 목구멍 안까지 들어찼던 내 비명을 녹여 보다 사람의 말에 가까운 한탄으로 만든다. 악마는 내 앞에 마주 앉아 말없이 내 손을 내려다본다. 자신의 역할이 아직 남아 있음을 안다는 듯이.

"……할머니한테는 아들이 둘 있어요. 둘 다 좀 글러 먹은 놈들이었다네요."

"예, 아들이 둘."

"첫째는 똘똘하긴 했는데, 그만큼 할머니, 그러니까 제 엄마를 무시하다 언제 크게 싸우고 집을 나갔다나. 그런데 몇 년이 지나 돌아와서는 다짜고짜 숨겨달라고 하더래요."

"이 집에서 있던 일인 거죠?"

"네. 할머니는 문을 열어줬는데, 둘째 아들이 그걸 반대해 싸움이 크게 났고, 할머니는 무서워서 경찰 부른다고 엄포를 놨대요. 작은아들이 씩씩거리면서 나갔는데……, 갑자기 부르지도 않은 경찰과 형사가 찾아온 거죠. 이 집에 수배 중인 사기꾼이 있다면서."

큰아들 사진은 딱 한 번 본 적 있다. 작은 얼굴이 안경에 짓눌릴 것 같은 인상의 청년이었다.

"할머니는 문을 지키고 서서, 이 집에는 그런 사람 없다고 했대요. 하지만 끝까지 버티진 못한 거죠. 큰아들은 끌려나갔고, 그게 끝이었대요. 출소 후에도 집에 안 돌아오다가 비명횡사했다나."

"집에 침입자가 왔는데도 당신이 경찰을 못 부르는 이유가 그건가요?"

"네. 할머니는 그날 이후로 집에 경찰이 들어오는 걸 못 봐요. 예전에 세입자끼리 다툼이 나서 경찰을 부른 적 있는데, 그걸 본 할머니가 졸도해서는 계단을 굴렀죠. 또 그 꼴을 볼 수는 없잖아요."

나는 쓰게 웃었다. 하지만 악마는 그 웃음 뒤에 숨은 이야기를 읽은 것 같았다.

"그게 이유의 전부는 아니죠?"

"……그렇죠. 그놈이 집에 들어왔다고 신고해봤자 불리한 건 나니까."

난 할머니의 가족이 아니다. 세입자도 아니다. 어떤 종류의 서류도 우리 두 사람의 관계를 지정해주지는 못한다. 남녀관계에는 사실혼이라는 것이 있던가. 그러면 우리의 관계는 뭘까. 사실가족? 확실한 건 정효섭, 그놈이 자기 엄마 집에 돌아오는 걸 내가 막을 권리는 없다는 거지. 임대계약서도 없는 마당에 쫓겨나지나 않으면 다행이겠다. 앞집 아주머니는 '서주 걔가 할머니랑 십 년은 족히 살았어'라고 증언해줄 수도 있겠지. 하지만 다른 말도 할 수 있을 거야. '머리 검은 건 거두는 게 아니다'라는 말을 할머니에게 매년 설마다 안부 인사처럼 해왔던 사람인걸.

"그 새끼는 깽판 치고 싶을 때만 들어와요. 엄마, 돈 주세요. 엄마, 집 좀 팔자. 엄마, 요새 건강 안 좋지? 요양원 보내줄까? 젠장."

"당신 존재는 알고 있어요?"

"알죠. 처음엔 지네 엄마 잘 부탁한다고 하다가 제가 할머니한테 붙어서 입바른 소리 좀 하니까 눈엣가시 취급이지."

"그래서 저런 협박을 한 걸까요……. 그간, 혼자서 이 집을 지키느라 고생 많았어요."

악마는 휴지를 뽑아서 내 눈가를 닦았다. 나 또 울고 있었나. 어차피 얼굴 일그러진 거, 이젠 부끄럽지도 않다. 난 그의 손에 얼굴을 맡겼다. 그는 꽤 꼼꼼하게 내 눈가를 닦았다. 눈물의 진원지가될 이야기를 입 밖으로 꺼내서인지, 눈물은 그리 오래 리필되지 않았다. 머리가 가볍다. 고개를 들어 창문을 보았다. 저녁이 밤으로바뀐 지 오래다. 뱃속에 들어간 카페인 덕분에 머리는 맑아지고,조금 가볍고 엉뚱한 생각이 떠올랐다.

"정효섭 그 인간, 지금 지옥으로 데려갈 수는 없어요? 말을 안 해서 그렇지, 정말 못 할 짓 많이 했을 텐데"

"이론적으로는 가능해요. 이론적으로는 당신이 그 남자 배에 칼을 박을 수도 있는 것처럼"

"문만 열고 집어넣으면 되는 거 아니에요?"

"제가 불꽃으로 맥주 만들어드렸던 거 기억하시죠? 맛만 있지,취하진 않았잖아요. 그런 거예요. 현실에 영향을 끼치게 하면 안되죠. 물론 '이론적으로 가능하다'고 한 것처럼, 하려면 할 수는 있지만"

악마는 한참 뜸을 들이다 말했다.

"그랬다간 제가 시말서를 쓰는 것부터 시작하겠지만"

"……사회생활 중이었어요?"

"아닌 것 같았나요?"

약간 억울한 말투다. 난 슬쩍 시선을 돌렸다. 하긴, 아까도 다른외부 부서 베테랑을 상대로 얕보이지 않으려고 고생하는 것 같았지. 그래도 죄수 상대로 고문하는 건 사회생활로 할 일은 아니잖

아. ……악마라서 상관없나? 악마는 입을 삐죽였다.

"가능하면 비유는 안 하려 했는데, 아예 안 쓰자니 어떻게 설명해야 할지 모르겠네요. 음, 공기업 직원 같은 거죠. 잘리지는 않은데, 인수인계도 제대로 안 해주고 직원들 배치 뺑뺑이 돌리는 것까지 닮았어요."

"공기업에 대해 잘 아시네요?"

"지옥에 온 죄수들이 이것저것 말해주니까요. 저도 원래 이 부서에 오고 싶진 않았거든요? 다른 데 들어가서 일하다 갑자기 발령 난 거예요. 처음 지옥에 정장 입고 출근했다가 열기 때문에 쓰러질 뻔해서……."

악마가 출퇴근을 해? 더워서 쓰러지기도 하냐고.

"그래서 작업복을 입는 거예요?"

"네. 좋아하는 건 아닌데 편하긴 하더라고요."

"신기하네. 악마가 더위도 타고."

"인간 기준은 아니지만요. 비유예요, 비유."

"말할 때마다 비유가 너무 많다."

"비유 안 쓰면 어디까지 이해해줄 거예요?"

"……글쎄요. 오해하는 것보다는 낫지 않을까요."

"그러면 솔직하게 말할게요. 역시 좋네요. 사람이란."

악마가 부드럽게 웃었다. 카페인에 젖은 심장이 요동친다. 그의 앞에 놓인 인스턴트커피와 코코아로 만든 야매 카페모카가 무슨 프랜차이즈 카페 정식 메뉴로 보인다. 낡아빠진 부엌은 빈티지 스타일로 인테리어 된 카페처럼 보인다고. 카페인에 취했나.

난 자리에서 일어났다. 커피 때문에 두근거리는 심장을 쥐고 세 시간은 누워 있어야 하겠지만, 조금만 더 깨어 있으면 새벽잠을 설치고 일어난 할머니에게 빨리 자라고 한 소리 듣게 될 거라고.

나는 애써 그의 얼굴을 바라보며 말했다. 최대한 짧게 말하자. 조금만 더 쳐다보고 있으면 얼굴이 붉어질 것 같으니…….

"오늘 정말 고마웠어요. 그럼 전 이만……."

"와."

응? 이건 무슨 반응이야? 악마는 진심으로 놀란 표정이더니, 갑자기 눈을 반짝였다.

"그거 알아요? 나, 사람에게 고맙다는 인사 듣는 거 처음이에요."

반짝이던 눈이 눈꺼풀에 가려진다. 그는 어린아이처럼 배시시 웃었다. 웃지 마! 정말 진심으로 기쁜 것 같잖아! 얼굴이 붉어진다. 이대로 고개를 돌려야 해.

하지만 악마는 바로 자리에서 일어나 내 곁에 나란히 섰다.

"고맙다는 말, 또 해주면 안 돼요?"

"고, 고마워요."

"또."

"뭘 또 해요. 두 번 했으면 됐지!"

"아하, 인간들이 미안하다는 말 다음으로 고맙다는 말을 어려워한다는 이야기 들었어요. 그게 진짜였군요."

"지금 그거 유도신문이죠? 안 넘어가요!"

"와, 들켰네?"

"애초에 악마는 인간에게 뭘 퍼부어서 타락시키는 존재 아니에요? 왜 고맙다는 말만 뜯어가고 유치하게 구는데요!"

"여긴 제 일터이기도 하지만 제집이기도 해서 그런 거 아닐까요? 집에서까지 일하긴 싫잖아요."

"정말……. 됐어요. 고마웠고 고마웠고 고마웠고! 전 이만 잡니다."

어차피 웃을 시간은 길지 않다. 어디선가 죄수들의 비명이 들린다. 아까까지 생글생글 웃던 이 남자는 또 불에 달군 쇠막대를 들고 악마의 업무를 시작하겠지. 나는 그 목소리를 자장가 삼아, 그들의 비명이 만든 월세로 유지되는 집에서 잠들 것이다. 그런데…… 과연, 정효섭이 깽판을 쳐놓은 방에서 편히 잘 수 있을까 하는 의문이 든 순간, 악마가 빈방에서 가져왔음 직한 이불보 하나를 머리에 덮어씌워 주며 말했다.

"다음에는 꼭 잘 지킬게요……, 집."

긴 침묵 사이, 어쩐지 '우리'라는 단어가 들어가 있던 것 같았지만 비명에 묻혀 확신할 수는 없었다.

08

어쩐지 회식이
빨리 끝나더라니

알바 가게 회식이 잡힌 날, 나는 얼마 전 생긴 빚을 갚기로 했다. 회식 장소를 그 두부전골집으로 정하자고 한 것이다. 맛있으니 괜찮지 않을까? 하지만 식당 사장님이 나를 알아보시고 할머니 건강이 어떤지 물어봐 주신 게 감사하면서도 동시에 곤란했다. 사장님은 곧 일하러 자리를 뜨셨지만, 알바 가게 사람들의 화제도 순식간에 할머니 건강 이야기로 바뀐 것이다. 다른 동료가 별생각 없이 '부모님은 뭐라고 하세요? 걱정 많이 하셨겠네.'라고 물어봤다. 나도 별생각 없이 '부모님은 안 계세요.'라고 대답했다. 그와 동시에 지옥 같은 침묵이 시작되었다. 아니, 왜? 나름 잘 대답한 것 같았는데. 내가 이 분위기 또 풀어야 해? 하지만 매니저가 침묵을 깼다.

"건강이 최고지. 나도 가족 병시중하느라고 3년쯤 일 못 한 적 있어. 겨우 간병이 끝났을 땐 집도 비고, 세상에 내가 있던 자리까지 뻥 쓸려나간 것 같더라. 하지만 일단 우리부터 건강해야지. 건배!"

매니저가 취한 것 같은 말투로 물잔을 들어 올렸다. 사장님이 사이다와 콜라를 병째 슬쩍 밀어 넣었다. 우리는 뒤늦게 탄산이 보글거리는 잔을 들어 올렸다. 그와 동시에 대화도 다시 시작되었다. 우리는 전골냄비가 빈 뒤에야 이 식당이 회식에 어울리는 장소가 아니라는 걸 깨달았다. 소주를 더 마시고 싶어 하는 사람은 없었다. 음료 냉장고에 맥주는 있었지만, 수육을 맥주 안주 삼고 싶어 하는 사람도 없었다. 어정쩡한 시간대에 우리는 파장이 다가왔음을 동시에 느꼈다. 매니저가 시계를 보며 말했다.

"너무 일찍 끝났네. 너희, 2차 싫지?"

네. 차마 입 밖에 내진 못해도 다들 표정으로 말한다. 매니저가 피실 웃으며 자리에서 일어났다.

"끼리끼리 모여서 술 먹지 말고 빨리 들어가라. 만약 우리 가게에서 연애하는 애들 나오면 다 잘라버릴 거다. 점장님도 나도 그런 거 딱 질색이야!"

글쎄, 그렇게 말하면 더 생기지 않을까요? 매니저가 먼저 차를 타고 사라지자, 서로 친한 아르바이트생들은 한잔하고 들어가자며 옆구리를 찌른다. 나는 어떻게 할까. 한잔한다면 모카 언니나 승빈이와 함께이겠지만, 마실 핑계도 없고 돈도 없다. 두 사람에게 밥 사느라 이번 여유 예산은 다 날렸다고. 악마에게 오늘 회식이라 좀 늦을 거라고 말해뒀는데, 쓸모없어졌네. 그 녀석은 "당신에게 그런 말 듣는 거 신선하네요!"라며 엄청 좋아했다. 할머니가 내가 늦는 거 깜빡하고 문 잠그면 대신 좀 열어달라는 소리였는데, 뭐가 그리 반가웠을까. 집에 간식거리라도 사 갈까 고민할 때, 모카 언니가 내 볼을 찔렀다.

"서주, 한잔할까 꼬셔보려고 했는데, 소문나면 안 되니까 참아야겠네. 할머니는 괜찮으셔?"

"아주 건강하세요. 헛소리도 안 하시고 혈압도 좋아요."

"다행이네. 우리 할아버지는 한번 넘어진 이후 머리 다친 것도 아닌데 사람을 못 알아보기 시작했거든. 그 뒤로 계속 나빠지시더라."

언니는 내 어깨에 손을 올리고 자기 가족들 이야기를 시작했다. 누가 언제 어떻게 아팠다, 어느 병원이 괜찮았다는 둥. 나름대로 조언을 해주려는 것 같다. 그 옆에 어정쩡하게 서 있는 승빈이까지, 전에 없이 어색한 삼각형이다. 승빈이는 나와 귀갓길이 겹친다 해도 언니는 왜 쫓아오는 거지 싶을 때쯤 언니가 다른 이야기를 꺼냈다.

"서주, 나 오늘 택시 타고 들어가려는데 너도 같이 타고 갈래?"

"괜찮아요. 우리 집 방향도 반대고, 언니 집이 제일 멀잖아요."

나눠서 낸다 해도 마지막 탑승자인 모카 언니가 낼 비용이 제일 클 게 뻔하다. 이번에는 언니 아빠 차를 얻어 탔을 때처럼 마냥 고맙다고 받아들일 수가 없었다. 모카 언니는 바로 물러나지 않았다.

"음…… 사실, 혼자 보내기 내가 무서워서 그래."

"네? 언니, 집에 혼자 들어간 게 십 년째예요!"

"집에 아픈 할머니만 계신다며. 대문 앞까지만이라도 누가 같이 가는 게 덜 무섭지 않겠어? 너, 집에 무사히 들어가는 것만 보고 나올게."

아, 그 이유였나. 할머니가 멀쩡하셨어도 방범에 도움 안 되는 건 마찬가지인데. 하지만 걱정하는 언니를 보고 있자니, 왠지 정말로 위험한 일을 하는 듯한 기분이 들었다. 게다가 실제로 빈 집에 개자식이 들어오기까지 했으니까. 만약 현관문을 열자마자 그 새끼가 새 식칼을 들고 내 앞에 서 있다면…… 기분 나쁜 상상에 언니의 제안을 받아들이려 할 때 승빈이 목소리가 들렸다.

"그분은요?"

"어? 누구?"

"지난주에 제가 뵈었던 그 남자분이요. 작업복 입고 키 큰."

모카 언니가 호기심 어린 눈을 빛냈다.

"그게 누구야?"

"저희 세입자예요. 할머니가 세를 주시거든요. 근데 정말, 그냥 하숙생 같은 거야. 비즈니스라고."

"우리도 비즈니스잖아요. 알바생과 알바생."

승빈이가 까칠하게 말을 끊는다. 그리고 어색하게 수습한다.

"……저한테 밥 먹고 갈 거냐고 엄청 자연스럽게 물어보길래 가족인 줄 알았어요."

"와, 요즘 세상에도 그런 하숙생이 있구나. 드라마 같다. 서주네 집에 오래 살았던 사람 아닐까?"

뭐라고 대답해야 해. 얼마 안 됐다고 솔직하게 말하면 분위기 이상해질 테고, 오래 살았다고 그깟 걸로 거짓말하기도 웃기고!

"네, 뭐. 저는 잘 모르겠는데 할머니가 알던 사이인 것 같더라고요."

"누나는 별로 안 친해요?"

"그냥 인사나 하는 사이야. 집 밖에서는 만난 적도 없어."

"친해서 나쁠 거 없잖아요. 집에 남자 한 명 있으면 안심되지 않아요?"

그 문장이 내 입을 굳어버리게 했다. 집주인과 핏줄로 연결된 남자가 한때 집에 있었지. 그리고 그때 할머니는 하루도 편히 지내지 못했어. 내 표정을 눈치챈 승빈이는 급하게 자기 말을 수습했다.

"아니, 농담이에요. 집에 남자가 있으면 귀갓길이 무서울 때 좀 나와달라고 할 수 있잖아요. 같이 장 보기도 좋고!"

변명 안 해도 무슨 뜻으로 한 말인지는 알아. 하지만 만약 내가 집에 들어가는 걸 두려워한다면, 그건 인적 드문 골목길 때문이 아니라 집에 '인간' 남자가 있을지도 모른다는 두려움 때문일 거다.

"언니, 전 그냥 버스 탈게요. 거기서 언니 혼자 보내는 것도 그렇고."

"그, 그래."

"승빈이 너도 잘 가라. 내일 보자?"

"누, 누나. 바래다드릴게요!"

"됐어. 남의 집 귀한 자식을 늦게 보낼 수는 없지."

난 발걸음을 재촉했다. 뒤에서 몇 번인가 녀석이 나를 불렀던 것 같다. 돌아보지 않았다. 버스 정류장이 코앞이다.

그때 누군가가 내 옷소매를 잡아당겼다.

"꺄악!"

내 비명에 사람들 시선이 모인다. 원흉은, 모두의 시선 중앙에 선 사람은 승빈이였다. 그 특유의 무해한 얼굴에 당혹스러움과 민망함이 동시에 떠오른다.

"아, 누나……."

"……들어가라고 했잖아."

"제가, 그렇게 놀라게 했어요?"

"누가 갑자기 잡아당기면 당연히 놀라지."

"아니, 제가 놀라게 하려고 그런 게……."

어떤 사람들은 우리로부터 고개를 돌렸다. 어떤 사람들은 더 흥미진진한 시선으로 우리를 쳐다본다. 승빈이는 난처한 듯, 목소리를 낮추며 내게 더 가까이 다가왔다. 나는 뒷걸음질을 쳐 물러났다.

"알아. 일부러 그런 거 아닌 것도 알고, 나 도와주려고 그런 것도 알아. 근데 솔직히 지난번에도 많이 놀랐다고. 걱정해서 그런 건 아는데."

"네, 그러니까, 그래서 이번에는 지금부터 바래다드리려고요."

"괜찮다니까."

"정말 괜찮아요? 그, 요즘 힘드신 것 같아서……. 지난번에도 뭐 말씀하시려다가……"

무슨 말인지 알겠네. 그날 밤, 할머니 아들 이야기를 네게 말하려다가 말았지. 그때 못다 한 이야기는 뱃속에 한참 굳어 있다가 얼마 전에 전부 흘러나왔다. 악마 앞에서.

"해결됐어."

"진짜요? 아, 아하, 그러시구나. 자, 잘됐네요."

"잘 들어가."

난 대화를 잘랐다. 더 어색하게 대화를 이어나가 봐야 끝에 좋은 말이 나올 리 없었다.

물리적으로 도망치기 위해 제일 먼저 온 버스에 올라탔다. 승빈이 목소리가 들리는데, 아마 '누나, 그 버스 아니에요' 같은 문장 아닐까. 손을 앞으로 모았다. 승빈이가 갑자기 달려와 내 소매를 잡아당길까 봐서.

버스가 출발하고 한참 뒤에야 나는 뒤를 돌아보았다. 귀가하는 사람들 사이에서 승빈이의 모습은 볼 수 없었다. 혹시나는 역시나.

급하게 올라탄 버스는 내가 평소 타는 버스가 아니었고, 나는 엉뚱한 골목으로 15분쯤 걸어서 돌아와야 했다. 하지만 익숙한 골목으로 귀환하는 길은 고민으로 가득 차 그리 심심하지는 않았다. 해결되었다고 했을 때 '잘됐다'라는 승빈이의 목소리에서 아쉽다는 감정을 읽었다고 한다면 내가 너무 배배 꼬인 걸까? 글쎄. 어릴 때부터 할머니와 그 아들내미 눈치를 보며 살아온 덕분일까. 난 불안한 일에 대한 눈치는 빨리 굴러간다. 아마도 승빈이의 그 묘한 태도는, 나를……

제장. 눈에 익은 골목길이 나를 받아들인다. 아직 사람들은 깨어 있다. 누군가는 내일의 밑반찬을 준비하고 누군가는 자기 방에서 하루의 마지막 휴식시간을 즐기겠지. 빛과 어둠으로 얼룩덜룩한 익숙한 골목길. 나는 여차하면 소리 지를 준비를 하며 걸었다.

우리 집 대문은 열려 있었다. 이건 열려 있어도 무섭고 닫혀 있어도 무서워. 난 만약의 경우를 대비해 뛰쳐나가기 좋도록 대문을 살짝 열고 집 안으로 들어갔다. 현관 신발들은 전부 익숙함. 오케이. 그런데 부엌에 있는 건 별로 익숙하지 않은 모습이었다.

할머니와 악마가 식탁에 마주 앉아 있었다. 할머니는 고개를 숙였다 들었다 하며 뭐라 말하는 중이다. 가까이 다가가도 할머니의 목소리는 작고 속사포처럼 빨라 좀처럼 들리지 않았다. 악마는 그걸 전부 알아듣는 것처럼 네, 그러셨군요, 힘들었죠, 하며 추임새까지 넣었다.

"할머니?"

말을 걸어도 할머니는 멈추지 않았다.

"그래서, 내가 그래서, 바짓단을 붙잡고, 이 새끼들아, 하고 울면서, 마지막에는 이마를 찧으면서……."

"네, 많이 힘드셨겠어요."

난 할머니의 표정을 살폈다. 초점은 또렷했다. 한 번 울었는지, 두 눈 아래로 소금 길이 새하얗다. 할머니가 무슨 이야기를 하는지는 금세 알 수 있었다. 옛날, 할머니의 나 홀로 술자리에 끼어들었다가 듣게 된 가족 이야기였다. 얼마 전 내가 악마에게 대충 축약해서 말해준 그 이야기이기도 했다. 오래 산 세입자나 겨우 아는 이야기인데, 그걸 저 악마에게 이야기해준다고? 할머니도 마음이 많이 약해지셨나. 때로는 웃고, 대부분은 울고, 때로는 화내면서, 할머니는 악마에게 모든 감정을 털어놓듯 이야기를 멈추지 않았다.

나는 더 묻거나 끼어들기도 뭣해서 자리를 떠나 내 방으로 향했다. 하지만 계단을 올라 내 방 문손잡이를 잡았을 때, 기분 나쁜 소리가 아래층에서 들려왔다. 드라마나 영화 속에서 접한 적 있는, 실생활에서 들으면 안 되는 종류의 소리다.

난 덜덜 떨며 난간 너머로 머리를 내밀었다. 부엌까지는 보이지 않는다. 내려가 봐야 하나? 아니면 조금 더 상황을 볼까? 무슨 일이야. 방금 그거, 누구 살에 칼을 꽂는 듯한 소리였다고…….

"육시랄 놈아!"

할머니의 목소리. 더 지체할 수 없었다. 나는 계단 아래로 몸을 날렸다. 부엌에는 그 어느 때보다도 생경한 풍경이 있었다. 할머니는 새빨개진 얼굴로 덜덜 떨며 서 있다. 그 반대편에 선 악마는, 내 시야에서는 등밖에 보이지 않는다. 하지만 표정 따위 알 게 뭔가. 그의 손에 커다란 식칼이 들려 있는데. 순식간에 머리부터 발끝까지 차가워졌다. 공포가 소리를 앗아간다. 입술이 떨어지지 않는다. 한 걸음씩, 뒤로 도망쳐야 할 것만 같은데, 당장 뛰어 들어가 할머니를 잡아끌어야 하기도 하다. 고민이 해결되지 않은 때, 악마가 고개를 돌렸다.

그는 멋쩍게 웃으며 식칼을 싱크대에 내던졌다. 쨍강 소리가 내 뼈를 부수는 것만 같다. 친절한 목소리가 내 귀를 옥죈다.

"괜찮아요."

"뭐, 뭐, 뭐, 뭐…… 다, 다가오지 마!"

"……이런. 오해하셨구나? 아니에요. 칼을 들었던 건 제가 아니라 할머니예요."

악마는 셔츠를 걷어 올렸다. 갈비뼈 사이로 깊은 상처가 보였다. 딱, 조금 전 그 식칼이 꽂혔을 법한 크기다. 악마가 말할 때마다 상처는 숨을 뱉었다. 악마는 상처를 맨손으로 문질렀고, 상처는 곧 우물우물 오므라들더니 아무것도 남기지 않고 사라졌다. 바닥에 떨어졌던 검은 피는 장판 위에서 부글부글 끓더니 증발한다.

악마는 한 걸음 물러났고, 이제 할머니를 걱정할 차례다. 난 할머니에게로 달려가 어깨를 흔들었다.

"할머니! 할머니, 나 보여? 어?"

"저, 저 마귀 새끼가! 어딜 웃어, 응? 사탕발림으로 숨기려 해도 소용없어. 네 껍질 뒤에 마귀가 있는 거 다 안다!"

할머니가 부엌 가위를 향해 손을 뻗었다. 난 할머니를 끌어안았다. 거칠게 헐떡이는 숨이 내 폐까지 압박해왔다. 난 눈이 풀린 할머니 등을 토닥였다.

"할머니, 알잖아. 어? 저 악마, 알지? 할머니가 직접 데려왔잖아. 아귀들한테 대추 먹이면서!"

"저거 마귀 새끼여. 아주, 우리, 살살 꼬여서…… 여기에 아주 엉덩이 뭉개려고 한다고!"

"뭔 소리야. 응? 할머니, 진정해. 내가 누군지 알아?"

"서주 네년도 마찬가지야. 정신 똑바로 차려! 마귀 새끼가 너 쌀밥이라도 먹여주던?"

"쌀밥은 할머니가 먹여주지! 할머니, 나 내일 흑미밥 먹고 싶어! 흑미 남아 있어?"

"저건 마귀 새끼야!"

"흑미 남아 있냐고! 그거, 할머니가 앞집에서 얻어 온 거! 기억하지?"

"그건, 그거는……"

할머니가 목소리를 낮췄다. 숨소리도 잦아든다. 난 할머니를 옥

쥔 손에 힘을 더 주었다. 내 경험상, 이러다 반반 확률로 잦아들거나 갑자기 폭발해 뛰어오른다. 다행히도 할머닌 내 손을 가만히 조물조물하다가 긴 한숨을 뱉었다.

"흑미, 다 떨어졌다. 얻어온 거 아녀. 길 건너 부동산에서 비싸게 샀어."

"응, 그랬지. 할머니, 세수는 했어? 씻어야지."

"잘 거야."

"에이, 할머니 애기다. 응? 얼굴만 좀 닦자."

"잔다니까."

목소리는 역정과 투정의 경계 어딘가에 있다. 난 손깍지를 풀었다. 할머니는 비척거리면서 안방으로 향했다. 얼마나 문에 기대 있었을까. 할머니 숨소리가 꿈나라로 들어갔을 때 난 방문 앞에 주저앉았다. 악마가 다가왔다.

"괜찮아요?"

"이게 대체 무슨 난리예요!"

악마는 억울한 듯 고개를 저었다.

"별건 아니에요. 아드님 이야기 나누다 그러시네요. 마귀 새끼라는 게 틀린 말은 아니지만."

"할머니에게 아들 이야기 직접 물어봤어요?"

"전 착한 청자예요. 함부로 인간의 이야기를 묻지 않는답니다."

아귀마저 안쓰럽게 여기던 할머니가 악마도 제 지붕 밑 한 식구로 여기게 된 걸까. 하지만 할머니가 칼까지 들었다는 게 신경 쓰여. 상대가 악마라 다행이었지, 나중에 다른 세입자에게도 그럴지 모르잖아.

"미안한데요, 정말 할머니에게 별 이야기 안 했어요?"

"칼 맞기 직전, 이렇게 말하긴 했어요. '힘드셨겠다', 이건 인간을 상대하는 공감의 화법. '건강하게 오래, 한 지붕 아래에서 함께했으면 좋겠다', 이건 세입자로서의 깔끔한 마무리. 여기에 문제가 있을까요?"

"참 모범적으로 끝내시긴 했는데요."

그 화자가 악마라면 이야기가 달라진다. 게다가 청자인 할머니는……

"……할머니는요, 오래 사는 거 싫어할걸요. 특히 여기에서는."

"아하."

"세상은 지옥이고, 우리는 거기에 돈까지 내고 얹혀산다고 생각하시는 분이에요. 그렇다고 만수무강하라는 사람, 악마에게 칼질하는 건 좀 아니라고 생각하지만."

"그렇군요. 당신은 어떤데요?"

"네?"

"당신도 여기가 지옥이라고 생각해요?"

"……반쯤?"

"그런 것 치고는 표정이 좋네요."

"이 정도면 훌륭하죠. 밥도 나와, 간식도 나와, 가끔 파산 직전에 비상금도 나오지."

어린 날 무작위로 들어온 집이 이 정도면 남는 장사라고 생각한다.

"다만…… 제 것이 아닌 게 문제죠."

"흐음. 행정적인 문제를 포함한 건가요?"

"저는 할머니처럼 제 이야기를 세입자에게 떠드는 사람이 아니라서 말이죠. 아무 드라마나 떠올려보세요. 얼추 맞을 거예요."

악마에게 더 이상 개인사를 떠들고 싶진 않아. 그러다 울어버리기라도 하면 정말 부끄럽잖아.

"그보다 몸은 정말 괜찮아요? 식칼 박히는 소리가 진짜 영화처럼 들리던데."

"괜찮아요. 볼래요?"

악마는 제 셔츠를 훌훌 걷어 올렸다. 가슴의 상처는 기껏해야 손톱으로 누른 것처럼 남아 있다가 곧 꿈틀거리며 사라졌다.

"남세스러우니까 옷 내려요. 할머니가 봤으면 진짜 프라이팬으로 후려쳤다."

"네, 네. 뭐라도 마실래요?"

"괜찮아요. 남은 건 제가 정리할 테니 들어가세요……."

말은 그렇게 했는데, 정리할 힘은커녕 내 방으로 돌아갈 기운도 없다. 머릿속도 정리가 안 돼.

그동안 악마는 어디에서 민무늬 젓가락을 꺼내 수돗물에 적셨다. 내 시선을 느꼈는지 묻지도 않은 답을 한다.

"이건 지옥 비품이에요."

"알아요. 우리 집 젓가락에는 전부 인삼 그려져 있어요."

악마가 저걸로 지옥의 수감자들을 고문하는 걸 본 적 있다. 갈증으로 울부짖는 죄수들에게 젓가락에 맺힌 물을 떨구어 준다. 죄수들은 처음엔 새하얗게 갈라진 입을 벌려 물방울을 기다리지만, 결국 오래 참지 못하고 물을 향해 뛰어오른다. 일자로 된 낚싯바늘에 물고기가 걸리는 꼴이다. 그들은 한참을 컥컥대고, 젓가락을 토하려 애쓴다. 악마는 한참을 기다렸다가 피 맺힌 젓가락을 받아들고는 옆의 수감자에게로 이동한다. 잊고 싶었지만 젓가락을 볼 때마다 떠오르는 건 어쩔 수 없다. 꿈에 나오지 않는 게 그나마 다행일까. ……사실, 머릿속을 괴롭히는 건 목구멍이 찔리는 순간에 대한 상상이 아니다. 그 물방울이 얼마나 달콤할지에 대한 상상.

나는 그 갈망을 잊기 위해 식탁을 정리한 후 부엌을 나왔다. 괜찮아. 난 지금 당장은 원하는 게 없잖아. 달고 시원한 것 정도야 얼마든지 마실 수 있어. 흔적뿐인 부엌 문지방을 넘을 때, 악마가 여상스럽게 말했다.

"필요하다면 제 지옥이라도 조금 나눠드릴게요."

대답하지 않았다. 악마 또한 대답을 기다리는 대신 부엌 뒤편 문을 열고 지옥으로 떠났다. 그의 발걸음은 가볍다. 방문이 열릴 때 새어 나오던 비명은 곧 문에 잡아먹힌다. 침묵이 집을 채운다.

그제야 피로가 내 몸을 노크했다. 나는 삐걱대는 몸을 질질 끌고 3층 계단을 올랐고, 나를 한없이 기다리던 스마트폰 메시지를 만났다.

[누나 자요? 피곤하죠]

[미안해요. 더 피곤하게 만든 것 같아서]

지금쯤이면 자러 들어갔을까. 괜히 1을 사라지게 했나 싶어 후회되었다. 그리고 곧 새 메시지가 떠서 심장 떨어지는 줄 알았다. 다행히도 모카 언니의 메시지였다.

[요새 이것저것 힘들지? 아까 승빈이가 자기 실수한 것 같다고 하더라]

아니, 다행은 아니었다. 언니의 메시지가 벽돌처럼 쌓였다.

[서주는 가만 보면 뭔가 주고받는 걸 힘들어하는 것 같아]

[그냥 편하게 받아도 돼. 편해지라고 해서 편해지면 세상에 불편한 게 없겠지만ㅋ]

[오해할까봐 적는데 나도 너희 억지로 붙여놓을 생각 없어. 승빈이 불편하면 이야기해. 도와줄게]

언니에게는 쉽게 답할 수 있다.

[괜찮아요 신경 많이 써줘서 고마워요 할머니도 언니 착하다 이쁘다 고마워하시더라고요 아버님께도 안부 전해주세요]

보내자마자 후회가 밀려든다. '길게 대화하기 귀찮으니 메시지 한 번에 좋은 말 다 몰아넣고 대화 끝내자'라는 티가 풀풀 나지 않나? 언니의 답이 돌아왔다.

[응 내일보자 아버지에게 안부 전하고 싶으면 내일 내가 바래다준다고 할 때 얌전히 따라오기ㅋㅋㅋ]

대화는 이걸로 끝. 이제 승빈이가 남았다. '너희 억지로 붙여놓을 생각 없다'라고요, 언니? ……역시 언니도 알고 있었구나. 그 아이가 무슨 생각인지. 그 아이의 도움들이 어디에서 왔는지. 언니, 저는 정말 주고받는다는 게 뭔지 모르겠어요. 승빈이에게 보내는 메시지는 짧다.

[고마웠어. 미안]

간단한 답변이자 쉬운 문제다. 승빈이는 바로 답을 알아낸 것 같다. 순식간에 1이 사라지고 새로운 1이 쌓였다.

[뭐가 미안해요]

[잠깐요]

[통화돼요?]

짧은 메시지들이 쏟아진다. 하지만 나는 저 세 문장만 확인한 후 핸드폰을 덮었다. 핸드폰 파란 알람이 깜빡이다 곧 부르르 떨리기 시작했다. 언제나 그렇듯, 퇴근할 때가 되면 배터리는 간당간당하다.

나는 핸드폰에 손대는 대신 이불 위에 엎드렸다. 방은 곧 어두

위졌다. 익숙한 어둠이다. 다만 불안은 어둠으로부터 오지 않는다. 할머니는 나를 이 집에 들여 아낌없이 먹였고, 그런 이유로 나는 '우리' 집을 쓸고 닦는다. 그리고 마침내 이 집을 '우리 집'처럼 여기게 된 악마는, 대체 무엇을 받아먹으며 홀린 것일까. 대추를 받아먹은 건 아귀였잖아. 질문을 바꿔보자면, 악마는 대체 무엇에 굶주려 있을까.

09

주인 없는 밤,
물을 구하는 자에게

지옥은 달콤했다. 한 발짝 걸어갈 때마다 캐러멜이 신발에 달라 붙는 소리가 났다. 예전 알바 가게에서 신었던 검은색 펌프스 밑창이 빠졌다. 한 발짝 더 걸어가니 스타킹 틈으로 끈적끈적한 액체가 새어 들어왔다. 설탕 타는 냄새.

"맛있겠지? 너 주려고 만드는 거야."

할머니가 부엌에서 뽑기를 만들고 있었다. 쇠 국자가 까맣게 탄다. 설탕 바른 쇠 쟁반에 녹인 뽑기를 그대로 부어버린다. 뽑기는 순식간에 굳는다. 거기에 손을 뻗으니, 할머니가 얼굴을 일그러뜨리며 내 머리를 때렸다.

"국자 태웠지, 너!"

잘 모르겠어요. 그때 누가 했더라? 아, 그래. 내가 만들어 먹었겠지. 만드는 법을 어디서 배워 와 부엌을 멋대로 손대다가 죽을 만큼 혼났지. 처음으로 얻어맞던 기억은 촉감보다는 불 위에 머리카락이 떨어져 나던 탄 냄새로 남았어. 덕분에 그 기억을 불꽃이 어른거리는 지옥 밑바닥에서 만나는 거겠지.

어느새 부엌의 그림자는 사라지고, 나는 끈적끈적한 길을 걸었다. 달고 쓴 냄새가 목 안을 채웠다. 할머니가 싫다고 생각한 적이 있다. 어린 나이에도 그 말을 입 밖으로 냈다간 무슨 소리를 들을지 알았다. 별수 없이 나는 학교 상담실에서 '할머니 때문에 속상하다'라고 말했다. 그러나 내 나름의 필터링은 의미가 없었다. 할머니가 그 늙은 몸으로 너 키워주시는데 무슨 소리냐, 너는 할머니를 사랑해야 한다, 그 잔소리를 한 시간가량 들었다. 내가 할머니와 피안 섞인 관계라는 것까지 고백했다면 반역자 취급이라도 받았으리라. 누구에게 말한 적은 없지만, 증오도 사랑도 한 심장에 동거할 수 있어. 내가 잘 알아. 그건 우리 할머니도 알고 있을걸. 할머니는 10여 년 전에 어디서 굴러먹었는지 모를 애를 커다란 집에 들였고 그 아이에게 정을 붙였으며 동시에 쓸모없는 애라고 생각해.

그때 지옥의 누군가가 물었다.

"할머니는 자기 아들을 사랑하지? 우리 귀여운 정효섭 씨 말이야."

나는 잘라 답했다.

"꺼져. 절대 그런 일 없어. 아냐."

"정말? 누가 뭐래도 친자식인 데다가 30년은 같이 살았을걸. 미운 정이 들었어도 네 두 배는 들었어."

"아냐. 어떻게 그게 되겠어. 그 새끼 때문에 큰아들과 연이 끊어졌다고. 게다가 집 나가선 돈 달라고 할 때만 기어들어 오잖아."

"너보단 나아. 넌 여길 지옥이라고 부르면서도 빨아먹잖아."

뭐라도 대답하려 했다. 그러나 숨을 들이마시기도 전, 갑자기 사방이 막혔다. 누런 벽지가 발린 방이다. 탄 냄새가 가득한 방 가운데 초등학교 교실에나 어울릴 법한 의자가 놓여 있었다. 저런 걸 생각의자라고 부르던가? 저기 앉아서 고민하고 뉘우치면 밖으로 나갈 수 있어. 난 앞으로 걸었다. 발이 푹푹 빠진다. 두 발짝도 걷기 전, 누군가가 그 의자에 앉았다. 기회는 끝났다.

"빨리 가서 앉았어야지."

목소리는 나를 혼낸다.

"다음번에는 잘할 수 있어? 잘해야 하지? 그렇지?"

난 누군가에게 멱살을 잡혀 방구석으로 밀려난다. 빨리 달려가야 한다. 누가 의자를 빼앗기 전에 내가 앉아야 한다. 그리고 반성해야지. 말 잘 듣는 착한 아이면서 동시에 욕심 많고 뭐든 알아서 하는 아이가 되어야 한다고. 달렸다. 발이 다시 푹푹 빠진다. 얼굴 없는 자가 의자에 기대어 나를 비웃는다. 네가 가진 건 아무것도 없었어. 이 지옥마저 네 건 아냐. 의자는 멀다. 난 반성할 기회조차 얻지 못했다. 할머니 말마따나 게을러터져서 아무것도 얻지 못한 나는, 이 집에서 '집주인의 손녀'는커녕 '세입자'조차 아니다. 어떤 서류도 내 소유를 증명하지 못한다. 이 집은 할머니 거야. 또한 그 아들 것이 될 거야. 나는 그저 남아도는 방 하나를 빼앗아 10여 년 간 머무는 유령 같은 존재다. 지옥이 흔들거린다. 무너진다. 그 뒤로는.……눈물에 가려 흐려졌지만 익숙한 천장이 보였다.

"……아, 아, 아이고야."

목소리가 제대로 나온다. 나는 몸을 일으켰다. 주변은 이상할 것 없는 내 방이다. 꿈에서 선명하게 나를 찌르고 괴롭혔던 것들은 순식간에 디테일이 무너져 기억 너머로 날아가버린다. 시간은……어느새 열 시. 욕먹고 점심 먹고 출근하면 되겠네.

할머니에게 어젯밤에 무슨 일이 있었는지 기억하냐고 슬쩍 떠보았다. 할머니는 기억하지 못했다.

"왜, 너, 뭐 잘못했어?"

"아니. 난 대체로 착해. 알잖아."

"젊은 것이 벌써 죽을 때가 됐냐? 웬 헛소리야."

식탁 바로 옆에 앉은 악마를 보고도 별말 없는 걸 보면, 어젯밤에는 정말 별일도 아닌 것에 할머니가 흥분해 칼을 들었던 걸까. 나는 악마를 바라보며 눈짓으로 물었다. 괜찮아요? 악마는 방긋 웃으며 자기 셔츠를 입으로 물어 올렸고 나는 그의 의자 다리를 걷어찼다. 뒤로 넘어가면서 상처 하나 없는 매끈한 피부가 보인다. 괜찮은가 보네. 투덜거리면서, 같잖은 농담을 던지면서, 오늘따라 악마는 아침부터 계속 내 옆을 백수 막내 같은 얼굴로 쫄랑쫄랑 따라다녔다. 심지어 출근하러 나오는 길에도 그는 담장 위에서 나를 쫓았다. 어느새 옷도 갈아입었네. 캐주얼하고 멀쩡한 옷으로.

"이렇게 밖에 나와도 되는 거예요? 지옥은 어쩌고?"

"감시 알람 맞춰놓고 왔어요. 무슨 일 생기면 바로 파리 떼가 날아올 거예요."

"제발 평화롭기를 바라야겠네요. 사실 전 그쪽이 집 밖에 나오면 햇빛에 녹아버리는 줄……. 어라, 어?"

떠들다 옆을 보니 악마가 사라졌다. 어디 갔어? 진짜로 햇빛에 녹아 사라졌어? 오늘은 날씨도 흐린 편인데? 내가 당혹스러워하고 있을 때 악마는 갑자기 뒤쪽에서 자동차 지붕을 밟으며 나타났다.

"어, 어디 갔었어요!"

"걱정했어요? 미안해요. 저쪽에서 이상한 소리가 들리길래 잠깐 듣고 왔어요."

이상한 소리? 악마가 다녀온 방향으로 귀를 기울이니, 누군가가 언성 높여 싸우는 듯한 소리가 들렸다. 하지만 가만히 들어보니 손자가 가는귀먹은 할머니에게 문자 그대로 소리를 높이는 것뿐이다.

"아, 싸움 맛있어서 좋아한댔죠."

177

"비슷해요."

"재미난 구경하러 나 쫓아오는 거면 번지수 잘못 찾았어요. 난 완전 몸 사리고 지낼 거라고요."

"음, 기분이 안 좋아 보이기에 따라왔을 뿐이에요. 제가 옆에 있는 게 싫으면 솔직하게 말해주세요. 그런다고 당신을 미워하진 않을 테니까."

악마가 웃었다. 태양 빛이 그의 등 위로 날개처럼 부서진다. 아주 크고 아름다운 다이아몬드 액세서리를 받으면 이런 느낌일까. 아름답지만 내게 어울리는 물건처럼 느껴지지는 않는 것. 물론 그런 비유도 입 다물고 있을 때 어울린다는 소리지.

그는 지옥의 직원답게 종알거렸다.

"그리고 말이죠, 악마에게는 '네가 싫다, 이유는 없다'라고 대놓고 말해도 당신의 사회적 평판에 전혀 악영향을 미치지 않죠!"

"하지만 당신 별로 악마처럼 생기진 않았……. 어라? 뿔은 어디 갔어요?"

머리 양옆으로 삐죽, 엄지손가락 정도 크기로 솟아 있던 뿔이 보이지 않았다. 머리카락에 가려졌나? 아니, 하지만 다른 각도로 봐도 안 보이는데? 친절하게도, 악마는 담벼락에서 내려와 내 손에 닿도록 머리를 숙였다. 만져봐도 없다.

"뿔은 지옥에 있을 때만 보여요. 지상에서도 보이면 영업할 때 지장이 가잖아요."

"영업?"

"예전에 있던 부서였죠. 아마 당신이 생각하는 그런 일."

"지금 제 영혼 사려고 간 보는 거 아니죠?"

"그런 농담 금지! 지난번 부서도 겉보기에만 멀쩡하지, 정말 힘들었다고요……. 제발, 당신까지 제 거래처가 되지는 말아주세요."

"이미 집주인 손녀와 세입자 사이잖아요."

"계약서에 당신 이름은 없었잖아요. 우리는 거래처라기보다는 현대의 비혈연 공동체 아닌가요. 지붕과 냉장고를 공유한다는 데 의미가 있는."

악마는 가볍게 농담을 던졌다. 나도 마주 웃고 싶었다. 가벼운 사회적 반응 말이지. 하지만 악몽이 새삼스럽게 말의 발목을 잡았다. 난 어느 서류에도 없다. 할머니의 주민등록등본에도, 부동산 계약서에도.

"……저기요?"

악마가 내 어깨를 톡톡 쳤다.

"괜찮아요?"

"네, 별문제 없어요."

악몽의 디테일은 뜻밖의 상황에서 되돌아오는구나. 난 그를 어영부영 보내고 버스에 올라탔다. 차창 너머로 악마가 손을 흔드는 것 같은데, 반응해주지는 못했다. 부끄럽기도 했고. 그런데 버스에서 내리자마자,

"왜 손 안 흔들어줬어요?"

하고 정류장에서 날 기다리는 악마를 마주했다.

"왜 여기 있어요?"

"기왕 바래다주러 나오는 거, 끝까지 하려고요. 위에 타고 따라오긴 했는데, 버스카드 만드는 편이 나으려나?"

"오늘 아주 한가하신가 봐요."

"제가 평소에 얼마나 열심히 일하는데요. 이 정도 시간은 뺄 수 있어요."

이 말만 들으면 멀쩡한 사회인 같은데. 그는 내가 손을 마주 흔들어주길 기다린다는 듯 아직도 오른손을 들고 있었다. 난 거기 손바닥을 맞부딪쳤다. 악마는 그제야 웃으며 맞잡은 손을 내렸다.

"그리고 솔직히 말하자면, 저기요 분의 일터 근처에서 맛있는 냄새가 날 것 같기도 했고요."

"아⋯⋯악"

불길한 예감이 든다. 악마는 예전에 매사 솔직한 승빈이를 흥미롭게 봤었지. 게다가 난 바로 어제 승빈이의 고백 아닌 고백을 거절한 상태고⋯⋯. 안 돼! 이 자식, 남의 연애 문제 냄새를 맡은 게 분명해!

"더 따라오지 말아요! 당장 집에 돌아가요!"

"왜요, 그러고 보니 이 근처도 시끌벅적하네요. 밤에 술 냄새 날 때 꽤 재미있어지겠어."

"난 재미없어요! 내 일터로 파리 떼 날아오는 꼴을 보고 싶은 거예요?"

"……유혹하지 마세요."

"닥쳐요! 신나서 상상하지 마!"

이 악마 새끼야! 나는 키득거리는 악마의 등을 떠밀어 (물론 놈에게는 전혀 영향이 없겠지만) 집으로 보낸 후, 겨우 먹자골목을 돌아 알바 가게로 들어섰다. 하지만 유니폼으로 갈아입고 홀에 들어섰을 때, 난 차라리 가게에 파리 떼가 들어오는 게 마음 편할 거라는 상상을 했다. 승빈이가 굳은 표정으로 나를 마주한 것이다.

"……안녕하세요."

"아, 안녕!"

멀쩡하게 인사했어. 성공했어. 이제 일만 하면 돼. 그러나 뒤에서 지나가던 다른 직원이 한 마디 얹는다.

"왜 둘 다 안녕 못 한 얼굴이야."

"……어제 너무 무리했나. 컨디션이 안 좋네요."

회식이 몇 시에 끝났는지 뻔한데 씨알도 안 먹힐 소리지. 하지만 직원은 이이로 긍정해주었다.

"그래. 다들 쉬기도 바쁜데, 그 인간, 눈치 없이 회식 잡자고 신나서는."

"지금 매니저님 없어요?"

"좀 늦게 나온대. 분명 회식 끝나자마자 지 친구들하고 2차 마시러 갔겠지.”

“아하하, 너무했다.”

“서주, 너는 힘들다고 해서 남친이 바래다준 거야?”

“네? 남친이요?”

“아까 버스정류장에서 손잡고 있었잖아. 남친 아냐?”

“아니요!”

대답이 너무 크다. 손님들에게까지 들리진 않을 것 같지만 등 뒤에서 주방 쪽 직원들이 웃는 소리가 들렸다.

“남자친구는 진짜 아니고요. 그냥 동네 아는 사람⋯⋯.”

“알았어, 알았어. 누가 뭐래? 이따가 퇴근할 때에도 마중 나오라고 해.”

“남자친구 아니라니까요.”

“아니어도 친한 거 아냐?”

직원은 지나가던 모카 언니와 다른 여자 아르바이트생에게까지 손짓하며 말했다.

“얼마 전, 요 건너편에 호프집 있잖아. 거기 여자 알바가 퇴근하는 길에 웬 아저씨들한테 머리채 잡혔다더라.”

모카 언니가 목소리를 높이며 끼어들었다.

“네? 뭐야, 무슨 일이래요? 경찰 왔어요?”

“몰라. 그 새끼들은 사람 잘못 봤다면서 튀었대. 경찰이 순찰해 준다는데 24시간 있어 줄 거 아니잖아. 여직원이나 알바들 퇴근할 때 정류장까지는 좀 같이 가라. 나도 나중에 매니저님한테 말할게."

아르바이트생들은 짧은 공지사항을 듣고 각자 제자리로 흩어졌다. 나는 위로 묶은 머리카락을 만지고, 누군가가 이걸 잡아당기는 상상을 했다. 어렵지 않았다. 이미 그 자식에게 당한 적 있으니까.

모카 언니가 중얼거렸다.

"사람 잘못 봤다면서 도망쳤다는 건…… 그 인간들이 누굴 찾고 있다는 거겠지?"

"그렇겠죠."

이전에 매니저한테 들었던 경고와 이어진다. 점심때 근처 가게를 돌면서 여자 아르바이트생 얼굴을 살핀다던 새끼.

"서주야, 바래다줄까?"

참 자주 듣는 말이야. 아무래도 전생에 들어야 했던 말까지 이번 달에 몰아 듣는 것 같아.

물론 바로 고개를 끄덕이고 싶다. 할머니 아들이 날 찾는 게 분명해. 그것도 제 패거리까지 이끌고. 하지만 나는 언니 눈치를 살폈다. 내가 집 앞까지 데려다달라는 소리를 할 만한 사이냐고. 게다가 언니뿐만이 아니라 언니 아버지까지 따라오게 될 게 뻔한데. 결국 원하는 것과는 다른 대답을 했다.

"괜찮아요. 맨날 다니는 골목이고, 경찰도 순찰 다녀요."

"그래? 그럼 뭐."

언니는 예상했다는 듯 텁텁한 대답을 던졌다. 그러고 나서 자기 자리로 돌아가려다가 생각난 듯 물었다.

"승빈이한테 메시지 보냈어?"

"네. 미안하다고."

"……너무 마음에 두지 마."

언니는 내 등을 툭 치고 지나갔다. 그 너머로 승빈이가 보였다. 나는 애써 시선을 피했다. 승빈이는 뭔가 말하려는 것 같았지만 허공에 숨을 뱉던 그 입은 곧 손님의 목소리를 쫓는 '네, 잠시만요!'라는 말을 시작으로 닭갈비집의 일부가 되었다.

매니저는 피곤함에 절은 모습으로 느지막하게 출근했다. 직원으로부터 이상한 놈이 출몰한다는 이야기를 전달받은 것 같기는 했는데, 퇴근 시간이 임박했을 때도 별다른 공지는 없었다. 다 죽어가는 눈으로 정수기를 끌어안고 목만 축였을 뿐이다.

결국 퇴근 시간에는 각자 안면이 있다 싶은 사람끼리 뭉쳐 돌아간다. 누군가가 나와 모카 언니를 흘긋 보았지만, 모카 언니가 가족 차를 타고 돌아간다는 건 누구나 알고 있었다. 그의 시선은 나와 승빈이에게 잠깐 멈추었지만, 이내 적당히 고개를 끄덕이고 가게 밖으로 나간다. 나는 승빈이가 뭐라 말하기 전에 '그럼, 내일 봐!'라고 외친 후 밖으로 뛰쳐나왔다. 버스만 타면 된다. 집까지는 코앞이라고. 가는 길에도 사람은 많고! 속으로 그렇게 외쳐도 번화가에서부터 몸은 긴장된다. 누가 건드리기만 해도 비명을 지를 것 같다.

나는 핸드폰을 꽉 쥐었다. 버스에서 내리자마자 112를 눌러 둘까 했는데, 갑자기 진동이 울리는 바람에 나는 버스 안에서 비명을 지를 뻔했다. 승빈이 번호였다. 받지 않았다. 통화를 종료시킨 후 지금 버스라 통화가 어렵다는 메시지를 보냈다. '잘 들어가고 있죠?'라는 답이 왔다. 그래, 잘 들어가고 있다. 집에 무사히 도착하면 메시지 보낼게……까지 적다가 지웠다. 무사 귀가 보고까지 하는 사이는 친구면 족하다. 우리는 이미 그 관계로는 글러 먹었고.

[ㅇㅇ 잘 들어가고 있어 너도 잘 들어가]

고민하고 고민해서 겨우 저 한 줄을 만들고 발신 버튼을 누르려할 때, 또 핸드폰이 울렸다. 모르는 번호였다. 승빈이……려나? 아니면 대출 안내 스팸? 피싱? 그것도 아니라면 최악의 경우는 그 새끼겠지. 난 수신거부 후 승빈이에게 메시지를 보냈다. 모카 언니의 '귀가하고 메시지 보내'라는 말에 답하고 돌아왔을 때도 승빈이에게 보낸 문장의 숫자 1은 사라지지 않았다. 버스에서 내릴 때까지 모르는 번호로부터의 전화는 두 번 더 걸려왔다. 난 배터리를 보았다. 괜찮아, 아직 남아 있어. 집에 들어가다가 꺼질 정도는 아냐.

하지만 한 번 그 새끼 생각을 했더니 다른 의심이 차례로 머리를 들었다. 일부러 내 배터리를 소모하려는 거 아닐까. 내가 짜증을 내며 핸드폰을 끄게 하려는 거 아닐까. 경찰에 연락하는 걸 막으려는 거라면?

어두운 골목길 입구에 섰을 때 연락은 비로소 끊겼다. 내 착각이겠지만, 길은 평소보다 더 어두워 보였다. 평소보다 내 발소리가 더 크게 들리는 것 같고……. 이 시간이면 술자리를 끝낸 사람들이 비틀거리면서 들어가는 게 한 명쯤 보일 법도 한데 골목은 조용하다. 전봇대의 꼿꼿한 그림자 뒤로, 쓰레기봉투 그림자가 흔들리면서 내 마음을 와삭 소리 나게 만든다. 지금이라도 경찰에 연락할까. 하지만 아무 일도 없는데 출동하겠어? 아아아악. 모카 언니에게 연락해볼까? 집에 들어갈 때까지만 통화 끊지 말아달라고? 아냐. 그랬다간 분명 '내가 바래다준다고 했잖아' 소리를 들을 거라고. 다른 친구는? 이 시간에 전화해도 되나? 몇 시 이후의 전화가 전화 예절에서 어긋난 걸까?

딴생각으로 머리를 꽉 채우며 남은 길을 겨우 걸었다. 우리 집 실루엣과 대문이 보인다. 대문이 보인다는 건 그 뜻이지. '오늘도 문이 잠겼습니다.'

예의상 대문을 두들겼다. 답이 없다. 초인종은 눌러볼 것도 없다. 밟고 넘어갈 것을 찾아보았다. 오토바이가 그대로 누워 있었다. 넌 정말 아무도 안 주워가는구나. 버려주는 사람도 없어. 어떻게 오토바이를 일으키는 데까지는 성공했지만 담장 아래까지 옮기는 게 난관이었다. 거의, 움직이지를, 않아. 밀어도 당겨도, 오토바이는 제 자리에 뿌리라도 내린 것처럼 꿈쩍도 하지 않다가 또 쿵, 하고 넘어졌다. 큰 소리와 작은 진동. 하지만 주택가의 아무도 반응하지 않았다. 대신 손가락 끝에 따끔한 통증이 왔다. 손톱이 찢어진 모양이었다.

난 피 맺힌 손가락을 입에 넣으며 대문에 기댔다. 가벼운 욕이나 한탄을 하고 싶어도 골목의 침묵이 나까지 입 다물게 만든다. 할머니, 이제 내가 오가는 것도 까먹은 거야? 세입자가 있던 시절에는 문을 열어뒀지만 이젠 세입자가 없다고 생각해서 문을 닫기시작한 걸까? 손바닥 좀 까지면서 담을 넘어갈 수도 있고, 집에 전화해서 할머니를 깨우는 방법도 있다. 하지만 지금 느끼는 감정은집에 들어갈 방도를 모르는 데서 오는 게 아니다. 아무도 나를 기다리지 않는 것 같아서, 어쩌면 할머니도 나를 잊어버리는 게 아닐까, 싶어서. 이 감정이 외로움만으로 끝난다면 차라리 낫겠지. 하지만 누가 어둠 속에서 나타나 내 머리채를 잡고 질질 끌고 가는게 아닐까, 싶어서. 사춘기에 어울리는 고민 아니냐, 이런 생각은중학교 다닐 때도 안 했어. ……그렇게 나 자신에게 삐딱한 소리를 해봐도, 어느새 흐르기 시작한 눈물은 멈출 기미가 보이지 않았다. 소리는 없다. 그냥 수도꼭지를 약간 틀어둔 것처럼 눈물만이 넘쳐흘러나온다. 다 울고, 다 떨궈서 처리하고 그런 다음에 담을 넘어가야지. 쓰라린 손가락으로 눈가를 닦았다.

그리고 그때, 누군가가 마당 안쪽에 서서 대문을 두들겼다.

"히익!"

"어라, 놀랐어요? 미안해요."

악마의 목소리다. 대문 잠금장치 풀리는 소리도 들렸다. 난 급하게 대문 손잡이를 잡았다.

"잠깐만요. 자물쇠만 풀어주시면 제가 알아서 열고 들어갈게요. 나오진 마세요!"

"어두워서 얼굴 안 보여요. 당당하게 들어오세요."

"내 마음 읽지 말고요!"

악마는 웃었을 것이다. 어두워서 보이진 않지만 분명히! 나는 눈물로 얼룩진 얼굴을 닦으며 안으로 들어갔다. 악마는 내가 따라오길 기다렸다. 불빛 하나 없는 어둠 속에서, 딱 한 발짝씩 앞서 걷는 그의 발자국은 오렌지 빛깔로 남는다. 비로소 마지막 칸에서 우리의 눈높이가 같아졌을 때, 악마는 현관 문손잡이를 쥐고 물었다.

"저, 기다렸어요?"

"네? 무슨 말씀이세요?"

"밤에 골목 너머까지 마중 나오는 걸 기대했을까 봐서요."

아니, 전혀. 내 표정으로 답을 얻었는지, 악마는 쓸쓸하게 말했다.

"미안해요. 그만큼의 믿음을 못 드린 것 같네요."

"믿음 문제가 아닌데요. 마중 나올 만한 사이는 아니잖아요."

"인간과 가까워진다는 건 어렵군요. 오늘 바래다드렸을 때 좋아하셨던 것 같아서, 돌아올 때도 제가 나간다면 좋아할 거로 생각했어요."

돌아오는 길의 익숙한 어둠, 익숙한 고요함. 귀가 때마다 그곳에 숨어 있을지도 모르는 괴물을 탐색하는 매일. 그 끝에, 악마가 있는 모습을 상상했다. 오래 고민할 필요는 없었다. 기대하지는 않았다. 하지만 좋아했을 것이다.

"알면서 왜 안 나왔어요."

"……와, 그런 말도 할 줄 알아요? 우와아아아아."

"그쪽이 허구한 날 쓰는 말투잖아요! 왜 그렇게 쳐다봐요!"

악마가 고개를 숙여 나를 대놓고 들여다봤다. 이봐요, 아까는 얼굴 안 볼 거니 안심하라고 했잖아! 난 도망치듯 신발을 벗어 던지고 거실을 가로질렀다.

악마는 현관문을 잠그고 따라 들어왔다. 내가 두 발짝 걸어도 그는 단 한 걸음 만에 성큼, 내 발뒤꿈치 바로 뒤에 발끝을 붙이고 선다. 난 자리에 멈춰서 고개를 들었다. 벽 거울에 비친 악마는 어쩐지, 힘없이 웃고 있었다.

"대문을 잠근 것과 제가 마중 나가지 않은 것에 대해, 나쁜 소식을 전해드려야 할 것 같아요."

나쁜 소식이라는 말에 가장 먼저 머리에 내리꽂힌 건 할머니였다. 난 안방 문을 열어젖혔다. 이 시간이면 항상 저기, 10년은 개키지 않은 이불을 덮고 누워 있어야 할 할머니가 보이지 않았다. 어디 갔어? 상상이 최악의 길로 뻗어 나가기 전, 악마가 말했다.

"마실 나갔다가 쓰러진 걸 앞집 아주머니가 발견한 모양이에요. 같이 병원에 모시고 갔고요."

189

"쓰러지셨다고요?"

"물리적으로요. 다리를 접질리셨대요. 앞집 아주머니한테 전화 받은 거 없으세요?"

버스에서 계속 울리던 게 그 번호였나? 난 급하게 핸드폰을 들어 부재중 전화에 회신했다. 처음에 전화를 받은 건 무슨 이름 복잡한 병동 간호사실이었다. 할머니 이름을 대며 물어도 환자 정보 보호다 뭐다 하면서 말을 질질 끌다가 아침 아홉 시에 총무과로 전화하시라며 뚝 끊는다.

부재중 전화번호는 하나 더 남아 있었다. 010으로 시작하는 핸드폰 번호다. 욕먹을 걸 각오하고 통화 버튼을 눌렀다. 전화기 너머, 앞집 아주머니 목소리가 들렸다. 아무리 바쁘다고 해도 네가 가족인데 전화를 못 받으면 무슨 쓸모냐는 말을 시작으로 통화가, 아니, 훈계가 시작되었다. 할 말이 없었다. '죄송합니다, 감사합니다'를 번갈아 쏟아내며 나는 병원으로 달려갈 채비를 했다. 하지만 아주머니는 내 행동을 읽기라도 했는지 바로 병원에 갈 필요는 없다고 말했다.

[통합간병이라던가? 병원에서 다 알아서 하니까 보호자 오지 말라더라고. 너는 내일 아침 돈 계산이나 하러 가.]

"정말 감사합니다! 발견도 아주머니께서 하신 거예요?"

[응. 우리 집 앞에서 굴러서 다행이지. 혹시 할매 치매야?]

"네?"

[헛것을 본 모양이야. 일으켜줬더니 아들한테 가야 하는데 왜 잡느냐고 화를 버럭 내시더라고.]

"일상생활이나 돈 계산은 잘하시는데, 요새 좀 불안하긴 해요."

[병원에서도 지랄을 해 싸니 의사가 다른 검사도 해보겠냐 물어보더라. 그런 건 손녀가 안다고 했거든? 내일 느이 할매가 먹는 약 챙겨가서 다른 검사 할 거 있으면 챙겨서 해라. 알아서 할 수 있지?]

"네, 당연하죠!"

[으이구, 그래. 할매가 말년에 너란 복 하나는 있으려고 죽을 똥을 쌌나 보다.]

아주머니는 할머니가 절대 동의하지 않을 말을 남기고 전화를 끊었다. 그리고 잠시 후, 병원에서 받아 온 안내문을 우리 우편함에 넣고 가셨다. 난 안내문을 읽으며 며칠이 걸릴지 모르는 병원 생활을 위해 할머니 짐을 챙겼다. 새벽부터 부지런히 돌아다니려면 조금은 자둬야 할 텐데. 유독 넓어진 집을 돌아다니는 동안 잠은 싹 달아나버렸다.

이 집에서 제일 오래 살았던 사람이 없어졌다. 항상 저 방, 저 자리, 저 이불 위에 자기 모양의 주름을 남겼던 사람이 어디에도 보이지 않는다. 할머니 목소리가 집 어디에도 닿지 않는다는 사실은 이 집을 유령의 저택처럼 만들었다. 방에서 나오지 않는 세입자와 10년 넘게 함께한 자칭 손녀, 그리고 악마는 이 집에 어떤 영향도 미치지 못한다.

할머니, 아들 따라가려고 했어? 어느 아들이야. 살아 있는 아들?
죽은 아들? 앞집 아주머니 대신 내가 거기 있었어도, 할머니가 구
르는 걸 막을 수 있었을까. 병원에서 무슨 검사를 하고 무슨 약을
받아와야 할머니가 이 집만 바라보게 만들 수 있을까. 긴 밤을, 내
가 어찌할 수 없는 생각들이 채운다. 그 틈으로 지옥의 비명이 들
린다. 나는 흠칫 놀라 의자 등받이를 꽉 쥐었다. 질릴 만큼 들었다
고 생각한 소리인데, 할머니가 없는 공간에서 들을 때의 느낌은 완
전히 달랐다. 지금 당장에라도 공간을 찢고 나에게로 달려올 것만
같다. 지옥의 일부인 괴물이든, 아니면 그곳에서 고통받는 죄수든.

어떻게든 잠을 청하려 했다. 내 방에 들어가기는 두려웠다. 또
그 생각의자가, 나를 제외한 다른 모든 사람에게는 곁을 허락하는
의자가 덩그러니 놓여 있다가 잠든 내 목을 조를 것만 같았다. 어
처구니없는 생각이지? 하지만 지금은 그런 생각들에서 벗어날 수
없었다. 할머니가 없는 집은 거대한 괴물 같다고.

결국 내 선택은 부엌이었다. 할머니 방과 가깝고, 여차하면 1층
으로 달려갈 수 있으니까.

난 1, 2, 3층 모든 방문이 닫힌 것을 확인한 후 부엌 의자를 붙여
누웠다. 그리고 눈을 감았다 뜰 때마다 악마가 내 주변을 오가는
게 보였다. 대문에서 만났을 때는 편한 옷을 입고 있었는데, 지금

은 다시 외출복 차림이다. 그는 내 머리맡에 새 의자를 끌어다 놓고 앉았다. 식탁 유리에 컵이 부딪치는 소리가 들렸다.

"물이에요. 빨대 꽂아뒀으니까 목마를 때 누워서 드세요."

"아……, 고마워요."

"이대로 잘 거예요?"

악마는 내 얼굴을 빤히 내려다보았다. 난 한 손으로 그의 얼굴을 덮었다.

"뭐, 뭐가 문젠데요."

"화장 안 지운 것 같아서요."

"까짓것 내일 피부에 복수당하고 말죠."

잠은 안 오지만 씻겠다고 일어나는 것도 싫었다. 악마는 그럴 줄 알았다는 듯 내 얼굴에 적신 수건을 가져다 댔다.

"잠깐 입 벌리지 말아보세요. 옳지. 눈 감은 상태에서 눈꺼풀만 위로 올리고. 무슨 뜻인지 알죠? 좋아요. 그다음에는 왼쪽 보기."

따뜻하다. 기분 좋다. 어미 개의 품 안에서 뒹구는 강아지처럼 난 여기저기로 머리를 돌리고 그가 말하는 표정을 지었다. ……그러다가 눈을 뜨고, 나한테 웃기는 표정을 짓게 해놓고 구경 중인 악마놈과 눈이 마주쳤다. 악마는 웃음기 가득한 눈을 슬쩍 옆으로 돌리다 내게 볼을 잡혔다.

"재밌었어요?"

"재, 재밌었스미다, 죄송함다."

"내 참."

잠을 청하던 약간의 의지도 날아갔다. 하지만 자리에서 일어나고 싶지는 않았다. 악마는 수건으로 내 머리카락과 살의 경계를 닦았다. 얼굴에 달라붙는 머리카락은 손끝으로 조심스레 쓸어 넘긴다. 그의 긴 손가락에서는 따끈한 섬유 냄새가 났다.

"……여전히 모르겠네요."

"제가 답을 구해드릴 수 있는 문제겠지요?"

"나한테 왜 잘 해줘요? 내 영혼이 비쌀 것 같진 않은데."

"또 그 소리예요?"

"아마 납득하기 전까진 계속할걸요."

"개와 인간이 서로를 예뻐하는 것처럼, 악마로서는 인간을 아낄 수밖에 없어요. 본능이 먼저고, 이성은 그 뒤에 이유를 찾아 하나둘 나열하고 우선순위를 만들죠. 손은 할 수 있는 것을 하고……."

악마는 내 얼굴을 쓰다듬었다. 어떤 대답으로도 만족하지는 않을, 하지만 악마로부터 도망치지도 못할 그 인간의 얼굴을. 납득 못 할 설명이라도 반복해서 들어야 한다. 무의미한 대답들로 마음을 차게 식혀야 한다. 이해할 수 없는 이 생명체로부터 공포를, 혐오를, 환멸을 느낄 때까지. 하지만 악마는 내가 원하는 답을 주지 않는다. 인간 전부를 사랑한다는 천사 같은 답변을 해서 내가 어디 물러날 수도, 앞으로 나아갈 수도 없게 만든다. 그의 옆에서 조금이라도, 약간의 호의라도 받으면 안 되겠냐고, 내 안의 누군가가 나에게 어리광을 부린다. 미숫가루를 받아먹는 게 아니었어. 인사하는 게 아니었어. 그의 얼굴을 보고 웃는 게 아니었어. 너무 오래 방치했다. '내가 있으면 당신이 행복하잖아요' 같은 말을 인정해야만 하는 상황까지 와버렸다고. '저게' 무엇인지도 모르면서.

나는 그의 수건을 빼앗아 눈 위에 덮었다. 다시 눈물이 흐른다. 축축한 수건은 눈물을 제대로 흡수하지 못한다. 목소리까지 젖어버리기 전에 나는 조금 뾰족한 말투로 말했다.

"행복하시겠어요. 세상에 인간이 잔뜩 있으니까."

"그렇죠. 사랑한다는 건 행복한 거니까요."

"……천사 같네요."

"하지만 최근에 문제가 하나 생겼는데,"

비밀을 말하는 것처럼 목소리를 낮추며, 그는 내 머리카락을 귀 뒤로 넘겼다. 내 눈은 여전히 가려진 채다. 수건의 물이 잔뜩 민감해진 귀를 타고 안으로 흘러 들어간다. 그의 숨소리가 다가온다. 목소리가 울렸다.

"당신으로부터는 사랑도 받고 싶어요."

대답은, 하지 못했다. 입을 열었다. 하지만 눈물을 꽉 눌러 참았던 목구멍은 자갈을 삼킨 것 같다. 아무 말도 꺼내지 못한다. 악마는 말을 이었다.

"사탕을 받은 게 문제였을까요, 고맙다는 말이 문제였을까요.

한 번 생각하니까 멈출 수가 없네요. 지옥에서 한 방울의 물을 혓바닥에 댄 기분이에요. 물론 듣는 당신 입장에서는 제가 갑자기 대가를 요구하는 날강도처럼 보이겠지만."

"저, 저기……."

"왜요, 물 드릴까요?"

악마는 수건을 치우고 물컵을 흔들어 보였다. 난 고개를 저었다. 서서히 눈가의 물기가 말라붙고 그의 얼굴이 보였다. 그는 또 빛을 등지고 방긋 웃는다.

"이제 주무시고, 내일 병원 잘 다녀오세요. 집 잘 보고 있을게요!"

10
우물에 고이는 것은
물뿐만이 아니다

병원으로 출동할 준비는 확실하게 했다. 만약의 사태를 대비해, 매니저에게 병원 문제로 몇 시간 늦을 수 있다고 연락했다. 매니저는 무슨 드라마 조연처럼 장엄하게 '당연하지. 절대 후회할 선택은 하지 마라!'라고 대답했다. 그게 더 불안해요.

돈도 적당히 챙겼고, 근처 콜택시 번호도 알아냈다. 하지만 집을 나설 때 좀처럼 발걸음이 떨어지지 않았다. 집에 남은 건 '방 밖으로 나오지 않는 세입자'와 '악마' 둘뿐이다. 냉정하게 생각하면 그들에게 집을 맡길 수 있겠냐고. 게다가 악마는 수상쩍은 지옥의 수감자들까지 줄줄이 달고 있는데! 어쩌면 귀가할 때쯤에는 집이 불타고 있는 거 아닐까.

한참을 고민하다가, 얼굴 본 지는 10년쯤 됐지만 연락처는 어제 알게 된 앞집 아주머니께 염치 불고하고 문자메시지를 보냈다. 오늘 병원에 가느라고 집을 비워야 하는데, 혹시 무슨 일이 있으면 연락 부탁드린다고. 작게나마 모바일 상품권도 보내드렸다. 아주머니는 '어이쿠, 어떻게 쓰는지 모르겠네. 우리 딸내미에게 사용법을 물어봐야겠네?'라며 MMS 용량에 꽉 채워 사진들을 쏟아내며 묻지도 않은 가족 자랑을 했다. 맨 앞에는 손자들, 손자 뒤로는 아주머니의 딸 부부가, 그 뒤로는 아주머니와 남편, 흰 털의 강아지 두 마리가 보였다. 그 배경은 깔끔하게 리모델링되었지만 구조는 우리 집과 비슷한 오래된 집이었다. 이게 아주머니 집이구나.

나는 골목길 끝, 언덕 아래에서 우리 집을 올려다보았다. 처음으로 이 골목에 들어왔던 때가 떠오른다. 그땐 내가 세상에서 가장 잘사는 집에 온 건가 싶어 어안이 벙벙해 있었지. 할머니에게 이 집에 살아도 된다는 말을 듣고, 동시에 밥값 하는 법을 배우고, 온갖 기묘한 세입자들을 만나고, 매 계절 다양한 형태로 난장판이 되는 집을 마주한 뒤로부터는, 그리고 그걸 수습하는 게 내 일임을 알게 된 뒤로는 '이 썩을 집'으로 생각이 바뀌었지만. 낡고 삐걱대는 집. 늙고 삐걱대는 집주인. 그 두 가지를 잃을까 봐 불안해지는 날이 올 거라고는 생각도 하지 못했다.

나는 악마가 준비해준 미숫가루 텀블러를 가방에 집어넣고 병원으로 향했다.

나름 아침 일찍 왔는데, 병원은 내가 일찍 왔든 늦게 왔든 전혀 상관없다는 듯 자신만의 속도로 느릿하게 흘러갔다. '느리다'라는 건 환자와 보호자 기준이다. 간호사들은 발이든 손이든 쉴 새 없이 움직였다. 난 할머니 침대 옆에 쪼그려 앉아 텀블러를 열었다. 고소한 냄새가 풍기자 할머니가 눈을 번쩍 떴다.

"할머니, 정신 좀 들어?"

"들지. 냄새 좋네. 네가 만들어왔냐?"

"누가 만들었든. 할머니, 좀 먹을래? 지금 뭐 먹어도 되나?"

"시계도 밥을 먹는데, 주둥이 달고 태어난 내가 굶으랴?"

할머니는 바로 벌떡 일어났다. 옆자리 환자가 할머니를 보고 깔깔 웃었다. 할머니가 텀블러를 비우는 동안, 나는 의사에게 현 상황에 관해 설명을 들어야 했다.

눈 아래가 거멓고 다리를 달달 떠는 의사가 나를 맞이했다.

"보호자분, 할머님이 어떻게 다치셨는지 상황은 들으셨죠? 검사를 해봤는데 다리는 별문제 없어요. 이 나잇대 분들은 미끄러지기만 해도 부러지는 경우가 많은데 천운이었죠. 다음 문제가 있는데……"

"문제요? 어떤……"

"그 문제가 제 전문이 아니에요, 사실."

의사는 병동 벽을 가리켰다. 정형외과라고 적혀 있었다.

"다른 과 문제인데, 할머니가 섬망이 좀 있으시더라고요."

"네? 무슨 망이요?"

"섬망. 남이섬 할 때 섬, 망태기 할 때 망. 할머니가 집에서 헛소리하지 않으세요? 이상한 거 봤다, 이상한 소리를 들었다 하시고."

"정신 문제라는 거죠? 어, 치매 검사는 얼마 전에 받았고 정상이라고 들었어요."

"치매하고는 달라요. 치매는 지속적이지만 섬망은 고칠 수 있거든요. 보통 노인분들이 크게 다치시거나 수술하거나 안 좋은 일을 겪으면 섬망이 생길 수 있어요. 하지만 환자분은 입원 후 섬망이 생긴 게 아니라 헛것을 본 다음에 다친 경우거든요. 최근 무슨 일 있나요?"

"좋은 일이 있던 적이 없네요."

"하하, 다들 그렇죠. 이왕 오신 김에 검사 좀 해볼까요? 다른 과로 옮겨드릴게요. 일단 환자분 드시는 약 갖고 오셨으면 좀 볼게요."

난 할머니 약들을 꺼내 놓았다. 눈에 넣는 안약, 먹는 혈압약, 먹는 당뇨약, 바르는 약…… 챙겨 올 때는 할머니가 이렇게 많이 먹었나 하고 기겁했는데, 옆에 선 간호사는 이 정도는 별것 아니라는 듯 약을 능숙하게 분류했다.

의사는 '혹시 불안하다면'이라는 말로 운을 떼고 이런저런 검사들을 늘어놓았다. 치매가 무서우면 CT라도 찍어볼 테냐, 심장이 무리하고 있는 것 같은데 심초음파 검사도 추천해보겠다, 바로 수술해야 하는 건 아니다 등등. 쓸데없는 검사로 돈 뜯으려는 거 아닌가 싶어서, 오늘은 보호자인 내 아르바이트 때문에 할머니가 검사하는 동안 있을 수 없다고 말했다. 거짓말은 아니다.

의사는 나를 지그시 쳐다보았다.

"손녀분이 오신 거죠? 환자분, 다른 보호자가 있으신가요?"

"……아뇨."

"기초생활 수급 중이시거나 차상위계층이시면 저희 원무과에 이야기해주세요. 혹시 등록되어 있으신가요?"

"아니요."

"마음 바뀌면 다음에라도 오세요. 조심해서 나쁠 건 없으니까요. 그리고 할머니 말도 잘 들어주시고요. 핏줄끼리 서로 의지해야죠"

의사는 다른 보호자가 없다는 말 하나로 우리의 집안 상태를 꿰뚫은 것처럼 굴었다. 누군가에게는 쓸모 있는 통찰력이겠지만 적어도 내겐 아니다. 그리고 할머니는 쓰러져가는 집 때문에라도 나라에서 돈 받을 날은 오지 않을걸. 퇴원 지시는 바로 받았다. 추천한다는 검사 안내 팸플릿도 한가득 받았다.

시계를 보니 할머니를 집에 모셔다드리고 아슬아슬하게 지각하지 않고 출근할 수 있을 것 같았다. 병실에서 별것 없는 짐을 챙기는 동안 조금 나이 든 직원이 할머니 옷을 갈아입히며 말을 걸었다.

"학생이 손녀지? 아우, 밤새도록 이야기하시더라. 아까 걸어오는 거 보고 바로 알았네."

"곰탱이 하나 걸어올 거라고 하시죠?"

"깔깔깔! 잘 아네. 그 연세에 말을 얼마나 또렷하게 하는지 몰라."

"사람 많이 보는 일을 하시거든요."

"그래. 일하는 게 좋지. 근데 밤에는 많이 불안해하시더라."

"……혹시 뭐라고 하셨어요?"

"염병할 것들, 사람을 허수아비처럼 세워놓고 뭘 그리 종알종알 거려!"

마지막으로 말한 건 우리 할머니다. 직원은 할머니 카디건 단추를 쥔 채로 웃음을 터트렸다. 결국 할머니가 밤에 무엇 때문에 불안해했는지는 알지 못했다. 하지만 만약 할머니가 두려워하는 곳이 집이라면…… 수십 년간 혼자 살았던 곳. 둘째 아들에 의해 첫째 아들이 사라진 곳. 우리가 돌아가야만 하는 곳. 집에 돌아간다. 악마가 기다리고 있는 집에…….

택시를 잡던 중 그 당연한 생각이 머리에 번개처럼 꽂혔다. 특히 어젯밤, 악마가 나에게 했던 말이. 나에게만은 사랑받고 싶다고? 악마가 할 소리야? 아니, 오히려 악마라서 그런 말을 한 거 아닐까? 나를 고민하게 하려고!

"학생, 탈 거야, 말 거야?"

어느새 우리 앞에 택시가 와 있었다. 등 뒤에서도 다른 퇴원 환자가 구시렁거린다. 난 급하게 택시 문을 열었다.

"탈게요!"

"짐 더 없어요?"

"예, 따로 없어요!"

난 택시 뒷좌석에 할머니를 밀어 넣었다. 할머니는 정정하게 욕을 뱉어냈다.

"돈이 남아돌아서 택시를 타? 네가 벌어야 얼마나 번다고 이런데 쳐들여, 어? 문 열어!"

"택시비 아까우면 무릎 아프지를 말든가! 기사님, OO동 17번지 3호요!"

짧은 거리다. 택시 기사는 내 뒤로 줄줄이 늘어선 장거리 고객들을 보고 아쉬워하는 것 같았지만, 할머니의 중얼거림에 이를 한번 악물더니 액셀러레이터를 밟았다. 그와 동시에 라디오가 흘러나와 우리의 소리를 운전석으로부터 차단했다. 할머니는 라디오에서 나오는 노래를 흥얼거렸다. 저러면 정정해 보이는데. 나는 할머니를 진정시키려고 꽉 끌어안으며 말을 걸었다.

"할머니, 병원에서 내 욕했지."

"그래. 얼마나 곰 같고 멍청한지. 집 청소를 10년을 시켜도 복도에 물 처발라 놓는 것밖에 못 하고."

"뭐라고 했는지는 안 궁금해. 말하지 마."

"돈 없어서 시집 못 보낼 것 같다고 했더니 간호사가 손뼉을 치더라. 인생 말아먹는 게 결혼인데 돈 있다고 결혼하면 돈까지 날려 먹지 않겠냐고. 맞는 말이여. 안 조질 인생도 사람 잘못 만나면 조지고, 조질 인생에 멀쩡한 인간 만나면 개까지 조져. 특히 너는……."

"안 궁금하다고 했다."

"넌 멀쩡한 놈 못 만나잖아. 너 어릴 때 잡놈 만나던 거, 기억 못해? 하필 그때 다 컸다고 지랄을 했던 게!"

할머니 언성이 높아진다. 나는 택시 기사의 눈치를 보았다. 하지만 택시 기사는 슬슬 이쪽을 쳐다보며 라디오 볼륨을 낮추는 것 같네. 그래요, 남의 망한 연애 이야기 재미있죠. 저도 알아요. 나는 '할머니, 시집간 내 친구가 애기 낳았다는데 사진 볼래?'라는 잡담으로 할머니의 시선을 돌렸고 택시 기사는 말없이 라디오 볼륨을 원상 복귀시켰다.

우리는 골목길 입구에서 내렸다. 가능하다면 집 앞에서 내리고 싶었는데. 택시 기사는 언덕 입구에서 '여기, 사람 지나가는 길 맞아요?'라고 묻기까지 했다. 짐을 날라주겠다는 호의만 마음으로 받았다. 갖고 나온 것도 없었는걸. 가장 큰 짐은 할머니다.

"할머니, 집에 거의 다 왔다. 발목 조심하고"

"엉."

"의사가 그러는데, 할머니 심장이 많이 지쳐 있대. 흥분하지 마."

말이 안 되는 소리를 하고 있지, 그렇지? 할머니가 흥분하는 게 아니라 세상이 할머니를 흥분하게 만드는 건데. 하지만 아직, 내가 꺼내야 할 '말이 안 되는 말'은 하나 더 남아 있다.

"만약에, 만약에 말이야. 할머니 둘째 아들이 집에 찾아오면 어떻게 했으면 좋겠어?"

난 할머니를 꽉 붙잡았다. 할머니가 또 흥분해 쓰러진다면 다시 언덕 아래로 뛰어 내려가 택시를 잡을 수 있도록. 하지만 할머니는 미간을 좁혔을 뿐, 생각 외로 덤덤하게 답했다.

"내가 안고 가야지."

"······응."

누군가가 심장을 베어내는 것 같다. 이 대답을 몇 번이고 예상했던 건 전혀 도움이 되지 않았다. 괜찮아. 당연해. 알잖아. 그놈은 할머니에게는 곱든 밉든 친자식이고······.

"내가 그 썩은 고구마를 안고 끝내야지. 그래야, 응? 너도 좀 편하게 살지."

"아······."

"나 사는 꼴이 내놓을 만했는지는 모르겠는데, 죽을 때는 남들만치 정리는 해야 하지 않겠냐."

"할머니, 분명 오래 살걸. 지금 말 정정하게 하는 것 봐."

"손이나 떼! 이 계절에 땀띠 생기라고 고사 지내냐!"

난 할머니 손을 놓았다. 할머니는 어제 굴렀던 사람답지 않은 발걸음으로 집을 향했다. 그리고 한참 높아진 눈높이에서 나를 돌아본다.

"그러니까 너 걱정이나 해, 너 걱정이나! 아까 얘기하다 말았는데 공부하랬더니 시답잖은 연애질이나 하고……"

"아, 그만 좀 하라고오!"

"열쇠 너한테 있냐?"

"할머니, 난 여기 살면서 열쇠라는 걸 받아본 역사가 없어."

이번에는 담을 어떻게 넘어가지 고민하는데, 악마가 기다리고 있었다는 듯 대문을 열어주었다.

"고마워요. 빨리 열쇠 복사 좀 해야겠네."

"세입자도 나눠주실 거죠?"

"그래야겠죠."

"할머니 정말 빠르시네요. 쓰러지셨던 거 맞아요?"

할머니는 순식간에 마당을 가로질러 집 안으로 들어갔다. 그분의 목소리가 집을 쩌렁쩌렁하게 울렸다.

"나 없다고 이러고 있었냐! 설거지를 했으면 물기도 바로 닦아야지! 여기 얼룩 남은 것 좀 봐라. 쉰내 풍긴다!"

이상하네? 나오기 전에 내가 설거지를 한 기억은 없는데. 옆을 돌아보니 악마가 배시시 웃었다. 네가 범인이구나.

"부엌 손댔어요?"

"죽 끓여놨어요. 점심 안 먹고 오셨죠?"

정답. 악마는 답을 알겠다는 듯 내 옷소매를 잡아끌었다. 이러면 화낼 수가 없잖아. 죽은 환자 건강식이라기보다는 샤브샤브집에

206

서 마무리로 끓여주는 스타일이었다. 짭짤한 죽이 한없이 넘어간다. 양이 좀 줄었다고 생각할 때쯤 악마는 가스레인지에 불을 붙이며 달걀을 까 넣고 다진 김치까지 넣었다. 볶음밥을 만들 생각인가 보다.

"할머니, 다 먹을 수 있겠어?"

걱정이 무색하게 할머니는 벌써 세 번째 국자를 뜨고 있었다. 악마는 뿌듯해하며 말했다.

"잘 드시네요. 병원에선 별일 없었죠?"

"네. 그러니까 하루 만에 온 거지만요. 뭐 궁금한 거 있으면 말해 드릴게요."

궁금한 게 뭐 있겠냐 싶어서 한 말이었는데, 악마는 바로 내 앞에 턱을 괴었다.

"골목에서 재미난 이야기를 나누신 것 같던데."

"잠깐. 부엌일 하면서도 그게 들려요?"

"악마는 언제 어디서나 재미난 이야기에 안테나를 세우고 있답니다."

그래, 이 작자, 그런 거 좋아하지! 내가 할머니랑 골목에서 무슨 이야기를 했지? 택시 기사분이 짐 옮겨준다는 걸 거절했고. 그리고, 뭐, 맨날 하던 이야기나 했겠지.

"별거 없는데."

"시답잖은 연애 이야기요."

"여보세요. 아냐, 그건 아냐."

왜 그 이야기가 지금 나와? 하지만 택시에서도, 골목에서도 이야기를 마치지 못했던 할머니가 반가운 화제에 눈을 크게 떴다.

"별거 없기는. 너, 사람이 중심축이 없으니까 그런 얼굴만 번드르르한 쭉정이한테 헤벌레하는 거야! 사람이 말이야, 자기 자신을 믿고! 열심히 살아야 함부로 안 흔들리지!"

"할머니는 그 이야기로 백 년은 우려먹겠다."

할머니는 그게 나를 훈계할 수 있는 가장 큰 약점이라고 생각하는 모양이다. 레퍼토리가 매번 똑같지. 난 악마에게 덤덤하게 설명했다.

"진짜 별거 없어요. 고등학교 다닐 때 첫 연애를 했는데, 상대가 할머니 보기에는 '착한 학생'과 너무 거리가 먼 애였던 거지. 나도 첫 연애라고 멍청한 짓 좀 했고."

"가사상태가 되는 약 나눠 먹었어요?"

"아뇨……. 소박해요. 학교 졸업하자마자 결혼하고 싶어져서 선행연습을 하려고 주민센터에 갔어요. 혼인신고서를 달랬더니 거기 없다는 거예요. 내가 학생이라서 숨겨놓는 줄 알고 따졌다가 할머니 귀에 들어갔고 엄청 혼났죠. 알고 보니 혼인신고는 구청 담당이더라고요."

술자리에서 친구들한테 풀면 다들 웃겨서 뒤집히는데, 악마의 표정에는 '그래서요? 아직 재미있는 뒷이야기가 남아 있죠?'라고 적혀 있는 것만 같다. 그 외에 다른 이야기가 있었나? 수업 중에 보건실 간다는 핑계로 빠져나왔다가 걸린 거? 비 오는 날 같이 노래하며 뛰어가다가 둘 다 감기 걸린 거? 이건 혼인신고 이야기보다 더 재미없는데.

"음⋯⋯, 그러다 서로 식어서 헤어졌어요. 끝."

"술 드려요? 필요한 것 같아서."

"지금 우리 집에 술 없는데요."

"악마에겐 있죠. 마셔도 취하진 않겠지만, 지금 필요한 건 분위기니까."

악마는 닫힌 방문에서 불꽃을 불러내어 컵에 담았다. 순식간에 맥주 한 잔이 만들어졌다. 난 맥주잔을 쥐었다. 할머니가 말한다.

"별게 다 자랑이다."

"할머니도 한잔할래?"

"됐어. 이따 커피나 타."

"단 거 먹고 싶어서 그래? 밥 먹고 바로 먹지 마."

할머니에게 커피는 단 음료수니까. 할머니는 잠깐 투덜거리고는 화장실로 들어가셨다. 그러면 더 재미있는 이야기를 해볼까.

"그놈하고 헤어진 뒤로 할머니가 통금시간을 조여놔서 밖에서 보내는 시간이 거의 없었어요. 그러니까 걔가 수능 전날 소집일에 어떻게 알고 제가 간 학교까지 찾아온 거예요. 제 손목 잡고 뭐라고 했게요."

"뭐라고 했는데요?"

"아, 진짜 그놈도 아직 밤마다 이불 차고 있을 거야! '이게 마지막 기회야. 너무 많은 것들이 내게서 너를 빼앗아가.'라면서 나를 끌고 가려는 거예요. 와, 원래도 정떨어진 상태였지만 그땐 얼마나 놀랐는지!"

"정말 놀랐겠다. 결국 어떻게 됐어요?"

"소집장소에서 우연히 중학교 때 동창들을 만나서 살아났어요. 술 마실 때마다 그 이야기들 해요. 할머니한텐 비밀이지만."

할머니한테 그 이야기를 했다간 얻어맞는 거로 끝나지 않겠지. 그래서 내가 그딴 놈하고 사귀는 거 반대하지 않았느냐, 그런 걸 어딜 자랑스럽게 떠드냐고 울면서 혼내시지 않으려나. 반면 악마의 얼굴에는 생기가 돈다. 이런 뭣 같은 이야기 좋아하나? 하지만 내 예상은 약간 틀렸다.

"그거참 끔찍한 놈이네요! 제가 어떻게 해드릴까요?"

악마의 손가락 사이에서 작은 쇠꼬챙이가 빛났다. 그런 의미로 좋아하는 거였냐. 난 손을 내저었다.

"별생각 없어요. 그놈이 끔찍했던 건 사실이지만, 제 인생에는 영향을 미치지 못했는걸요. 술자리에서 떠들 레퍼토리나 하나 늘어났지."

"그런가요. 당신에게는 가장 편안한 엔딩이네요."

"할머니는 남자 보는 눈 없던 어린 날의 과오라며 평생 우려먹을 생각인 것 같은데, 잘생기고 까칠한 게 마음에 들어서 사귀었다가 엿같이 끝난 게 내 약점이 되었는지는 전혀 모르겠어요. 내가 개한테 간이라도 내줬나? 설령 내줬다 해도 뭐 어때."

"까칠한 남자 취향이에요?"

"얼굴에 낚인 거죠. 상냥했으면 또 상냥한 대로, 우직했으면 우직한 대로 설렜을걸요."

"난 안 설레요?"

그 말에 맥주잔을 떨어뜨릴 뻔했다. 잔은 넘쳤고, 식탁을 적신 맥주는 악마의 손가락 끝에서 불꽃으로 변해 사라진다. 악마의 매끈한 손이 다시 제 턱을 괸다. 그의 시선이 내게 와 닿는다. 웃지 마. 제발 웃지는 마. 그랬다간 나도 마주 웃어버릴 것 같으니까.

난 맥주잔으로 얼굴을 가렸다.

"답을 드려야 하는 거죠?"

"꼭 그럴 필요는 없어요. 시간은 무한하니까. ……아니지. 당신에겐 무한하지 않잖아요! 저기요, 조만간 사람 죽일 계획 있어요?"

"없어요!"

"이른 시일 내에 저희 쪽으로 오신다면 변호사한테 미리 연락해 두려고요."

"진정해요! 언제 죽을지는 모르겠지만, 지옥은 가고 싶지 않으니까."

"예. 저도 당신이 죄수로 오는 건 사양하고 싶네요. 수감자들도 행정상으로는 내부 고객이라고요. 고객은 적을수록 좋아요."

향후 60년간 착한 어른으로 살아갈 자신은 없는데. 세상 어떻게 될지 모르잖아. 대답을 못 하고 있자니 악마가 물었다.

"자신 없어요?"

"확신을 못 하는 거죠. 게다가 옛날 지옥에는 별 죄가 다 있던데. 나도 내가 모르는 죄를 짓는 거 아닐까 해서."

"선악이나 죄의 기준도 시대에 따라 달라지니까 본인 상식으로 생각하면 될 거예요. 그리고 한 가지 더."

악마는 빈 잔을 받아들며 말했다.

"우리가 서로의 삶에 영향을 끼칠 기회를 얻는다면, 조금이나마 도움이 되고 싶기도 하고요."

"악마의 조언이라니, 더 위험해 보이잖아요."

"당신이 사람으로서 살아간다면 흔들리진 않을 거예요. 예를 들어, 제가 당신의 출근 시간을 알려드리는 것처럼."

난 시계를 보았다. 평소대로라면 5분 뒤에 출발해야 한다. 매니저에게 늦을 거라고 양해를 구했으니 조금 더 남아 있어도 되겠지만……

"땡땡이칠 거예요? 시간을 알차게 낭비해드릴까요? 가능하면 합법적으로!"

악마의 반짝이는 눈빛이 부담스러웠다.

"아뇨, 출근해야죠."

난 이를 닦으러 화장실로 달려갔다. 마지막으로 입을 헹구고 나왔을 때 악마는 이미 내 짐을 들고 현관에서 기다리고 있었다.

"고마워요!"

나는 대문을 통과해 골목을 달렸다. 대문 열쇠를 찾아서 복사해야 하지 않을까, 하는 생각이 뒤늦게 머리를 스친다. 하지만 되돌아가지는 않았다. 분명 오늘도 그가 문 너머에 있을 테니까.

*　*　*

밖에서 시간을 보내다 오픈 시간이 지나 들어갔더니, 역시 일하기가 평소보다 번잡스러웠다. 하지만 고민거리 두 가지가 번갈아가며 머리에서 뒤엉켜 싸우느라 피곤하다는 생각도 들지 않았다. 한 가지는 악마의 마음에 대한 대답. 또 한 가지는 할머니 병원. 의사는 할머니 심장에 문제가 있는 것 같다고 했지. 그러고 보니 언덕을 올라갈 때 할머니가 평소보다 숨차지 않았나? 원래 그랬던가? 몸은 그렇다 치고. 할머니 기억력이 감퇴하는 건? 식당에서 졸도하는 건 괜찮았댔는데. 내가 했던 건 치매 검사뿐이었지. 안 그래도 혈압 있는 양반인데 뇌졸중으로 이어지는 건 아닐까? 검색해보니 검사 두 개에 최소 20만 원. 만약 문제가 발견된다면 그 이후로 들어갈 돈은 걷잡을 수 없이 커지겠지. 예전에는 골골대면서도 병원에 가지 않는 사람들을 이해 못 했는데. 이제는 알 것 같다. 그 사람들은 문제를 직시하는 게 두려웠으리라.

그리고 그것보다 더 큰 나만의 문제가 생각났다. 난 할머니의 법적 보호자가 아니다. 만약 수술이라도 하게 되면 내가 사인을 할 수 있을까? 분명 등본을 떼면 작은아들만 떡하니 나올 거라고. 아, 그러면 수술비는 작은아들에게 맡길 수 있나? 하지만 그놈이 돈이 있을 리 없잖아? 수술비 핑계로 자기가 집 받아가서 팔아치우고 잠적하면 할머니 병시중만 내가 하게 될 수도 있다고! 그놈이면 그러고도 남아! 점점 치밀어 오르는 혈압을 꾹꾹 누르고 있을 때 매니저가 나를 불렀다.

"서주 씨, 잠깐 나랑 이야기 좀 가능해?"

"저는 괜찮은데. 괜찮으시겠어요? 곧 저녁 타임인데."

"잠깐이면 돼."

모카 언니가 가지 말라는 눈물 어린 시선을 보낸다. 나도 가기 싫어. 나 붙잡고 '할머니는 괜찮으신가? 그래, 그 마음 이해해. 그래도 건강하실 때……'라면서 혼자만 감동적인 훈계를 늘어놓을 것 같다고! 그러나, 차라리 그게 나았을지도 모르겠다. 하지만 매니저는 정말 갑작스러운 화제를 꺼냈다.

"서주 씨, 내가 지난번에 이야기했지? 직원끼리 연애하면 우리 가게에서 오래 두고 못 본다고."

"네?"

"젊은 애들이 한 가게에서 부대끼다 보면, 뭐, 자연스러운 일이긴 하지. 하지만 내버려두면 꼭 문제가 터지더라고. 예외를 못 봤어.”

“아니, 뭘 말씀하시는 건지 정말 모르겠어요. 저랑 누구 말씀이신데요?”

“승빈이.”

“예? 오해예요! 저희가 좀 붙어 다녀서 오해하실 수는 있겠지만……”

“승빈이가 아까 자기 입으로 그러던데?”

‘매니저님, 저 잠깐 승빈이 모가지 좀 비틀고 오겠습니다’라고 말하고 싶은 것을 참았다. 다른 인간이 그랬다면 바로 비틀러 갔어. 내 표정이 험악해지니, 매니저도 조금 뜨악한 것 같다.

“아니야?”

“아니에요. 어쩌다 그런 이야기가 나왔어요? 승빈이가 매니저님 붙잡고 그랬을 린 없고.”

“그게…… 너 오늘 좀 늦게 나왔잖냐. 너 없을 때 그놈들 왔었다.”

“네?”

“이 근처 뒤지면서 여자 찾는 놈들.”

“아……,”

“이름은 서주, 키 크고 눈매 사납…… 날카롭다. 그런 사람 모른다고 해도 계속 캐묻더라. 알고 온 것처럼.”

벌써 그 자식이 이 동네를 떠돈 게 며칠이니, 이미 훑을 가게는 다 훑고 왔겠지. 누굴 의심할 것도 없이.

"결국 승빈이가 토치 들고 나가서는, 걔 내 여친인데 왜 시비냐고 따지니까 실실대며 물러나더라고."

매니저의 오해에 분노하고 또한 겁먹어서일까. 현 상황이 새삼스럽게 두렵지는 않았다. 차게 식은 머리가 서서히 결론을 내렸다.

"그러니까…… 사실 가게에 위험할 것 같아서 저를 쫓아내신다는 거네요. 연애 문제는 핑계고."

매니저는 입을 딱 다물었다. 완벽한 대답이다. 같잖은 변명이 길어져봤자 짜증 날 뿐이다. 더 짜증 나는 건, 내가 이 사람의 심정을 모른 척하지는 않겠다는 것. 매니저가 한숨을 쉬었다.

"이럴 때 경찰 불러봤자 사건이 터지기 전까지는 해줄 수 있는 것도 별로 없어. 차라리 한동안 안전한 데 있는 게 낫더라고."

"안전한 데라뇨?"

"너희 집. 집에서 한두 달 쉬었다가 돌아오는 거 어때?"

"돌아오는 게 무슨……."

"당장 정하라는 거 아니니까 천천히 생각해봐. 오늘 일찍 들어가서 쉴래? 그게 낫겠지?"

비겁하게 말 돌리지 마. 아르바이트생이 한두 달 쉬다 돌아온다는 게 말도 안 된다는 건 당신도 알잖아. 사실상 '동료들을 한두 달고생시키고, 돌아와서 욕먹을래 바로 그만둘래?'라는 이지선다 퀴즈면서.

겉으로는 평화로운 침묵이 이어질 때, 매니저가 말을 덧붙였다.

"오늘은 세 시간 일한 거로 쳐줄게."

나는 거기에서 저항을 포기했다. 도저히 굽혀지지 않는 허리로 매니저에게 꾸벅 인사를 하고 옷을 갈아입고 가게 뒷문으로 나왔다. 생각도 못 했는데, 그 앞에서는 매니저가 나를 기다리고 있었다.

"버스 타고 다닌댔나?"

"아, 네."

"택시 타야지. 잠깐 기다려라. 콜 부른다."

택시비는 매니저가 미리 냈다. 예상 금액보다 보란 듯 지폐를 더 얹어놓고는 '할머니 모나카라도 사다드려'라는 말도 빼먹지 않았다. 우리 가게 아르바이트생들의 무의식이 모이는 게시판이 있다면 분명 거기 다 똑같은 말이 적혀 있을 것이다. 우리 매니저 좀 이상한데, 가끔 많이 이상해진다고. ……좋아할 수 없는 건 다 마찬가지겠지만.

일찍 들어갔다간 할머니에게 무슨 일 생겼냐고 몇 시간 붙잡혀 있을 게 뻔하고, 시간 때우면서 맛있는 거라도 골라봐야겠네.

그때까지만 해도 억지로 마음을 띄우는 기분이었다. 하지만 얼마 지나지 않아, 일부러 집에서 조금 떨어진 번화가에 내렸을 때 묘한 위화감이 느껴졌다. 나는 곧 그 원인을 깨달았다. 고작 오후 다섯 시. 세상 거의 모든 가게가 열려 있다는 의미다. 퇴근길인데도 어디든 갈 수 있다고! 갑자기 설레기 시작했다. 어디부터 가지? 지금까지는 퇴근길에 급하게 살 게 떠올라도 편의점밖에 못 갔어.

할머니가 커피 마시고 싶댔는데. 그러면 단 거라도 사서 들어갈까. 악마도 단 걸 싫어하진 않는 것 같았고.

파티라도 벌이는 것처럼 설레는 마음으로 빵집에 들어갔을 때 핸드폰이 울렸다. 모카 언니한테 온 메시지였다. 가게가 바빠졌다고 보내는 구조 신호가 아니기를 바라며 핸드폰을 켰다.

[어디 갔어? 매니저가 그놈들에게 너 넘겼어? 승빈이가 손 떨려서 일을 못 하고 있는데. 답장 없으면 토치 들고 쫓아갈 듯]

차라리 구조 신호가 나았겠다. 난 바로 답장했다.

[ㄴㄴㄴㄴㄴㄴ 괜찮아요 매니저님이 택시태워줬어요]

[웬일이야ㅋㅋ 근데 상황이 정말 안좋은가봐]

[별 수 없죠 봐야 알겠지만… 암튼 괜찮아요 나중에 봐요]

못 볼 수도 있다는 말을 굳이 꺼낼 필요는 없으리라. 메시지 옆의 1은 사라지지 않았다. 바쁘기 시작할 시간. 나 또한 오래간만에 맞이한 자유시간으로 돌아왔다.

처음에는 매니저 말마따나 모나카를 사려다 노선을 틀었다. 조각 케이크 세 개. 티라미수, 딸기 요거트, 고구마 케이크 각각 한 개. 할머니도 케이크는 좀 드시고 사셔야지. 빵칼도 부탁해서 하나 받았다. 만약 그 새끼가 있다면 이걸로 얼굴이라도 썰어 줘야지. 케이크를 손에 든 것만으로도 마음이 붕붕 뜬다. 손에 든 건 장난감만도 못한 빵칼이지만, 그 새끼를 후려치는 상상만으로도 즐거워진다. 뒷일? 알 게 뭐야. 당장 아르바이트를 계속할 수 있을지조차 의문인데.

할머니는 점점 안 좋아지고, 병원비는 비싸다. 난 가족관계도 증명하지 못한다. 그 와중에 할머니 아들놈은 내 주변을 뱅뱅 맴돈다. 하지만 이쯤 되니 오히려 웃음이 나온다. 다시 시작해 보자고. 쉬는 김에 할머니 병원 입원시킨 후 그 새끼 경찰에 신고하면 되겠네. 내가 끌려가든 그 새끼가 끌려가든 둘 중 하나밖에 더하겠나.

마지막으로 나를 웃게 만드는 건 악마의 질문에 대한 대답이다. 대답은 이미 정해졌다. 그는 잘 알고 있다. 자신이 나를 행복하게 한다는 것을. ……입 밖으로 뭐라 대답할 자신은 없다. 그런 감정까지도 아니라고 생각하고. 하지만 이거면 답이 될까. 조각 케이크 세 개.

상상에서 할머니는 우리 모두를 먹여 불러 모았다. 악마는 나를 먹였다. 그렇다면 내가 돌려줘야 할 대답의 형태 역시 정해진 거나 마찬가지. 즐거운 상상으로 머리가 붕 뜬다. 사탕 하나로도 즐거워하던 녀석이 케이크 앞에서는 어떤 표정을 지을까. 할머니도 케이크 먹을 돈이면 뭐가 얼마고 뭐가 얼마다 하면서도 좋아하겠지.

늦지는 않게 골목으로 돌아왔다. 퇴근 시간이라 그럴까, 사람들 그림자는 평소보다 더 많다. 그들은 각자의 집을 찾아갔다. 나는 긴장한 손을 내렸다. 빵칼은 가방 속에, 케이크 상자는 오른손에. 발걸음은 가볍게. 겨우 우리 집 실루엣이 보였다 싶을 때, 나는 골목길에서 얼어붙었다. 담장 위에 커다란 그림자가 어른거렸다. 저거, 설마 담 넘어가는……

"다녀오셨어요!"

그림자는 순식간에 악마의 모습으로 변해 내 앞에 섰다. 노란빛이 어른거리던 눈도 평소의 짙은 남색으로 바뀌었다.

"와, 심장 떨어지는 줄 알았네!"

"미안해요. 이렇게 빨리 올 줄 알았으면 골목 밖에 나가 있을걸! 웬일이에요? 무슨 일 있었어요?"

"아, 어, 별거 아니에요. 그쪽은 왜 이 시간에 나와 있어요? 아니, 원래 나와 있나?"

"전 시간이 남아서 놀고 있었죠."

말투는 평소와 같은데, 그는 나와 눈을 맞추지 않았다. 내 손의 케이크 상자를 슬쩍 쳐다보고 있다. 깜짝 선물은 아니었지만 너무 일찍 들켰네. 난 짐짓 그의 시선을 눈치채지 못한 척, 케이크 상자를 고쳐 들었다.

"일찍 끝나도 피곤해 죽겠어요! 빨리 들어가기나 하죠. 할머니 계시죠?"

"네. 마실 다녀오셔서 쉬고 계세요. 앞집 아주머니하고 같이 다녀오신 모양이에요."

"잘 돌아다니시다니 다행이네요. 앞집에도 나중에 감사드려야겠다……."

악마는 웃으며 열린 대문 안으로 나를 안내했다. 집은 괴물처럼 검은 실루엣이다. 악마가 일부러 신발을 정리하는 척 시간을 끌 때 나는 케이크 상자를 냉장고에 집어넣고 몸을 돌렸다. 부엌은 다시 어두워진다. 반면 올라가는 계단에는 그새 불이 켜져 있다. 우리는 서로와 엇갈렸다. 검은 옷의 악마는 고양이처럼 웃으며 어둠 속으로 들어갔다. 달그락거리는 소리를 뒤로하고 나는 3층으로 향하는 계단을 올랐다. 닫힌 문 너머에서도 비명이 들린다. 이젠 익숙해진 줄 알았지만, 사실 그렇지 않은가 보다. 나는 그게 집 밖에서 들리는 소리가 아닐까, 정효섭이 엉뚱한 피해자를 찾은 게 아닐까 두렵다.

그리고 그때, 어떤 추론이 내 발목을 붙잡았다. 나는 내 방에 들어가는 대신 다시 계단을 뛰어 내려갔다. 악마는 막 부엌에서 나와 거실을 가로지르고 있었다. 주황색 가로등 불빛이 그의 눈 안에서 붉게 빛났다.

"이봐요!"

"네?"

악마가 뒤돌아보았다. 아직 미소를 만들지 못한 입안에서 송곳니가 반짝였다.

"전에, 제가 엄청 늦게 들어왔던 날에도 골목에 나와 있었죠? 싸움 구경하느라고."

"뭐, 그랬던 것도 같네요. 이 근처에서 사람들 다투는 게 한두 번도 아니니 정확한 날짜는 모르겠지만."

싸움 구경. 악마가 맛있어하는 수많은 것 중 하나.

"정말로 제가 일찍 오는 거 몰랐어요? 사람 냄새 잘 맡잖아요."

"그렇긴 하죠."

한 번 시작된 의심은 점점 사방으로 촉수를 뻗어 나갔다. 악마가 우리 집에 온 건, 정말 집이 넓다는 이유 하나 때문이었을까? 너는 온갖 감정을 탐내잖아. 악마가 사람 사이의 싸움을 간식 삼을 수 있다면 불행 역시 달콤할 텐데, 할머니의 이야기 하나하나가 네 즐거움은 아니었을까. 나를 짝사랑하던 승빈이를 보고 '팔딱팔딱하다'라고 표현한 건 차라리 귀엽기라도 하지. 내가 할머니의 아들 이야기를 해준 다음 날, 너는 할머니와 대화하다가 칼을 맞았지? 어쩌면 넌 할머니의 고통을 즐기려고 그분의 아픈 기억을 들쑤시다 한 방 먹은 게 아니었을까. 고민하는 중에도 부엌으로 향하는 길은 끊임없이 열린다. 악마는 현관문을 열고, 신발을 벗고, 복도로 걸어 둥지처럼 아늑한 부엌으로 나를 이끈다.

안방을 들여다보았다. 익숙한 숨소리와 익숙한 실루엣이 있다. 그리고 다른 방에서도, 문틈으로 지옥의 비명이 들린다. 악마가 매일같이 자연스럽게 녹아들었던 풍경. 의심은 막다른 길에 도달했다. 그동안 나를 찾아 헤매던 정효섭 일행은 하필 내가 일하는 시간에 딱 맞춰 우리 가게로 찾아왔다. 악마가 나를 가게까지 바래다준 바로 그다음 날에. 게다가 악마는 땡땡이칠 거냐고 떠보기까지

했지. 우연일까.

"뭐 드실래요?"

"……아뇨."

"그러면 뭐 들으실래요?"

"네?"

"할 말이 있으신 것 같아서."

악마는 맞은편 의자에 앉았다. 항상 나를 행복하게 만들던 얼굴인데, 상황의 전제가 바뀌니 풍경 또한 바뀐다. 종이죽처럼 너절해진 종이 부엌에 남자 배우 얼굴을 오려 붙인 듯한 이질감. 나는 질문을 추렸다. 할머니 아들에게 내 직장 위치를 알려준 건 당신이야? 할머니에게 칼 맞던 날, 무슨 일이 있었던 거야? 내게 고백한건 진심이었어? 이 집 전체를 지옥으로 만들 생각이야? 타인의 고통을 즐기는 건 알겠는데, 나와 할머니의 문제도 즐겼어? 그리고더욱 큰 문제를 만들 생각이야? 하지만 무엇보다 앞서 물어야 하는 게 있다.

"악마는 거짓말을 해요?"

악마는 답하지 못했다.

식탁을 한참 동안 쳐다보다가 겨우 말을 잇는다.

"……질문이, 잘못되었네요. 그 생각을 하신 이상 이제부터 제 모든 답이 오답이 되겠죠."

"네. 그게 당신이 주는 행복에 대한 제 답이에요."

나는 자리에서 일어나며 마지막으로 물었다.

"혹시…… 내 고통도 달콤했어요?"

할머니로부터 버림받을지도 모른다는 걱정. 어디에도 속하지 못한다는 불안감. 할머니의 건강 문제. 서랍장에서 칼을 발견했을 때의 공포. 그 모든 순간에 나를 향한 당신의 미소는 위로였을까, 아니면 내 감정을 맛본 뒤의 감상이었을까. 내 질문에 악마가 화를 냈으면 차라리 나았을 것이다. 난 인간이고, 악마를 대해본 적이 없어. 인간처럼 생긴 상대가 인간처럼 행동한다면 믿어버릴지도 모른다고. 하지만 악마는 화를 내지 않았다. 대신 힘없이 웃으며 답한다.

"당신은 나를 두려워하는군요."

그건, 질문에 대한 답이 아니잖아. 질문조차 아니다. 오판에 가까운 단정이다. 변명해야 할까, 아니면 내가 요구한 내 몫의 답변을 돌려달라고 요청해야 할까. 하지만 뭐라 더 말하기에 이미 내입은 새빨간 부끄러움으로 물들어 제대로 움직이지 않는다. 악마는 단 한 마디를 보탰다.

"미안해요."

변명도 해설도 이어지지 않는다. 사과는 대화를 칼처럼 끊는다. 그래서 나는 자리를 뜰 수 있었다. 올라가는 길, 계단 삐걱대는 소리가 유난히 크게 들렸다. 방문을 꽉 닫았다. 그래 봤자 낡은 나무문은 복도의 소리를 거의 막지 못하는데도 내 방은 물에 담근 것처럼 조용했다.

'물'이라고 하니 악마의 말이 떠오른다. 지옥에서 한 방울의 물을 혓바닥에 대면 물 생각으로 머리가 꽉 차버린다고. 바꿔 생각하면, 상대를 행복하게 만드는 데 꼭 선한 의지가 필요한 것은 아니다. 불지옥에 갇힌 죄수는 물 한 방울에도 천국의 행복을 느끼게 될 테니까. 오래간만에 집이 조용할 때 푹 잠들려 했다. 하지만 일찍 퇴근한 몸은 좀처럼 잠들지 못했다. 아직 움직일 때가 아니냐며 곳곳에서 꿈틀거린다. 그새 어색해진 침묵이 귀를 울린다. 침묵이 시끄러워 귀를 막고 이불 위를 굴렀다.

그러다 언제쯤 잠들었을까. 뻐근한 몸을 일으켜 시계를 보니 평소 기상 시각과 같았다. 배를 내놓고 잔 모양인지 살이 차갑다. 적어도 불지옥에서 일어난 건 아닌 모양이었다. 오늘 만날 수 있는 모든 어색한 상황에 마음의 준비를 하며 계단을 내려갔다. 거실에도 부엌에도 악마는 보이지 않았다. 할머니는 아직 잠들어 있었다. 숨소리도 평온하다. 됐어. 일상으로 돌아갈 수 있어. 오늘 아침밥은 내가 대충 차리고 욕 좀 먹으면 시간이 후딱 지나갈 거야.

하지만 식탁을 본 순간, 나는 내 눈을 의심했다. 식탁에는 누군가가 식사를 준비한 듯 접시와 물잔이 세 개씩 놓여 있었다. 할머니가 자다 일어나서 식사 준비를 했을 리는 없고. 설마 악마가 사과라도 한답시고 아침 식사를 마련한 건가? 그런다고 내 마음이 풀리지는 않았겠지만……. 지나친 환상이었다. 가까이서 들여다본 접시는 비어 있다. 접시 옆에 놓인 건, 평소에는 쓸 일이 없어 처박아두는 작은 포크 세 개. 누군가가 케이크 만찬을 한없이 기다렸다. 거기에서 인간성을 찾지 않으려 노력하며, 나는 안방을 향해 외쳤다.

"할머니, 오늘 아침 참치죽 한다!"

11

귀찮은 일을 잊는 법
:곤란한 일과 만난다

'사람 들어온 자리는 몰라도 나간 자리는 안다.'라는 말은 몇 년 전, 방에서 라이터로 오징어를 구워 먹던 세입자가 나와 싸우고 뛰쳐나가던 날, 할머니가 통장을 보여주며 했던 말이다. 할머니는 그게 무슨 뜻인지 몸으로도 체험시켜주겠다는 듯 한동안 냉장고 달걀 칸을 채우지 않았다. 여름이 오고, 할머니가 TV 속 비빔냉면에 침을 한 번 꿀꺽 삼키신 뒤에야 할머니의 작은 폭거는 끝났다. 그리고 지금, 허전한 식탁을 바라보며 오래간만에 저 문장이 떠올랐다.

악마와 마지막 대화를 나눈 뒤에도 다음날 오후 식탁에는 미숫 가루가 올라왔다. 난 그것을 예전처럼 편하게 마실 수 없었다. 버릴 수도 없어서 이승에서 남긴 음식을 비벼 먹는 남자에게 권해봤는데, 그는 현실의 물건에 손댈 수 없다며 거절했다. 거절하는 동안 그가 흘린 침 한 바가지가 양푼 안에서 찰랑거리는 날달걀에 쏟아졌다. 음식 버리기 싫었는데, 정말로 싫었는데, 그 모습을 본 뒤 입맛이 뚝 떨어져 미숫가루를 싱크대에 버렸다.

개수대에 남은 고소한 냄새를 나름 정리한다고 정리했는데, 그날 이후로 식탁에 미숫가루는 더 이상 올라오지 않았다. 사 왔던 케이크는 할머니에게 챙겨 드시라고 말했다. 할머니는 티라미수를 꺼내 갔다. 그건 나중에 내 운동화 속에서 발견되었다.

아르바이트는 끝났다. 털어도 털어도 계속 코코아 가루가 묻어나오는 신발을 끌고 일하러 나간 날, 매니저와 상담했다. 할머니의 건강 문제로 그만둔다고 했다. 참으로 모범적이고 기록상으로도 아무 문제 없는 답변이었다. 매니저는 기다렸다는 듯 받아들였다. 제대로 된 작별인사를 기대한 건 아니었지만, 그분의 마지막 인사는 정말 어떤 의미로는 한결같았다.

"워낙 열심히 일했으니 송별회를 해줘야겠는데, 최근에 회식했잖아. 그걸로 송별회 했다 치자. 괜찮지?"

네, 괜찮고말고요. 어색한 사람들과 어색한 술자리 갖는 걸 피하게 해줘서 아주아주 고맙습니다, 매니저야. 그렇다고 아무것도 없이 떠나긴 뭣해서 직원 휴게실에 초콜릿 바 박스를 놓고 나왔다. 내겐 나름 비쌌지만 아르바이트생 입장에서는 두세 조각씩 집어

228

먹으면 끝날 것, 무슨 의미가 있나, 싶기도 했다. 그러나 나오는 길에 받은 모카 언니의 메시지를 보니 후회는 되지 않았다.

[당 충전 잘할게! 대신 너 술 충전은 내가 시켜줄 테니 부르면 꼭 나오기다?]

모카 언니라면 '힘들면 도와줄 테니 언제든 연락해라'라고 할 줄 알았어. 하지만 현실의 모카 언니가 보낸 문장이 훨씬 좋아. 나는 '이게 힘든가?', '도움이 필요한가?'라고 저울질하다 결국 아무 말도 못 하게 되어버릴 게 뻔한걸. 언니라면 언젠가 마법처럼 내 곁에 있게 될 것 같아. 반면, 며칠이 지나도 승빈이로부터는 아무 메시지가 오지 않았다. 그게 차라리 고마웠다.

집에 돌아오면 여전히 잠긴 문 너머로 불꽃이 새어 나온다. 비명은 이전보다 많이 잦아들었다. 핏자국이 복도를 침범하는 일도 줄었다. 혹시나 해서 비스듬히 열린 문을 당겨도 악마는 보이지 않았다. 일부러 피하는 거겠지. 뭐가 옳은 선택이었을까. 사과해야 할까, 더 분노해야 할까. 답은 없다. 그리고 거기 고민할 시간이 있으면 다른 데 써야 한다.

난 일을 그만둔 다음 날, 바로 할머니를 모시고 병원에 다녀왔다. 할머니는 대기시간 내내 꼬장을 부렸고, 할머니를 알아본 병원 직원이 입원했던 날 검사했으면 훨씬 빠르게 끝냈을 거라고 충고 같은 짜증을 부렸다. 그땐 내가 할머니 몸 걱정을 이렇게 열심히 하는 사람인 줄 몰랐지.

　정확한 검사 결과를 받기까지는 시간이 며칠 걸린다고 했다. 그리고 워낙 할머니 연세가 많아 기대하지 말라는 충고도 받았다. 나쁜 결과가 나왔을 때 개선할 또렷한 방법도 없을 거라는 말과 함께. 의사 앞에서 멍한 표정을 짓고 있으니 그들은 다 안다는 표정으로 '이해합니다. 그래도 보호자가 힘내셔야죠'라고 말했다. 뭘 이해한다는 거야. 난 아무것도 이해 못 했는데. 나는 기껏해야 마음의 준비를 하기 위해 수십만 원씩 내고 검사를 진행한 거구나. 택시 타기 싫다는 할머니를 어르고 달래가며 병원까지 데려와서는 말이야.

　할머니는 검사가 끝난 뒤에도 '어때, 의사가 뭐래?'라는 흔한 질문조차 하지 않았다. 택시 기사가 백미러 너머로 할머니에게 환자 맞냐고 물었다. 집에 도착하기도 전에 입원하러 돌아갈지도 모르겠다고 뾰족하게 답하려다가 참았다.

　집에 돌아온 뒤부터 며칠 내내 할머니 상태에 촉각을 곤두세웠다. 병원에 다녀온 게 도리어 할머니를 불안하게 하지 않았을까, 하는 후회도 있었다. 할머니가 말하는 것들은 문장이라기보단 욕설로 버무린 단어 조각에 가까웠지만, 그 외에는 별문제 없이 일상을 이어나갔다. 쌀을 씻어 밥을 하고, 설거지를 하며, 당신 방을 걸레질한다. 가끔은 집 밖으로 나가 앞집 아주머니와 팔짱을 끼고 산책도 다녔다. 사실 앞집 '아주머니'는 아니다. 그분도 이미 일흔 가까운 나이니까. 가끔 앞집에 드나드는 어린애들 나이를 토대로 그분의 나이를 깨달은 순간, 난 그분이 우리를 도와주시는 게 죄송하고 감사해서 과일을 사 들고 방문했다. 아주머니는 깔깔 웃으며 나를 맞이했다.

"어우, 그 손톱만 한 애가 벌써 이렇게 커서는 어른 흉내야? 이럴 필요까진 없는데."

"제가 신세 지는 게 한두 번이어야죠."

"나도 너희 할머니에게 신세 지는 거지. 누굴 돌볼 수 있으면 그만큼 안 늙더라고. 우리 손주들은 이제 다 유치원 가고, 학교 가서 심심했어."

"손주분들 가끔 봤어요. 정말 귀엽더라고요."

"아직은 귀여울 때지. 할머니는 지금 뭐 하셔?"

"TV 보세요. 커피 타 드리고 나왔어요. 한 시간은 가만 계세요."

"거동은 잘하셔? 그 집에 계단 많잖아."

"집안일도 하시는걸요. 제가 청소 다 해놓으면 꼴이 이게 뭐냐고 소리 막 지르시면서."

"정정하시네. 그런데 말이다."

듣는 사람 없는 집에서, 아주머니는 목소리를 낮췄다.

"이상하게 듣지 마. 할머니 돌아가신 뒤 준비는 하고 있어?"

"네?"

"쉽게 할 말 아닌 건 아는데, 준비를 해둬야지. 네가 야무진 거 아니까 하는 소리다."

아주머니는 이쑤시개로 사과를 찍어 내밀었다. 난 멍하니 사과를 받아들었다. 내 입이 틀어 막히자 아주머니는 말을 이었다.

"할머니랑 이야기는 해 봤어? 빨리 정해."

"아직 정정하신데 무슨…… 벌써……."

"몸 한번 골골대면 무너지는 건 금방이야. 할머니 유산 분배니 화장해서 어디 뿌려달라느니 하는 건 정신 있을 때 하셔야지. 할머니가 평소에 당신 돌아가신 후 어떻게 해달라고 하신 거 없어?"

"유산 분배요? 아주머니, 할머니 자식들이 어떻게 되었는지 아시잖아요. 예전에 작은아들 이야기 한 번 꺼냈다가 혈압 와서 졸도하실 뻔했어요."

"그건 그때고. 할머니도 본인 몸 상태 아실 텐데 마음의 준비는 하셨을걸. 빨리 처리해. 설령 할머니가 뒷정리는 너한테 맡기고 싶어 한다 해도, 너 혼자 장례 치렀다가 나중에 아들놈이 돌아와 멱살 잡으면 할 말 없다. 그대로 경찰서 가는 거야. 할머니한테 사후에 어찌하실지 물어보고 서류로 남겨."

현실적인 문제가 훅 치고 들어온다. 난 아무것도 아니지. 아무 권리도 없지. 다르게 말하면 의무조차 없다. 앞집에 사는 아주머니와 큰 차이가 없는 것이다.

"오늘이라도 할머니한테 어떻게 하실 건지 물어봐. 아들하고 싸울 건 아니지?"

"법정 싸움 말씀하시는 거죠? 설마요. 제가 유리할 게 하나도 없는데."

"그래. 아들 이야기 운 잘 띄워."

"또 졸도하시면……."

"분명 생각해두신 건 있을걸? 자식은 자식이야."

와삭, 절반 씹힌 사과가 목구멍을 틀어막았다.

"할머니도 분명 장례 이야기 나오면 아들 부르자 하실 거다. 영정을 누구한테 들리겠어. 어색하겠지만 네가 잘 중재해봐. 할머니 평생 한을 네가 해결하고 가는 거다."

"……네."

"너도 뭐 얻어먹겠다고 거기 뭉개고 있던 거 아니잖아. 아들놈도 할머니 수발 끝까지 한 너를 내버리진 않을 거야. 할머니 가기 전에, 고마웠다고 손 꼭 잡아드리고, 응. 서주가 있어서 얼마나 다행이야. 아유, 새끼 살쾡이처럼 빽빽대던 게 언제 이렇게 자라서는……."

아주머니는 이쑤시개를 내려놓고 눈물지었다. 눈가가 붉다. 난 다음 사과를 입에 쑤셔 넣었다. 빨리 먹어 치우고 자리에서 도망치고 싶었다.

"어머, 벌써 비웠어. 커피 끓여야겠네."

"아, 아뇨! 잘 먹었습니다. 이만 들어갈게요!"

"또 궁금한 거 있으면 물어봐. 도와줄게."

"괜찮아요!"

감사 인사를 보내는 건지, 작별인사를 하는 건지. 정신없게 고개를 숙이고 나는 앞집을 빠져나왔다.

머리가 멍하다. 할머니에게 '죽은 후 어떻게 해줄까'를 물어보라는 말, 일상의 유해조수로 분류해 놨던 놈을 할머니 인생의 마침표로써 받아들이라는 말. 두 문장은 번갈아 가며 내 머릿속을 너덜너덜하게 만들어 놓았다. 할머니, 죽으면 어떻게 해줄까? 할머니, 마지막에는 아들 보고 싶어? 저 말을 듣자마자 할머니가 내 멱살을 잡았으면 좋겠다. 아직 정정한 사람한테 웬 재수 없는 소리냐고 했으면 좋겠어. 그렇게 10년쯤 더 사는 거야. 요새는 아흔 살 넘은 사람들도 많잖아. 어때? 내가 딱히 할머니랑 사는 게 재미나서 그런 건 아니고.

하지만 슬프게도, 나는 답을 모르지 않는다. 이미 할머니에게 물어봤잖아. 둘째 아들이 집에 찾아오면 어떻게 했으면 좋겠냐고 할머니는 그놈을 안고 가겠다고 했다. 그리고 죽을 때에는 남들만치 정리하고 싶다고 했다. 응, 남들만치. 환하게 웃는 영정사진 뒤에 꽃들이 잔뜩 놓여 있고, 어디에서 찬송가 들리고, 머리 희끗희끗한 아들놈이 정장 차림으로 영정 끌어안고 앞서나가는 거. 그게 남들 보기 부끄럽지 않은 장례지, 그렇지?

난 핸드폰을 챙겨 골목 아래로 내려갔다. 병원 검사 결과를 들으러 가는 날이다. 입원한다면 할머니 아들이 쳐들어와 난장을 피우더라도 병원에서 대처할 테니 '입원 요함' 결과가 나왔으면 좋겠다는 생각과 앞으로도 10년은 멀쩡할 거라는 말을 들었으면 좋겠다는 생각이 뒤엉켰다. 하지만 좋은 일과 나쁜 일의 갈림길에 서 있으면 누군가는 나를 제3의, 길도 아닌 진창에 집어넣곤 하지. 언제나 그렇지.

병원 상담은 의사의 매우 심각한 표정으로 시작되었다.

"환자분이 안 오셨네요. 설명 들을 분은 다 오신 거 맞으세요?"

"심각한가요?"

"아뇨. 그런데 오늘 당장 입원하라고 했으면 어쩌시려고 했어요."

"선생님, 놀랐잖아요…… 할머니 모시고 다니는 것도 일이에요. 진짜."

"괜찮아요, 별문제는 없으세요. 그런데 저희가 무서워서 그래요. 가끔 왜 나만 쏙 빼놓고 숙덕거리냐고 따지는 분들이 있거든요."

그 말에 아들놈이 떠올랐다. 설마 그 자식이 법적 보호자 무시하냐고 병원에 쳐들어오는 일은 없겠지.

"손녀분?"

"네, 네!"

"설명해드릴게요. 일단 치매라고 보긴 어려울 것 같고요. CT에서도 뇌혈관에 별다른 이상소견은 안 나왔어요. 할머니는 집에서 주로 뭐 하고 지내세요?"

"집 하숙 놔요. 하지만 청소, 빨래는 거의 제가 하고, 할머니는 식사 만들고 돈 관리하세요."

"돈? 허허. 그게 제일 무서운 건데 아직도 할머니가 맡고 계시네. 아무튼 크게 무리하지 마시고, 혈압약은 꼬박꼬박 드신다고 했고……. 약은 처방해드릴 건데, 입원해도 저희가 해드릴 건 없어요."

"일상생활은 괜찮은 건가요?"

"동네 산책 정도는 챙겨주세요. 그리고 보호자가 한 분뿐이시죠. 맞죠?"

의사는 모니터 한 지점을 펜으로 탁탁 치더니, 부드러운 미소를 지으며 나와 눈을 마주쳤다. 분명 무서운 선고가 이어질 거란 생각에 나는 허리를 쭉 폈다. 손끝이 차가워졌다.

"당장 무슨 일이 있는 건 아니에요. 하지만 할머니 건강은 더 나아지지 않을 거고, 보호자분은 앞으로 지칠 날만 있을 거예요."

"벌써 겁주지 마세요……."

"조언을 드리는 거예요. 보호자가 지치는 것도, 짜증이 나는 것도 자연스러운 겁니다. 그러니까 자기 자신을 너무 탓하지 마시라고요. 원하는 게 생기면 욕심도 부리고, 맛있는 것도 다 챙겨 드셔야 해요. 그래야 오래 버텨요."

의사는 피곤한 입꼬리를 끌어올리며 웃었다.

"이 이야기는 할머니도 들으셔야 하는데. 할머니가 세상에 피해 끼치는 거 아니라고. 할 수 있는 만큼 하시면서 편하게 사시라고 전해주세요."

"할머니께 해야 할 말이 참 많네요."

"보호자분도 기회가 있을 때마다 말을 걸고, 뭐 원하는 게 있는지 물어보고, 준비해서 다 하세요. 사람이 가진 시간은 언제 끝날지 아무도 모르니까."

기회가 있을 때마다 말하고, 묻고, 준비하라. 그때, 미리 답을 얻어둬야 할까 싶은 의문 한 가지가 머릿속을 스쳐 지나갔다. 하지만 난 병원을 나올 때까지 누구에게도 그걸 묻지 못했다. 집으로 돌아오는 버스 안에서 그 문장을 입안에 굴려보았다. 언젠가는 입 밖으로 내뱉어야 할 문장.

'이 병원 장례식장 비용이 얼마나 돼요?'

재수 없게 벌써 입에 올리지 말라고! 하는 생각과 미리 알아두는 게 나쁠 건 없지 않느냐는 생각이 머릿속에서 다툰다. 연습 삼아 단어 하나를 혀 위에 올려 보았다.

"장례식."

그와 동시에 내 얼굴은 생강을 씹은 것처럼 일그러졌다.

언덕을 올라가기 전, 편의점에서 아이스크림을 몇 개 샀다. 그중 하나는 점점 열이 오르는 내 눈에 올렸다. 아르바이트생이 휴지는 필요 없으시냐며 오지랖을 부렸는데, 그 호의를 받아들일 걸 그랬나. 얼굴에 눈물이 아닌 물이 줄줄 흐르기 시작했다.

대문은 내가 열어놓고 나온 상태 그대로였다. 난 얼굴을 점검하고 대문을 닫았다. 서서히 해가 기울어지는 오후, 이 낡은 집은 태양을 끌어안은 것처럼 제법 포근해 보인다. 나는 일부러 애교를 떨며 집 안으로 들어갔다.

"할머니, 내가 뭐 사왔게?"

들어오자마자 유세 떠는 걸 보니 금덩이라도 가져왔냐는 대답이 들려올 만도 한데, 대답은커녕 욕 한 조각도 돌아오지 않았다. 이상하다. 현관에 할머니 신발 다 있었는데? 설마 맨발로 나간 건 아니겠지? 아이스크림 봉투를 다시 챙겨 들고 복도를 걸었다.

"할머니, 어디 있어? 아이스크림 사 왔어."

부엌 맞은편, 할머니 방에서 치직거리는 소리가 들려온다. TV에 집중하고 계시나. 아니면 화장실에서 힘주고 계시는가. 하지만 항상 그래. 예상 답안을 두 개 꺼내 놓으면 엉뚱한 답이 내 뒤통수를 치고 나온다고.

이번의 답변은 발밑에서 왔다. 내 양말에 밟힌 흙모래들로. 아이스크림 봉지를 거실 소파에 던진 후 바닥에 납작 엎드렸다. 나무복도 위로 발자국 모양을 그리는 흙모래들이 보였다. 지옥에서 올라온 물건들이라 생각하기에는 내 발톱을 파고든 돌멩이의 아픔이 만만찮다. 신발장으로 가 제일 큰 우산을 집어 들었다.

"할머니?"

안방은 비었어. 할머니가 쏙 빠져나온 이불이 전부야. 난 TV를 끄고 부엌을 돌아보았다. 아무도 없다.

"할머니……?"

발자국은 복도 안쪽으로 들어갈수록 신발 자국이라기보다는 모래 뭉치 정도로 옅어진다. 하지만 그 끝에서 나는 가장 진한 발자국을 만날 수 있었다. 피로 찍힌 발자국. 바로 위, 남자가 한 명 널브러져 있다.

"어……?"

비명조차 나오지 않는다. 그 인간이다. 할머니의 둘째 아들. 늘 칠면조처럼 붉으락푸르락하던 얼굴은 새하얗다. 산만한 등짝은 아무리 기다려도 들썩이지 않는다. 난 남자 옆에 무릎을 꿇었다. 가슴은 미동조차 하지 않는다. 덜덜 떨며 가슴팍에 귀를 가져다 댔다. 몸은 아직 따듯한데 심장은 멈췄다. 아무것도 들리지 않는다. 헤 벌어진 입, 그리고 뒤통수로 피가 흘렀다. 머릿속에서 사이렌이 울렸다. 본능이 말하는 결론은 하나다. 경찰 불러. 한 발짝 물러나서 신고하면 돼. 집에 오니 이 남자가 쓰러져 있었어요. 계단을 올라가다가 사고가 난 것 같아요. 대본은 완성. 거짓말은 아니니까.

난 천천히 몸을 일으켰다. 시체를 더 건드리면 안 된다. 물러나서 통화 버튼만 한 번 누르면 돼. 하지만 한 걸음 물러나며 시야가 넓어졌을 때, 나는 핸드폰을 끌 수밖에 없었다.

"할머니?"

"으."

"왜 거기 있어!"

"으……."

계단참에 할머니가 주저앉아 있었다. 할머니 손에서 뭔가가 툭, 떨어져 계단을 따라 내려왔다. 남자의 머리 옆에 떨어진 그 물건은 과도였다. 뒤늦게 그 새끼의 볼 위, 한 일(一) 자 상처를 발견했다.

"할머니……, 뭐 했어? 지금 무슨 일 있었냐고, 어?"

"서주냐?"

"할머니, 나 보여? 알아보겠어?"

할머니는 자리에서 일어났다. 손이 허공을 휘젓는다. 기분 나쁜 예감에 난 전력으로 계단을 뛰어올라 팔을 벌렸다. 그와 거의 동시에 할머니가 내 품에 쓰러졌다. 몸이 차다. 양서류를 만지는 것처럼 축축하고 얇은 피부가 손에 달라붙는다.

"할머니, 나 알지? 어?"

"몰라, 몰라, 난 없어……."

시선이 허공을 쫓는다. 내 팔을 틀어쥐는 힘이 강하다. 난 비명을 삼키며 할머니를 한 발짝씩 계단 아래로 이끌었다. 아들놈의 시체 앞에서는 할머니 눈을 가리려 했지만, 할머니는 자기 눈높이 외의 것에는 시선을 주지 않았다. 눈앞에 손을 휘저으니 파리 쫓듯 반응은 한다. 난 할머니를 질질 끌어 그놈의 시체를 지나쳤다.

"어딨어……."

"할머니, 누가. 누구 찾아, 응?"

할머니는 입을 딱 다물었다. 그분의 눈에 비로소 감정이 실렸다. 두려움이다.

"안 물어봐, 할머니, 안 물어봐. 나 누군지는 알아?"

할머니는 모른다는 듯 도리질을 했다. 난 할머니를 안방에 밀어 넣었다. 다행히도 저항은 없었다. 마지막으로 할머니에게 물었다.

"할머니, 무슨 일이 있었는지 기억해?"

할머니는 귀를 막았다. 순식간에 대추처럼 일그러지는 얼굴에서 눈물이 쏟아졌다. 자기 자신도 듣지 못할 목소리는, 나에게만 외치는 소원이다.

"여긴 우리 집이야……."

목소리가 잦아든다. 내 눈치를 보는 할머니는 밭은 숨을 내뱉는다. ……나는 할머니의 한쪽 손을 억지로 떼어내고 속삭였다.

"할머니, 여기 잘 숨어 있어. 알았지?"

그 말은 알아들었을까. 할머니는 고개를 끄덕였다. 어린애같이 우는 목소리가 새어 나오지 않도록 나는 안방 문을 닫았다. 그리고 개밥 꾸이기를 바랐던 시체는 아직도 계단 아래 널브러져 있다. 난 시체 앞에 주저앉았다. 젠장.

젠장, 젠장. 진짜로 죽었어. 들여다봐도 살아날 기미가 없어. 점점 얼굴이 하얘져. 경찰을…… 불러야지. 불러야 하겠지? 상식적으로는. 하지만 못 불러……. 아들놈 시체 옆에 떨어진 과도는 우리 집 물건이 맞다. 빨간 손잡이가 익숙하다. 항상 싱크대 칼꽂이의 제일 앞쪽 칸에 꽂아 두는 물건. 버린 줄 알았는데, 할머니가 그새 찾아다 꽂아 놓은 모양이다.

무슨 일이 벌어졌을지를 상상하는 건 어렵지 않았다. 아들놈이 할머니를 쫓아 계단을 오르던 중 할머니가 과도를 휘둘렀고, 아들놈은 그걸 피하려다가 계단에서 떨어졌을 것이다. 아들놈은 빈손이다. 이걸 정당방위라고 할 수는 없어. 경찰을 불렀다간 분명 할머니가 잡혀갈 거야. 아니, 잡혀갈 수나 있을까? 난 계단을 올려다보았다. 세입자 간의 트러블로 집에 경찰이 왔을 때 할머니가 쓰러지던 모습이 떠올랐다. 이번에 또 쓰러지면 일어나지 못할 수도 있어. 차라리 그 새끼가 내 서랍장에 칼 넣고 가던 날 경찰을 부를 걸 그랬나. 그랬으면 이 새끼가 할머니에게 들러붙지도 못했겠지. 아니면 내가 쫓겨나서 이 꼴을 볼 일 없게 되거나! 제발 정당방위라고 우길 수 있게 되길 바라며, 목장갑을 끼고 놈의 주머니를 뒤졌다. 뒷주머니에서 접이식 다용도 칼을 찾았다. 이것만으로 협박의 증거가 될까? 당신 말이야, 돈 필요하면 꿔줄게. 큰놈으로 하나 사와. 그걸 휘둘러. 그때 경찰을 부를 테니까.

"개새끼야······."

정효섭의 면전에서 이렇게 말해보는 게 꿈이었다. 그게 이제야 이루어졌다. 빌어먹을. 요새 할머니 정신이 계속 오락가락했지. 법정에서 그걸 감안해줄까? 하지만 '치매는 아니다'라는 대답을 몇 번

242

이나 들은 게 문제다. 섬망인지 뭔지, 그게 참작 사유는 될까? 나는 왜 여기저기에다 할머니는 멀쩡하니 걱정하지 말라고 떠들고 다녔지? ……됐어. 할머니는 법정까지 가지도 못해. 못 가. 여기에 정장 입은 인간들이 들어오는 순간, 할머니는 또 굴러떨어질 거야. 당신의 마지막이 그래서는 안 돼. 남들만큼은 하고 싶다고 했잖아, 응?

결론은 하나다. 난, 경찰 못 불러. 나는 정효섭의 발목을 잡아끌었다.

같이 살던 시절보다 살이 많이 빠진 것 같다. 남색 잠바 안, 빵빵하던 건 이제 뼈대뿐이다. 그렇다고 놈을 끌고 다니는 게 수월하지는 않았지만. 나는 제일 가까운 방문을 비틀어 열었다. 불꽃이 타오르는 지옥 너머, 살아생전보다 두 배는 비대해진 몸으로 여덟 배의 고통을 받는 죄수들이 나를 보며 신음했다.

"살, 살려, 주세요……"

당신들도 살아생전 죄인이었겠지. 그렇겠지. 동정심을 구겨 넣었다. 저들은 받아야 할 벌을 받을 뿐이라고 속으로 외쳤다. 동정하지 않으려 애썼다.

"너는, 너는, 뭐, 깨끗하게 살았을 것 같아!"

죄수 한 명이 벽을 보고 외쳤다. 죄수의 눈은 이미 불타 문드러져 아무것도 비치지 않는다. 네가 우리에게 해야 할 건 '동정'이 아니라 '공감'이다. 죄수는 그렇게 말하는 것만 같았다. 시끄러워. 이

놈이나 좀 데려가.

내가 생각한 최고의 은신처는 지옥이었다. 지옥의 불꽃으로 이 시체를 뼛속까지 태울 수 있다면 최고지만, 그 불꽃도 독기도 우리에게 영향을 끼칠 수 없다는 건 청소 담당이었던 내가 가장 잘 알고 있다. 그러나 공간만은 공유한다. 지옥까지 길은 통해. 지금껏 악마와 수많은 죄수가 우리 집 너머로 오가지 않았던가. 제발……이 자식도 데려가. 어차피 거기에 가야 할 놈이었으니까.

나는 지옥의 돌계단 위에서 아들놈을 걷어찼다. 하지만, 아들은 반 바퀴 구를 뿐, 지옥의 불꽃은 그에게 그을음조차 남기지 못했다. 더 깊이 들어가야 하나? 쇠사슬에 묶인 죄수들이 양옆에 늘어섰다. 난 아들놈의 발목을 잡아끌었다. 이상하다. 눈에 보이는 길은 거친 자갈밭인데도, 꼭 평지를 걷는 것처럼 아들놈의 턱은 내가 잡아끄는 손길에 수월하게 미끄러져 들어왔다. 보이는 지옥은 아직 깊은데, 내 발걸음은 5m도 가지 못해 멈췄다. 전진하려 해도 보이지 않는 벽이 가로막는다. 이 거리, 알아. 세 준 방의 넓이와 같다.

"왜!"

난 전진했다. 몸을 부딪쳤다. 보이지 않는 벽이 가로막혀 내 발은 1cm도 앞으로 나가지 못했다. 익숙한 곰팡이 냄새, 뜯어진 벽지 너머로 풍기는 싸늘한 시멘트 냄새. 허공으로 보이는 공간을 두들긴다. 주먹에 와 닿는 건 익숙한 시멘트벽의 감촉.

진짜 지옥은 우리에게 공간마저 허락하지 않았다. 불꽃은 죄수들의 살과 비명을 연료 삼아 타오른다. 그 한가운데, 할머니 아들의 시체는 새하얗기만 하다. 지옥이 산 자에게 영향을 미치지 못한다지만 너희는 김 사장이 현실과 지옥을 헷갈리게 했고, 나에게도 몇 번이고 열기와 냉기를 맛보이고 악몽을 꾸게 했어. 그런데 이제 와서 시치미 떼는 거야? 이 자식은 죄인이잖아! 너희가 언젠가 데려갈 놈이라고!

아들놈의 시체를 끌고 나와 보일러실 문을 열었다. 작은 방, 창고방 문도 열고 신발장도 열었다. 두들겨도 열리지 않는 문틈으로는 피가 쏟아져 나오기도 했다. 발을 적신 기분 나쁜 액체는 내가 세 발자국 걷기도 전에 말라붙었다.

공간도 괴물도 불꽃도, 그들 중 누구도 시체를 받아주지 않았다. 언젠가부터는 시체를 놓고 내가 직접 뛰어다녔다. 지옥으로 몸을 던졌다. 바닥을 가득 메운 면도날을 맨손으로 쥐어도, 불꽃을 얼굴에 끼얹어도 통증은커녕 간지럽지도 않다. 구덩이에 몸을 던져도 볼에 와 닿는 건 장판의 익숙한 감촉이다. 열기도 냉감도 약간은 느껴지지만 그게 끝. 내게 온전한 무게로 와 닿는 건 단 하나밖에 없다.

"살려주세요……"

소리. 그들의 비명만이 내게 닿는다. 죄수에게 손을 내밀었다. 죄수는 내 손을 본다. 손톱이 죄 뒤집힌 자신의 손을 뻗는다. 분명, 닿았다. 내 손에는 죄수의 피가 묻었다. 하지만 감촉은 오래가지 않았다. 죄수는 제 목을 조르는 사슬을 쥐었다. 내 손을 놓친다. 그리고 닿을 수 없는 지옥 안쪽으로 빨려 들어간다. 안 돼. 다음, 그다음, 그다음. 나는 미친 듯이 집 안을 달렸고, 계단을 오르고 올라 내게 남은 마지막 문을 두들겨 열었다.

익숙한 풍경이 펼쳐졌다. 하늘에 가장 가까운 곳이자 집에서 가장 구석진 곳. 내 방이다. 온 지옥에서 묻히고 온 숯검정과 피가 바닥에 떨어졌다. ······지금만큼 저 이불에 머리를 파묻고 싶은 적은 없었다. 앞으로도 없을 것이다.

다 내팽개치고 싶은 마음을 억누르고 난 1층으로 돌아왔다. 복도에 널브러진 시체가 나를 기다리고 있었다. 여전히 혼자 하얗구나, 너는.

의자에 앉자마자 현실의 열기가 훅 올라왔다. 나는 물을 한 컵 가득 따라 마시며 머리를 식히려 노력했다. 저 새하얀 얼굴을 보면 뭐라 말할 수 없는 기분이 된다. 혐오, 분노, 그리고 약간의 안타까움. 그가 시뻘건 얼굴로 억지를 쓸 날은 다시는 오지 않겠지. 젠장, 동정할 시간은 없다. 빨리 치워야 하는데······. 연탄 창고로 쓰던 그 지하는 어떨까. 아냐. 거긴 들락거리기 너무 쉬워. 예전에 지붕 수리할 때 폐쇄한 다락방은? 아니, 거긴 좁아. 이대로는 안 들어갈 거라고. ······'이대로'는 안 들어간다면, '다른 상태로'는 가능하겠지. 난 그 상상을 부수려 애썼다. 아무리 상황이 안 좋아도 거기까지 갈 수는 없어. 고개를 세차게 젓는데, 갑자기 내 시야에 사람 그림자가 들어왔다. 난 비명이 나오려는 입을 틀어막았다.

"힉······!"

"네? 왜, 왜 그러세요?"

"아, 깜짝 놀랐잖아요!"

부엌에 나타난 건 익숙한 죄수였다. 그가 끌어안은 양푼에는 오늘도 지상에서 썩혀 보낸 음식들이 가득하다. 이번에는 생닭이었다. 죄수는 복도에 놓인 시체와 내 얼굴을 번갈아 가며 쳐다보았다.

"이게 뭐래. 어이구, 직접, 하셨어요?"

"아니에요. 진짜 사고예요!"

"그 심정 알아요. 중간상인으로 일하다 보면, 저처럼 완충지대에 있는 사람들이 체면 불고하고 일해야 하는 때도 옵니다. 저 같은 사람들도 있어야 시장이 굴러가죠."

죄수가 그렇게 말하자 양푼 속 생닭들이 늘어나기 시작했다. 죄수는 말을 멈추고 날고기를 입안에 쑤셔 넣었다. 잘도 먹는다. 난 멍하니 그의 입을 쳐다보았다. 죄수는 내 시선을 느끼고 갑자기 뒷걸음질했다.

"저한테 저거 먹으라고 하지 마세요."

"생각도 안 했어요! 어차피 지상의 건 드시지 못하잖아요!"

"그래도 혹시나 해서. 악마한테도 그 아이디어 말하지 마시고요."

"말할, 말할 일 없어요."

"왜요, 악마랑 친하지 않았나? 아무튼 그거 해결 못 하고 있는 거 죠? 음…… 그 왜, 다른 죄수들 이야기 들어보면 시멘트 쓴다는 애 들 많았는데. 더 굳기 전에 피 빼고, 토막……"

"그만 좀 하시라고요!"

"도와준대도 뭐라네."

죄수는 양푼을 끌어안고 복도 너머로 달렸다. 그가 제일 자주 쓰는 보일러실 문이 열렸다 닫혔다. 꼬리 같은 불꽃이 바닥에 고인 다. 또다시 찾아온 고요함이 내 목을 옥죈다. 뭐든, 빨리 정해야 해. 지옥마저 이 자식을 받아주지 않는다면, 나는 내가 속한 이 집에서 어디든 선택해야만 한다.

당장 내 눈에 보이는 거? 젠장. 보일러실 문, 할머니가 잠든 안 방, 반지하의 연탄 창고, 내 방. 그리고 그 외의 자잘한 가구들. 나는 장롱의 이불 틈에서 잠들던 옛 기억을 떠올렸다가 고개를 저었다. 옛날이야기다. 다 큰 놈을 받아줄 만큼 속 넓은 가구는 없을 것이 다. 가구. 그와 동시에 기억이 떠오른다. 내 서랍장 안에 들어 있던 과도. 할머니는 수박도 과일이라며 그 칼로 수박도 서걱서걱 썰곤 했지. 죄수가 남긴 말이 다시 떠오른다. 시체를 처리해야 한다고? 먼저 피를 빼고, 그 뒤에는……. 난 머리를 저었다. 그렇겐 못 해. 그 렇게까진 못한다고. 하지만 빨리 안 하면……. 아무리 우리 집에 올 사람이 없다 해도…….

그때, 골목에서 들려오는 사람들 목소리가 내 상념을 깼다.

- 이거 고장 난 거 아냐? 눌러도 딸각거리기만 한다니까.

- 그래도 초인종은 그것밖에 없잖아. 좀 더 눌러봐요. 안에서는 들릴지도 몰라.

고장 난 초인종이라면, 설마 우리 집? 아닐 거로 생각하면서도 나는 거실 창문을 조금 열었다. 방충망 너머로 중년 두 명의 목소리가 더 선명하게 들렸다.

"몰라, 나 이제 이거 안 누를 거야. 여기 좀 이상해. 사람 사는 집 맞아?"

"마당 잘 봐. 관리가 되고 있잖아."

"다 낡았는데…… 어딜 봐서?"

"낙엽이 없잖아. 마당 청소하는 사람 없으면 한 계절 만에 금방 파묻힌다고. 누가 잘 관리하는 집 맞다니까."

칭찬은 고맙습니다만. 당신들은 대체 누구야? 느릿느릿한 말투를 보면 경찰은 절대 아니다. 이젠 세입자를 구하지도 않으니 임대 광고를 보고 왔을 리도 없는데. 말투가 멀쩡한 걸 보면 죽은 아들 놈의 친구일 것 같지도 않고. 대화를 나누던 두 사람은 서서히 목소리를 죽였다. 남자 쪽은 한 발짝 물러나는 것 같았다. 제발, 제발 그대로 돌아가!

하지만 내 소망은 이루어지지 않았다. 두 사람 중 여자가 대문을 두들기기 시작한 것이다. 철판이 울리는 소리와 삐걱대는 소음에 나는 귀를 틀어막았다. 여자는 소음에 묻히지 않도록 목소리를 높였다.

"이봐요, 계세요! 문 좀 열어주세요!"

"여보, 둘 중 하나만 하면 안 돼? 시끄러워⋯⋯."

"계세요오! 우리, 우리 애 보러 왔어요! 집주인 계시냐고요!"

집주인? 여자는 곧 다른 청자를 찾았다.

"진서야, 진서야! 진서 있어? 들리니?"

"여보, 그만 좀 해! 동네 사람들 다 나올라!"

"이상하다. 여보, 담 넘어갈까 봐. 응? 나 좀 받쳐줘."

"그러다 집주인한테 걸리면 어쩌려고!"

"집에 진서 있잖아. 진서 보러 왔다고 하면 되지! 아, 어쩌지, 정말."

진서? 그게 누구야? 하지만 난 오래지 않아 그들이 누구인지 추측할 수 있었다. 아까 전까지, 나는 복도를 달리며 저놈을 집어넣을 지옥을 찾아 온 방문을 다 두들기고 다녔다. 지옥문도, 창고도, 내 방도. 그 과정에서, 방 밖으로 나오지 않는 마지막 세입자의 문까지 두들긴 거 아닐까.

불과 몇 주 전의 기억이 떠올랐다. 아들놈이 이 집에 침입해 내 방에 칼을 두고 갔던 날, 난 상황을 알아보기 위해 마지막 세입자의 방문을 두들겼고, 세입자를 안심시키기 위해 필담을 나누었지. 내가 적어 보냈던 말이 기억났다.

[혹시 또 누가 문 두들기고 다니면 바로 경찰 문자신고]

12
지옥은 주저앉는 자의
소리를 듣는다

"여보, 넘을 수 있겠어? 손 고정 잘했지? 담벼락 위에 못이나 유리 같은 거 없어? 파상풍 걸리면 큰일 나."

"괜찮다니까. 내가 사패산도 날아다니는데, 이 정도를 못 넘어갈까 봐?"

여자의 손이 담장 위에 걸쳐졌다. 두 사람이 "하나, 두울"까지 외치는 순간, 나는 현관문을 박차고 마당으로 달려나갔다.

"거기 누구세요?"

"어머! 사람 있었네!"

여자는 담장에서 손을 뗐다. 난 그들이 바로 도망치기를 바랐지만 헛된 기대였다. 여자는 대문 앞에 팔짱을 끼고 서서 외쳤다.

"뭐 하고 계셨길래 대답을 안 해요, 네? 다른 집이면 몰라. 세 주는 집주인이잖아요, 그렇죠?"

"저도 제 일이……"

"초인종은 고장 났지, 대문을 두들겨도 답이 없지, 사람이 사는 것 같지도 않게 집은 휑하고!"

"……죄송합니다. 청소기 돌리느라고 소리를 못 들었어요. 죄송합니다."

"나, 나는, 안에서 무슨 일이라도 있는 줄 알고"

내가 태도를 굽히자 여자도 대문에서 손을 놓았다. 불안에 젖은 목소리가 울먹인다. 남자는 여자의 어깨를 감싸 쥐며 말했다.

"이런 식으로 인사드려서 죄송합니다. 저희, 진서 부모입니다. 여기 사는 애."

"아하, 무슨 일이신가요?"

남자는 아주 중요한 말을 하듯 목소리를 내리깔았다.

"우리 애가 불러서 왔습니다."

"……그러시군요."

"남들 보면 웃기는 소린 거 알아요! 근데 아시죠? 진서, 방 밖으로 안 나오는 거. 걔는 몇 년간 한 번도 부모를 부른 적 없어요. 그런데 오늘, 다짜고짜 당장 튀어오라고 부르는 겁니다. 안 달려오게 생겼어요? 무슨 일이에요, 뭐 들은 거 없어요?"

"제, 제가 할머니랑 좀 싸웠어요. 전 집 관리하는 손녀고요."

"좀 들어가봐도 되겠습니까? 되지요?"

"예, 들어오세요. 집이 좀 낡았어요."

"보면 알아요!"

난 대문을 열어주었다. 부부는 내 뒤를 쫓아 성큼성큼 따라왔다. 조금 더 빨리 들어갔으면 하는데, 나를 앞질러 갈 수는 없으니 조바심이 나는 모양이다. 서로의 발을 밟고 넘어질 뻔한 소리가 들렸다.

"마당 관리가 좀 안 되어서요. 괜찮으세요?"

"괜찮아요. 집이, 참 넓고 좋네요."

"옛날엔 좋았죠."

현관을 열고 냄새를 맡았다. 집 냄새에 마비된 내 코는 별다른 이상을 느끼지 못한다. 그러나 현관에서 신발을 벗고 들어선 부부는 코를 벌름거렸다.

"무슨 비린내 나지 않아? 아닌가?"

"그래? 난 잘 모르겠는데. 그냥 오래된 집 냄새잖아. 어디서…… 어머, 부엌에 별거 없어요? 탄내 나는 것 같은데?"

"집이 워낙 오래돼서 예전에 밴 냄새가 안 날아가더라고요. 들어오세요."

핏자국과 흙모래를 급하게 치운 복도. 아직 피 냄새가 떠도는 모양이다. 탄 냄새는 지옥에서 풍기는 거겠지.

부부는 계단을 향해 걸었다. 나는 그동안 뒤에서 복도의 문들을 노려보았다. 제발, 이번에 아무도 튀어나오지 마. 제발.

비명은 들리지 않았다. 대신 풍채 좋은 부부의 발걸음에 맞춰 삐걱대는 소리만 크게 울렸다. 복도 끄트머리에서 부부가 갑자기 멈춰섰다. 그들 앞에 있는 건 부엌이다. 젠장. 거기 왜 멈춰!

"자기가 말한 비린내 알겠다. 여기서 나네."

"예, 저희 환기 팬이 잘 안 돌아가서요! 냄새가 잘 가시지를 않네요."

부부는 납득한 것 같으면서도 발걸음을 좀처럼 옮기지 않고 부엌 풍경을 꼼꼼하게 살폈다. 그건 사건 현장을 조사하는 눈빛이 아닌, 자기 자식이 살 곳을 확인하는 보호자의 태도였다. 그 새삼스러운 생활감에 얼굴이 붉어졌다. 나름으로 열심히 쓸고 닦지만, 세월이 만든 얼룩은 깔끔함과는 거리가 멀다.

남자가 입을 열었다.

"우리 애 밥도 혹시 여기서 주시나요?"

"아뇨, 진서 세입자분은 따로 드세요. 방 창문을 통해서 배달받으시더라고요."

부부가 동시에 안심인지 실망인지 모를 한숨을 쉬었다.

"그럼 그렇지."

"젊은 사람도 그러다 쓰러지는데……, 어떻게 해."

"오늘 우리 왔잖아. 문 열어주면 그때 끌고 나오자."

"자기, 쉿! 들릴라."

둘 다 동시에 목소리를 낮췄다. 편한 옷차림으로 상체까지 낮추고 전진하는 모습을 보니 자식을 포획하러 온 것 같다. 그들이 계단을 오르는 동안, 나는 혹시라도 흔적이 남았을까 봐 조심스레 부엌을 살폈다. 겉으로 보기에는 아무 문제 없다. 누가 루미놀 용액을 뿌리지 않는 한 문제는 없을 것이다.

마지막 세입자는 부부에게 자기 방 호수까지 보낸 모양이다. 그들은 정확히 문 앞에서 자녀의 이름을 불렀다.

"진서야."

"진서야……?"

대답이 없다. 음악 소리만 쿵쿵 울렸다. 남자 쪽이 문을 두들기려 하는 걸, 내가 급하게 달려가 막았다. 그 대신 문 아래로 쪽지를 집어넣도록 했다. 두 사람은 덜덜 떨리는 손으로 펜을 쥐고 구구절절 눈물의 편지를 쓰려 했다. 결국 그 펜을 내가 빼앗아 쥐었다. 방 안으로 들여보낼 건 한 문장이면 된다.

[부모님 왔어요]

종이가 들어감과 거의 동시에 음악 소리가 꺼졌다. 흡 하고 숨을 삼키는 소리가 들렸다. 방 안에서부터 맨발로 장판 위를 걸을 때 나는 쩍, 쩍 소리가 다가왔다. 수년간 닫혀 있던 문은 쉽게 열리지 않았다. 부들부들 떨리기만 하던 문 안쪽에서 나무 긁는 소리가 나자 복도에 서 있던 부부는 동시에 문손잡이를 잡았다. 안쪽에서는 밀고 바깥쪽에서는 당겼다.

몇 년 만일까. 문이 열리고, 나도 기억하지 못하는 세입자의 민 얼굴이 처음으로 복도의 빛 아래에 놓였다. 얼굴은 눈물과 머리카락 범벅이다. 세입자는 바로 말하지 못했다. 운을 떼어 놓으려는 입술이 벌어질 때 머리카락이 말려 들어갔다. 여자는 세입자의 머리카락을 뒤로 넘겨주려다 그대로 자식을 끌어안았다.

"진서야, 무슨 일이야, 응?"

"진서야……."

여자의 등 위로 남자까지 가세했다. 진서는 오래 버티지 못했다. 쿵, 소리와 함께 세 사람의 무릎이 동시에 바닥을 진동시켰다. 그게 신호라도 되는 것처럼 태어나서 처음 듣는 이의 울음소리가 복도를 채웠다.

"엄, 마. 엄마, 엄마, 아빠……."

"응, 진서야, 응. 엄마 여기 있어. 불렀어?"

"불렀어. 왔네. 왔구나……."

"진서가 부르는데 당연히 오지! 어디에 있어도 와. 어디에 있든!"

"무서웠어. 무서워서……."

"잘했어. 진서 잘했어. 문 열었잖아."

여자는 자기 옷소매로 세입자의 얼굴을 닦았다. 생각보다 훨씬 젊은 얼굴이 드러났다.

"그래. 뭐가 무서웠어?"

"밖에서 큰 소리 나고, 누가 문 두들기고 해서……."

세입자가 말을 멈췄다. 나와 눈이 마주친 것이다. 난 어색하게 인사했다.

"안녕하세요. 뵙는 건 처음이네요."

"안녕, 하세요. 아까 대체 무슨 일이었어요……?"

"별 건 아니에요. 제가 할머니랑 엄청 크게 싸워서요."

"정말요?"

"정말로요."

힘주어 고개를 끄덕였다. 세입자는 아직 의심 어린 시선이지만 더 묻지 않았다. 부부가 세입자의 방에 주저앉아 이야기를 나누는 동안, 나는 같은 층의 계단참에 앉아 주변에 귀를 기울였다. 사이렌 소리는 들리지 않는다. 세입자가 경찰까지 부르지는 않은 모양이었다. 고마워요. 정말 고마워요.

그들은 곧 이야기를 마치고 세입자를 부축해 일으켰다. 마지막 인사를 하려나 했는데, 남자가 갑자기 세입자의 손을 잡고 방 안에 들어갔다. 여자는 내 쪽을 바라보며 말했다.

"집주인 할머니는 어디 계세요?"

"네? 그, 왜 찾으세요? 좀 편찮으신데……"

"빚 빼려고요. 여기 집세가 어떻게 돼요? 월세인가? 돈은 깔끔하게 처리할게요."

"이렇게…… 갑자기요?"

"마음 바뀌기 전에 할 수 있는 건 다 해야죠."

여자의 말끝이 물에 젖어 흐려졌다.

"다 컸으니 뭘 하든 네 선택이라고 보냈는데, 그래도…… 안 되겠더라고요. 챙겨줄 수 있을 때 챙겨야죠."

'그게 부모 마음인걸'이라는 말소리가 여자의 입안에서 뭉그러졌다. 하지만 감동할 시간은 없었다.

"이런 집에 어떻게 돼요. 폐가인 줄 알았네."

"좀…… 오래돼서요."

"농담 아니에요. 안전을 위해서라도 업자 부르세요. 기관지는 괜찮아요? 이 계절에도 곰팡이가 장난 아니던데. 집에 어린애라도 있으면……."

"예. 지금, 좀 사정이 힘드네요."

"그러시다면 별수 없죠."

말을 끊으며 여자는 자리에서 일어났다. 가만 보니, 최대한 이 집에 닿는 신체 면적을 줄이려는 게 느껴진다. 기분이 나빠야 할 텐데, 그런 감정도 일어나지 않았다. 이 집이 갈 데까지 간 건 사실이다. 그걸 누군가가 처음으로 입 밖에 낸 것뿐, 나도 알고 있어. 게다가 이젠 집주인과 관리자마저도 그렇게 되어버렸지.

남자가 빵빵한 트렁크 두 개를 들고 방을 나왔다. 세입자가 조심스레 받쳐 든 노트북은 여자가 받아갔다.

"중요한 건 다 챙겼어요. 나머지는 천천히 가져갈게요. 괜찮으시면 폐기비용 드리거나."

"아, 그러면 나중에 폐기비용 정산해서 보내드릴게요."

빨리 가, 제발!

남자가 이런 퇴물이 어떻게 안 쓰러지고 버티는지 신기한 듯 천장을 자꾸 살펴보았다. 여자는 그런 남자의 옆구리를 툭 치고, 나와 연락처를 교환했다. 세입자는 한참 나를 쳐다보았지만, 바싹 말라붙은 세입자의 입술은 좀처럼 단어를 꺼내지 못했다. 어렵다면 말 안 해도 상관없어요.

나는 고개를 젓고는 마지막 인사를 건넸다.

"경찰 안 불러줘서 고마워요."

"……에, 네."

세입자는 고개를 숙였다. 머리카락이 다시 얼굴을 뒤덮었다.

그들이 모두 집을 나섰다. 서너 명이 복도를 밟고 다닌 건 오래간만이다. 복도는 어째, 나 혼자만의 무게도 견디지 못하고 유난히 삐거덕거리는 것 같았다. 모든 방이 비었네. 그 방……. 아까 들여다보니 우리 집의 불결함을 한 공간에 농축해놓은 것처럼 지저분하던데. 폐기물 아닌 게 있기는 하려나 모르겠다.

그때, 머릿속의 누군가가 어처구니없는 아이디어를 속삭였다. '그 방에 시체 하나쯤 숨겨둬도 아무도 못 찾을 것 같지 않아?' 딱 어울리긴 하네. 나는 헛웃음을 지으며 그 어처구니없는 아이디어를 무시하고 그 방 열쇠를 냉장고 위에 던졌다.

마지막 세입자는 가족과 함께 떠났다. 이제, 이 집을 관리하게 된 이래로 최악의 청소를 시작할 때다. 부엌에서 비린내가 난다고 했지? 착각은 아니에요. 나는 김치냉장고를 열었다. 뚜껑에 눌려 있던 팔이 튕기듯 튀어나왔다. 난 조심스럽게 놈의 팔다리를 폈다. 발목이 덜렁거린다. 멍청한 짓을 했다. 급하게 바닥의 피부터 치웠더니 시체를 숨길 시간이 없었다. 내가 선택한 건 사용하지 않는 김치냉장고였다. 시체를 욱여넣었지만, 발이 자꾸 튀어나왔다. 지금에서야 생각하는 건데, 골반과 무릎 각도를 조금씩 틀었으면 놈을 집어넣을 수 있었을 것이다.

하지만 늦었어. 아까의 나는 문을 닫는 것에만 정신이 팔려 김치냉장고 뚜껑 위로 몇 번이고 몸을 던졌다. 그 결과물이 아들놈의 덜렁거리는 발목이다. 제정신이 아니었지. 김치냉장고에 부딪혀 생긴 통증이 이제야 얼얼하게 되돌아오기 시작했다. 나는 김치냉장고에 기대어 위를 보았다. 천장의 곰팡이 얼룩 하나하나가 얼굴처럼 보였다. 이 공간까지 지옥이라면 저기에서 얼굴이 내려오리라. 내가 앉지 못하도록 내 의자를 전부 빼앗고, 나를 노려보며 말하겠지. 결국, 너도 그렇게 되었구나라고.

고개는 돌릴 수 없었다. 바로 옆에 아들놈의 발이 덜렁거리고 있었으니까. 할머니를 어떻게든 정신 차리게 해서 결정할 걸 그랬나. 할머니, 효섭이가 죽었어. 이제 어떻게 할래? 도망칠까, 자수할까? 하지만 두 번, 세 번 그때로 되돌아간다 해도, 난 할머니에게 정신 차리라고 말할 수는 없을 것이다. 계단참에 주저앉아 벌벌 떨고 있던 그 작고 마른 몸을 안방에 들여보내, 푹 쉬게 해주는 것 이 외에는 선택지가 없었다. 할머니가 옛날의 나에게 그랬던 것처럼.

"아, 젠장……"

목장갑을 내려다보았다. 대단하다, 서주. 그 새 장갑 찾아 끼고, 시체 끌고 다니고, 사체 훼손까지 했어. 빼도 박도 못할 범죄자라 고. 아들놈 시체 발견하자마자 전화했어도 할머니는 실형 크게 살 지 않았을걸? 놈은 떨어져 죽은 거지, 할머니 칼에 찔려 죽은 게 아 니야. 게다가 상대는 쓰레기같이 살다가 돈 내놓으라고 찾아온 비 속이라고. 반면 나는, 경찰에 전화하지 않고, 시체를 숨기려 발버 둥 친 나는 이제 아들놈과 지옥에서 재회하게 생겼다. 난 무슨 짓 을 한 걸까. 어떤 인간이 된 걸까.

"지금 내 꼴에 대해서 어떻게 생각해요?"

어느새 얼굴 위로 드리워진 그림자의 주인에게 말했다. 고개를 들지 않아도 누구인지 알 수 있었다. 얼룩진 작업복, 커다란 손. 그 에게서는 불꽃에 그슬린 오렌지 같은 냄새가 난다. 배가 고파지는 냄새다. 이 상황에서마저도 뱃속이 혼자 설레는 꼬르륵 울렸다. 난 뱃가죽을 붙잡고 한 번 더 물었다.

"아무 생각 없어요?"

무시하나. 무시해도 어쩔 수 없다. 혼자 도덕적인 척, 그를 몰아 붙인 건 나였으니까. 하지만 악마는 곧 입을 열었다. 기다렸던 목소리가 달다.

"저기요, 내게 묻는 거 맞나요?"

"네. 다른 사람…… 아무도 없잖아요."

"그러면 한 가지만 더 물어볼게요. 얼굴 봐도 돼요?"

내가 대체 뭐라 대답해야 할까. 뭐라 대답할 권리가 있을까. 고개를 끄덕이며 마음의 대비를 했다. 악마가 내 얼굴을 평범하게 마주 볼 리 없어.

그는 바로 내 옆에 양반다리로 주저앉았다. 오렌지 향이 바람과 함께 훅 풍겼다. 차마 고개를 돌릴 용기가 나지 않았는데, 그는 가볍게 자기 머리를 내 머리에 콩 부딪혔다.

"오래간만이에요."

"……반가워요? 하긴. 이젠 정말 타락했으니."

"음? 뭐 이 정도로 타락을 논해요. 저는 변호사도 판사도 아니라 함부로 말하진 못하겠지만, 일반적인 지옥 판례로는 타락 운운할 것까진 아니에요."

"즐거운 거 맞는 것 같은데."

"당신은 즐겁지 않아요?"

"하, 아하하하."

영혼 없이 웃었다. 내 가족이 시체를 만들고, 나는 그것을 훼손했다. 그게 즐거울 수 있다고? 너야 즐겁겠지만 난 아니지!

하지만 뜻밖에도 악마의 대답은 진지했다.

"다시는 집에 돌아올 때 두려워하지 않아도 되는 거잖아요. 언제 할머니가 졸도할지 걱정하지 않아도 되고요."

"……예, 대단하네요. 원인이 제거되었지. 이제 할머니는 시설 들어갈 테고, 나는 교도소 가고. 아, 즐거워라."

"진심 아니죠?"

"어떻게 즐거워해. 당신, 나 비웃으러 온 거 아냐? 아니면 악마들 기준으로 잘했다고 칭찬이라도 하러 왔어?"

"무슨. 악마 기준으로는 한참 기준 미달이에요."

악마는 자리에서 일어나서는 생각하듯 제 입을 가렸다. 그대로 날 비웃으며 떠날 생각인가 했는데, 악마는 냉장고 문을 열었다. 시체를 넣은 김치냉장고 대신 평범한 냉장고.

"뭐 드실래요?"

"뭐, 뭐요?"

"빨리 대답하지 않으면 저는 이 집의 전기세를 낭비할 겁니다. 짜잔!"

악마는 웃으며 냉장고 문을 확 열어젖혔다. 난 반사적으로 자리에서 일어나 냉장고 문을 붙잡았다. 악마는 그제야 나와 눈을 마주쳤다. 그의 눈이 초승달처럼 가늘어지며 여우 같은 웃음을 보낸다.

"아, 정말 뭐 하러 온 거야!"

"배고파하고 있었잖아요."

악마는 시침을 뚝 떼고 냉장고 문을 받아쳤다.

"미숫가루는 질렸죠? 상큼한 거 만들고 싶은데, 이 집에는 과일이 너무 없어. 이번에도 야매 카페모카 만들게요."

대답을 기다리는 대신 그는 손을 움직였다. 냉장고에서는 우유를, 찬장 안쪽에서는 커피와 코코아를 꺼낸다. 식탁에 놓이는 컵은 자연스럽게도 두 개다. 거기까지 보니, 악마에게 열 내는 내가 우스워졌다. 어떻게 되든 굴러떨어지는 길만 남아 있을 텐데, 마지막으로 맛있는 걸 먹는 게 나쁠 건 없겠지.

"미안해요."

"……네? 지금, 지금 저한테 한 이야기 맞아요?"

악마가 거품을 내다 말고 몸을 돌렸다. 난 식탁에 삐딱하게 엎드린 상태 그대로 대답했다.

"네. 그때 케이크 상자 봤죠? 셋이 다 같이 먹으려고 사 온 거 맞았어요. 괜히 기대하고 실망하게 해서 미안해요."

"그거에 대해 사과할 줄은 예상 못 했네요. 당신이 제게 다른 걸 잘못했다는 건 아니지만, 왜 하필?"

"먹는 거로 외로워지는 게 제일 슬프잖아요."

식탁에 놓였던 컵 세 개, 접시 세 개, 포크 세 개를 기억한다. 악마는 케이크 상자를 본 순간부터 기대했겠지. 케이크라는 건 그런 거잖아. 다 같이 모인 자리에서의 즐거운 대화를 약속하는 물건이라고. 비록 그날의 나는 아르바이트 잘렸으니 이제부터 할머니를 신나게 병원에 모시고 다닐 거라는 이야기밖에 할 게 없었지만, 그런 이야기라도 악마는 달게 들었으리라.

"내가 당신에게 사과할 건 그뿐이에요."

그와 동시에, 카페모카를 만드느라고 컵에 부딪히던 숟가락 소리가 멈추었다. 기다렸지만 그 어떤 소리도 침묵을 깨지 않았다. 나는 고개를 들었고, 내 눈을 의심했다. 악마는 제 얼굴을 그 커다란 손으로 감싸 쥐고 있었다. 손가락 사이로 드러난 얼굴은 붉다.

"……안 되겠다. 역시, 당신은 너무 달아요."

"뭐, 뭐가요?"

"포기 못 하겠다고요."

악마는 얼굴에서 떼어낸 두 손을 내 손 위에 올렸다. 따듯하다. 그의 얼굴에서부터 붉은 기운이 내게 전염될 것만 같다.

"뭘 포기 못 해요……?"

"시체 처리하는 거, 조언 구해볼게요."

"네?"

"경찰에 신고할 작정이죠? 안 돼요. 어떻게 될지 뻔히 알잖아요. 겨우 진정시켜서 안방에 재운 할머니는 보호자 없이 응급실로 실려 갈걸요."

악마는 바로 옆, 지옥으로 향하는 문을 열고 외쳤다.

"생전에 '처리' 성공한 적 있는 죄수 여러분, 이쪽으로 좀 모여보세요!"

13

붉은 한 입

아까까지 나를 지배했던 우울, 불안, 절망은 순식간에 사라졌다. 좋은 의미는 아니다. 그것들은 내 어처구니까지 가지고 가버렸거든. 지옥에서 갓 올라온 자들이 머리를 맞대고 시체를 내려다본다. 분명 악마의 고문으로 구르고 구르다 나왔을 텐데, 그들은 뜻밖에도 협조적이었다. 오래간만에 자기 경험을 쓸 데가 생겨서 그런지 즐거워 보이기까지 했다. 그동안 나는 한 마디도 꺼내지 못하고, 부엌 구석에 숨소리마저 죽이고 쪼그려 앉았다. 난 이제 죽어서 천국에 가기는커녕 인간으로 환생도 못 할 거야!

"여기 단독주택이면, 마당 있지?"

"시멘트로 다 덮은 상태예요."

죄수의 질문에는 악마가 대신 답했다.

"그러면 시멘트 가루는?"

"없습니다."

"이거, 피도 안 뺐어? 안 굳었을 때 빼둬야 하는데."

"그렇게 험한 이야기는 하지 마시고요."

죄수는 악마를 향해 장난하냐는 표정을 지었다. 진흙탕에서 방금 빠져나오기라도 한 듯, 죄수의 머리카락 끝까지 지독한 냄새가 나는 흙덩이가 뭉쳐 있었다. 죄수들이 방안을 이야기하면 악마가 이 집의 살림을 하나둘 언급하며 제안을 조절하거나 끊었다. 그가 파악하지 못한 물건은 나에게 물었다. 난 대부분의 경우 고개를 저었다. 처음에는 귀를 막고 싶은 이야기들이 들려왔고, 다음에는 어디에 쓰는 건지 영문 모를 물건들 이야기가 들렸다. 사용법은 묻지 않았다. 알고 싶지 않다. 대부분의 제안이 기각되고, 죄수 한 명이 투덜거렸다.

"이 집에서 되는 게 뭐야? 이것도 없다, 저건 안 된다, 그건 곤란하다."

"우리는 당신들처럼 전문가는 아니니까요."

"하긴. 너는 악마 새끼라 시체 숨길 생각 안 해도 되는구먼."

"그렇죠? 여러분은 시체가 되실 수도 없을 테니까요."

악마가 생긋 웃자 시비를 걸던 죄수는 뒷걸음질을 치다가 자기 쇠사슬을 붙잡고 지옥 안쪽으로 기어들어 갔다. 다른 죄수들은, 어차피 안 좋은 안색을 새파랗게 물들였다가 다시 머리를 맞댔다. 끔찍한 이야기들을 하나둘 듣고 있자니 이성이 돌아온다. 그렇게까지 하고 싶지는 않다고.

"저기요, 저 이제……."

"학생이 죽였어?"

"아, 아니에요!"

"사고사지?"

비쩍 마른 죄수가 아들놈의 홱 돌아간 목을 발끝으로 더듬으며 물었다.

"……네."

"나 살아생전에 이 새끼 본 적 있어. 인력사무소 직원인 척 제 친구랑 바람잡이 하던 놈인데, 일찍 칼 맞을 줄 알았더니 용케 살아 있었네."

죄수는 피 섞인 침을 아들놈의 얼굴에 뱉으며 일어났다. 그 뒤로 이어진 문장이 내 가슴 위에 쿵 떨어졌다.

"집에 이거 한 놈밖에 없는 거 확실해?"

"네?"

"왜, 죄수 중에 개밥 먹는 놈 있잖아. 걔 말로는 얘가 꼭 쫓기는 사람처럼 할매를 찾았다더라고."

쫓기는 사람처럼? 악마는 그 개밥 먹는 죄수가 누구인지를 바로 떠올렸다. 곧 죄수 중 유일하게 이 집을 자유로이 돌아다녀도 제재받지 않는 남자가 양푼을 들고 우리 앞에 섰다. 그가 불린 미역을 우물거리며 말했다.

"잠바를 무슨 쫄쫄이처럼 입은 놈 말이죠? 예. 들어오자마자 주인 어르신에게 숨겨달라고 하더라고요. 자기가 빚을 많이 져서, 집 팔아 갚으라는 놈들에게 쫓기고 있다고."

빚쟁이에게 쫓기는 건 놀랍지도 않다. 그런데 숨겨달라고만 했다고? 집을 팔라고 하는 게 아니라? 그의 말은 끝나지 않았다.

"그렇다고 '우리 집'을 가져가게 둘 수는 없으니, 집주인이 바뀌었다고 빚쟁이들에게 거짓말을 했대요. 어머니는 말만 좀 맞춰달라고 매달리던데. 거기까지밖에 못 들었어요."

"집주인이 바뀌어요? 그런 턱없는 거짓말을……. 가짜 집주인은 어디서 구해 오려고?"

"집주인의 유무는 중요한 게 아니죠. 이런 거짓말의 목적은 뻔하잖습니까."

몇몇 죄수들은 이해하는 표정이다. 나는 아직 이해하지 못했다. 목적? 뻔하다고? 그리고 한 죄수가 내 어깨를 짚었다.

"튀어."

"네……?"

"그 사이에 뭐 감 잡히는 일 있지 않았냐? 내가 너였으면 그런 거 없었어도 당장 튄다! 그 새끼고 에미고 알 게 뭐……."

죄수의 목소리가 턱 끊겼다. 악마가 그의 목에 매달린 쇠사슬을 당긴 것이다. 그 짧은 침묵 동안 나는 '이상한 일'이 무엇을 이야기하는지를 떠올렸다.

마지막으로 우리 가게에 나를 찾아온 사람은 분명 여러 명이었다. 매니저가 '놈들'이라고 했잖아. 정효섭은 혼자가 아니야. 또는…… 놈을 쫓는 사람이 혼자가 아니거나.

그걸 깨닫는 순간, 어디선가 '쿵' 하는 울림이 느껴졌다. 나와 죄수들을 포함해 모두가 고개를 돌렸다. 짧은 침묵은 쇠사슬 찰그랑거리는 소리로 깨졌다. 악마는 죄수들에게 빨리 들어가라고 손짓했다. 손짓과 동시에 지옥의 무언가가 쇠사슬을 빨아들였다. 이제 부엌에 남은 건 나와 시체와 악마뿐이다. 방금 그 소리 알아. 들어본 적 있어. 요 며칠간 대문이 잠겼을 때마다 내가 담을 넘으며 냈던 소리다. 그 소리는 한 번 더 이어졌다. 마당으로 최소 두 사람이 들어왔다. 그런데 내가 현관문을 잠갔던가? 현관문을 향해 뛰려는데 악마가 내 발목을 잡아당겼다. 복도 바닥이 코를 깨 먹을 기세로 달려와 부딪치기 직전, 악마는 나를 끌어안고 옆으로 굴렀다.

"쉿, 진정해요. 저놈들이 더 빨라요."

"그래도. 지금, 현관!"

"바로 못 들어와요. 지금 현관에 안전고리는 걸려 있거든요."

과연 그들이 더 빨랐다. 두 사람의 발소리가 바로 현관문 앞에 멈췄다.

– 잠겼냐?

- 그럼 열어됐겠냐.

- 세 주는 집이라며. 열었다에 천 원.

한 놈이 문을 잡아당겼다. 저항감 없을 손잡이에 그놈이 웃음을 터트린 것도 잠시, 안전고리가 달칵 걸리는 소리가 경쾌하다.

"아, 젠장."

"닥쳐. 안에서 들을라."

"들으면 어때. 내가 이 집 경찰 못 부른다고 했잖아."

"말이 돼? 그리고 경찰 못 부른다고 다른 거 못 부른다는 법이 있냐."

"빨리 열기나 해."

악마가 내 귀에 속삭였다.

'아는 사이예요?'

'아뇨. 처음 봐요.'

그런데 경찰 이야기는 어떻게 아는 거지? 아들놈이 술술 불어 버렸거나. 아니면, 설마 다른 사람에게 들었거나…… 그 이야기를 하려는 찰나, 놈들은 현관문을 몇 번 여닫았다. 이상한 마찰음이 들렸다. 그게 안전고리가 풀리는 소리라는 건 뒤늦게 깨달았다. 문이 열리고, 곧 마룻바닥에 흙 뭉개지는 소리가 생생하게 들렸다. 다행이네. 친절한 세입 희망자일지도 모른다고 오해할 필요는 없겠어. 놈들이 현관을 지나 첫 번째 코너를 꺾어 들어오기 전, 악마는 나를 끌어안고 계단을 뛰어올랐다. 그와 거의 동시에 놈들의 목소리가 복도를 넘어 계단 위까지 들렸다.

"효섭아, 효섭이 어디 있니? 꼭꼭 숨었냐?"

"그새 또 가출한 거 아냐? 엄마아! 그러게 그때 왜 돈 안 줘서 나를 기죽게 만들어! 이러다 집 나가는 거지."

"엄마 치마폭에 싸여 벌벌 떨고 있을 거라니까."

그놈 지금 김치 냉장고에 싸여 있다. 벌벌 떨기라도 했으면 좋겠다. 복도 안쪽으로 들어오며 놈들의 목소리가 조금 낮아졌다.

"경찰 진짜로 못 불러? 집에 시체 하나쯤 묻어둔 거면 몰라. 목에 칼 들어와도 안 부르겠냐고."

"김 사장인가 하는 예전 세입자 찾아서 알아봤어. 절대 못 부른다고 장담하던데. 어디서 사이렌만 울려도 경기한대."

"집주인은 효섭이 에미 맞대지?"

"어. 서주인가 하는 여자애는 이 집 업둥이래."

"그 새끼도 양심 없네. 지네 업둥이를 새 집주인네 관리인이라고 우기냐. 완전 미끼 던지는 거잖아."

"양심이 없으니까 돈을 빌려놓고 안 갚으시죠. 들리십니까, 정효섭 씨! 그 꼬맹이, 관리인 아니고 동네 알바생인 거 다 알아보고 왔다! 돈은 진짜 집주인들이 갚으셔야지!"

그제야 아까 죄수들이 말한 '목적'을 이해할 수 있었다. 날 시간을 끌 희생양으로 내던졌구나, 정효섭, 이 개자식아. 하지만 새삼스러운 분노는 갈 곳이 없다. 나를 공포 속에 몰아넣은 원흉께서는 김치와 함께 숙성되고 있고, 저 남자들은 절대 내 편은 아니다. 그들이 걸을 때마다 금속이 벽 긁는 소리가 들렸다. 놈들이 점점 집 안으로 들어온다. 우리가 계단 위로 한 발짝 올라섰을 때, 놈들이 갑자기 거실 벽을 걷어찼다. 집이 쿵 울리고 먼지가 우수수 떨어졌다. 굶어 죽은 거미와 전등 위 날파리 시체까지도.

악마는 내 입을 틀어막았고 난 침묵의 대가로 그의 손가락을 물어뜯을 뻔했다. 반면 놈들은 시원하게 소리쳤다.

"악, 쌍…… 엣취!"

"와, 이게 집이야? 벌레가 이렇게 많으면 오래 못 가는데."

"세입자가 없을 만도 하……, 야! 방금 좀 이상한 소리 들리지 않았어?"

놈들은 목소리를 죽였다. 아직 충돌의 연쇄는 끝나지 않았다. 무기질이 추락하고 서로 부딪친다. 채 도망가지 못한 벌레들이 먼지 사이로 날아오른다. 그 틈. 그들에게는 익숙하지 않을 소리가 들렸다. 아주 먼 곳에서, 살갗이 불에 타는 소리. 꿰뚫리는 소리. 혀가 얼어붙어 부서질 때 마지막으로 낼 수 있는 비명까지. 놈들은 애써 그 소리를 자기 방식대로 해석했다.

"누가 TV 켜 놨나."

"노인네들이 자주 그러잖아. 빨리 효섭이나 찾아. 차 가까운 데 대놨지?"

"언덕 내려가야 돼. 여기 골목에 영 진입 못 하겠더라고."

"그러면 어떻게 끌고 나가? 그 덩치를 이불에 돌돌 말아 굴리랴?"

"그러면 네가 차 대보던가!"

목소리는 잠시 멈췄다. 놈들은 현관에서 가장 가까운 방문을 열었다. 악마가 나와 처음 만난 날, 죄수 앞에서 쇠꼬챙이를 들고 있던 곳이다. 새 둥지를 연상시키는 조명 아래, 피투성이의 죄수가 앉아 있었다. 하지만 놈들은 내가 본 것과 다른 것을 본 모양이다.

"비었어."

"와, 방 꼴 봐라. 오줌 지리겠네. 왜 의자만 있어? 전구 갈았나? 이것 봐, 전선만 매달려 있다."

"건드리지 마. 교수대 같아서 재수 없어."

의자 넘어지는 소리가 들리고, 두 남자는 투덜거리며 방에서 나왔다. 그곳을 시작으로 놈들은 눈에 보이는 모든 방문을 걷어차 열었다. 지옥에 속한 방들은 모두 곰팡내 나는 빈 곳만을 놈들에게 보인 모양이다. 방에 들어갈 때마다 의자를 걷어차던 놈도 똑같은 풍경들에 질렸는지, 아니면 이 집에 묘한 문제가 있음을 느꼈는지, 동료로부터 '의자에 피 묻은 것 같지 않냐?'라는 말을 들은 이후로 얌전해졌다.

나와 악마는 2층으로 올라갔다. 악마가 2층, 지옥이 빌린 방들을 가리키며 뭔가 중얼거리는 동안 난 난간 위로 머리를 내밀었다.

주방 앞에 선 놈들이 보인다. 손에는 칼과 장도리, 그리고 팔에 둘둘 감은 건 안전로프 다발. 정효섭아, 생전에 대체 뭐 하는 새끼들하고 사긴 거야? 그들은 방을 발로 열어젖히는 것도 지쳤는지, 부엌 앞에 멈추어 잠시 숨을 헐떡였다. 한 놈이 냉장고에 다가가려는 걸 다른 놈이 말렸다.

"부엌은 건드리지 마. 이따가 차에 둔 물 마셔."

"알아."

안도의 한숨이 나온 것도 잠시, 놈들은 안방 앞에 섰다. 할머니가 있는 곳이다.

"안에서 TV 소리 들리는데. ……종교방송이네. 귀가 어두운가. 소리 엄청 커."

"열어? 말아?"

한 놈이 발을 들어 올렸다. 다른 놈은 잠시 고민하는 것 같다. 그래서 나는 더 고민하지 않고, 복도를 달려 2층의 한 방문에 몸을 부딪쳤다. 나무문이 열렸다. 아니, 예전에 경첩이 떨어져 나간 걸 수리하지 못해 겨우 세워두기만 했던 문이 삐거덕 소리를 내며 비틀어졌다. 방에 있던 지옥의 죄수가 급하게 제 살점을 챙겨 지옥 안쪽으로 몸을 피했다. 지옥의 불꽃은 그와 동시에 사그라진다. 싸늘한 곰팡내가 빈방을 채웠다. 의자 하나가 백열등 아래 덩그러니 놓여 있다. 한편, 그 소리에 불청객들이 움직이기 시작했다.

"쌍, 위야? 방금 위였지?"

저것들은 무너질 듯 삐걱대는 계단을 잘도 밟고 올라온다. 이제 어떻게 해야 하지? 빈방에 숨을까? 2층, 마지막 세입자의 방은 아직도 쓰레기장인데…… 젠장. 그 방 열쇠는 지금 냉장고 위에 있다. 너무 늦었을까. 핸드폰을 들었다. 떨리는 손이 112를, 젠장, 젠장, 111, 말고, 123, 말고, 말고…… 마지막으로 114를 찍고 욕하면서 지울 때, 코너 너머에서 머리를 내민 악마가 손짓을 했다.

나는 계단 눌리는 소리가 마지막 칸에 도달하기 직전, 복도 코너를 돌았다. 눈앞은 막다른 길이다. 놈들은 2층 복도 시작점에서부터 방 하나하나 문을 열며 안을 뒤지기 시작했다. 놈들은 이제 목소리도 내지 않았다. 퇴로가 차단되었다. 이제 3층으로 피할 수도 없어.

겨우 핸드폰 화면에 112라는 숫자를 집어넣었을 때, 악마가 갑자기 자기 옷으로 내 머리를 감쌌다. 오렌지 향이 올라온다. 작은 어둠 속, 악마는 그림자가 드리워져 보이지 않는 얼굴로 말했다. 그의 목소리는 바로 내 얼굴 위에 떨어진다.

"저기요."

"……네."

서로의 작은 목소리가 그의 옷으로 만든 은신처에 묻힌다.

"솔직히, 누구에게든지 간에 끌려가기는 싫죠?"

"네."

"저분들은 할머니 아들, 효섭이라고 했던가? 그분과 대화하러 온 모양인데, 기꺼이 보내드리죠."

시체를 보여주자고? 갑자기 정신이 확 든다.

"예? 아니, 저놈들도 시체를 보는 순간 일 텄다고 도망치든, 나를 협박하든 둘 중 하나를 택하지 않을까요?"

"상식적으로는 그렇죠."

"상식이 문제가 아니라, 당연히……."

"인간이 당연한 선택만 하던가요?"

"아……."

그래, 인간들은 항상 자신도 이해하지 못하는 '잘못된 선택'에 빠지지 않던가. 그건 악마의 전매특허이기도 하다. 어둠 속. 표정이 보이지는 않았지만, 악마는 분명 내 앞에서 웃었다.

"제가 2층에서 시간을 끄는 동안 1층으로 내려가서 할머니 안전 확보하세요. 그 뒤에 내가 그들을 데리고 1층에 내려올 거니까, 5분 뒤에 경찰 불러요. 알겠죠?"

"네."

더 물어볼 시간도 없다. 난 순순히 답했다. 솔직히, 악마의 마법으로 모든 게 없었던 일로 되돌아가지 않을까 조금이나마 기대했다. 하지만 될 리가 없거니와 너무 주제넘고 뻔뻔한 기대지. 지금 상상할 수 있는 최악의 상황이자 가장 유력한 상황은 나와 할머니 둘 다 놈들에게 끌려다니다 다치는 거다. 아들의 시신을 확인한다고 저놈들이 얌전히 물러날 리 없지 않은가. 협박이나 당하겠지. 그

꼴 보는 것보단 경찰에 연락하는 게 낫다. 할머니는 쓰러져도 또 일어나서 의사로부터 '집에서 쉬세요' 소리나 들을걸. 그리고 평생 남의 집 밥 얻어먹는 게 내 팔자라면 교도소 밥도 먹어보지, 뭐!

핸드폰을 쥐고, 악마에게 고개를 끄덕였다. 악마는 한 발짝 물러났다. 그의 품이 멀어진다. 대신 악마는 내 머리카락을 만졌다. 유난히 느릿한 그 손동작은 인사처럼 느껴진다. 이게 마지막일 가능성도 있다는 의미의.

"왜 당신이 나로 인한 행복을 두려워했는지, 조금 늦게 깨달았어요. 처음에는 당신이 나를 오해했기 때문이라 생각했지만 그게 가장 큰 문제는 아니더라고요."

남자들은 두 번째 방을 열었다. 악마는 한 발짝 앞으로 나섰다.

"베풀 때도, 고통을 줄 때도 저는 소모되지 않았죠. 그런 존재는 사랑할 수 있는 대상이 아니에요. 피상적인 천국이거나 지옥이며, 오직 경배 또는 두려움을 받을 수 있을 뿐."

상상도 못 한 대답이지만 무슨 의미인지는 알 것 같다. 내가 할머니로부터 받은 사랑이 그랬다. 내가 친구들, 알바 가게 동료들과 주고받았던 말실수와 호의가 그랬다. 하지만 내가 악마를 멀리하게 된 결정적 이유는 그게 아니라……

"있죠. 저는 결핍의 냄새를 찾는 건 멈출 수 없을 거예요."

"제일 중요한 이유를 알면서도 못 고치는 거네요."

"제 본성인걸요. 나름대로 중간 지점의 해결 방법을 하나 생각해보긴 했는데, 이 일 끝나면 말씀드릴게요."

"지금 죽으러 가는 거 아니죠?"

"글쎄요?"

악마는 소년처럼 웃었다.

"아마도 죽지는 않겠죠"

"영화 속 마지막 싸움을 앞둔 남자 조연 대사 같았다고요!"

"믿으세요. 뭐, 일이 잘 안 풀려서 우리 둘 다 지옥에서 만나면 잘해드릴게요."

악마의 윙크와 동시에 놈들은 우리와 제일 가까운 문을 걷어 찼다.

"아, 아오. 아파파파!"

한 놈이 옆으로 뒹굴었다. 잠가두었던 마지막 세입자의 방인 모양이다. 다른 놈이 문에 노크했다.

"계십니까, 응?"

방 안에 산처럼 쌓여 있던 짐이 흔들렸는지, 안에서 물건 떨어지는 소리가 들렸다. 놈은 바로 문손잡이를 잡고 자물쇠를 따기 시작했다. 자물쇠는 오래 버티지 못했다. 놈이 즐겁게 휘파람을 분 것도 잠깐.

"어, 어? 이 집은 왜 멀쩡한 게 없어!"

문손잡이가 돌아갈 뿐, 문은 쉽게 열리지 않는다. 그 방문이 좀 튼튼해. 수년간 열지 않고 방치했더니 문틀째로 휘었거든. 밖에서 열려면 두 사람이 힘 좀 써야 할 거다.

두 남자가 어색하게 손을 겹치고, 머지않아 문이 열렸다. 방은 환기가 오랫동안 안 된 방 특유의 쉰내를 토해낸다. 그들은 코를 막고 서로를 보며 고개를 끄덕였다. 안의 풍경은 지금껏 그들이 헤집고 다닌 빈방들과는 다르다. 몇 시간 전까지도 사람이 살던 방이니, 누가 숨었다면 그곳뿐일 거로 생각했겠지.

놈들이 발걸음을 옮길 때마다 와삭와삭 소리가 났다. 소리가 제법 안쪽으로 들어갔다 싶었을 때, 나는 빠르게 달려 복도를 통과했다. 최대한 조심하려 했지만, 내 발소리는 긴장한 그들에게도 들렸을 것이다.

"야, 지금 뒤에서 무슨 소리……"

하지만 그들이 마주하는 건 내가 아니다. 복도에서 작업복 차림의 인상 좋은 청년, 악마가 그들을 향해 웃었다.

"안녕하세요! 일찍 오셨네요?"

"뭐?"

흉기를 쥐었을 남자들이 문지방을 넘어가는데, 악마는 여전히 여유롭게 웃으며 말했다.

"오늘 오시기로 했던 특수청소업체분들 맞으시죠? 쓰레기 방 정리 부탁드렸었는데. 저녁 일곱 시 예약."

"……지금 몇 시지?"

"다섯 시입니다. 지금부터 하실 건가요? 상관없지만 저희가 아직 귀중품을 덜 정리해서요."

침입자를 위한 악마의 제안이다. 특수청소업체인 척하며 상황을 살피든지, 아니면 지금 바로 사고를 쳐보든지, 둘 중 하나를 골라라. 남자들은 잠시 망설이는 모양이다. 악마는 전혀 흔들리지 않았고, 둘 중 한 놈이 말을 꺼냈다.

"그러면, 그, 저희가 언제부터 작업할 수 있겠습니까?"

"보시면 아시겠지만 워낙 개판이라 귀중품만 찾아도 빨라야 30분일 것 같아요. 최대한 당겨볼게요."

"뭐, 알겠습니다. 그런데 그쪽이 집주인이신가요?"

남자들이 갑작스러운 불청객의 눈치를 슬슬 살폈다. 아마 속으로는 '설마 주인이 바뀌었다는 정효섭의 말이 진짜였나' 싶어 머리를 굴리고 있겠지. 악마는 그들이 원하는 답을 했다.

"아니에요. 저는 그냥 세입자."

"집주인분은요? 집에 아무도 안 계세요?"

"집주인분은 손녀분하고 같이 식사하러 가서서 청소 끝나고 올 텐데, 꼭 만나뵈어야 하나요? 설마 선불? 돈 오늘 받아야 해요? 나중에 계좌이체 하면 안 돼요?"

"아니! 오늘 해결을 봐야 하는데. 다른 사람은 없습니까?"

"저런, 저도 별일 없을 거라고 이것만 부탁받았는데, 어쩌죠?"

"그러면 알았어요. 저희가 나중에 연락하든지 할 테니……"

"잠시만요. 이 집 아드님한테 연락해볼게요. 일단 방 좀 보고 계시겠어요?"

그들은 다시 방으로 들어간 모양이다. 재차 기침 소리, 쓰레기 밟히는 소리가 이어졌다. 악마는 전화하는 척 주머니를 뒤적이며 복도로 나왔다.

"여보세요. 정효섭 씨? 저, 3층 집 세입자인데요."

악마는 통화하는 척 복도로 나와 내게 손짓했다. 기다림은 끝났다. 나는 바로 계단을 달려 비린내 풍기는 부엌을 통과해 안방 문을 붙잡았다. 놈들이 말한 대로 방안에서는 종교방송 소리가 들려왔다. 할머니, 믿는 신은 없었지만 거의 모든 종교의 지옥을 알고 있던 사람. 문손잡이를 돌렸다. 원하지 않았던 저항감이 느껴졌다. 안 돼!

"예, 알겠습니다. 빨리 오세요! 거기 작업자분들, 아드님 금방 오신대요! 한 30분쯤 걸린다는데요."

난 악마의 시끄러운 목소리에 맞춰 방문을 두들기며 속삭였다.

"할머니, 할머니, 문 열어. 빨리."

젠장. 자는 건지 깨어는 있는지, 안에서는 아무 소리도 들리지 않았다. 위에서는 남자들이 좁아터진 복도를 걷다 보니 삐걱대는 소리가 계속 신경을 긁는다. 나도 그 소리에 묻어가며 방문을 손톱으로 긁었다. 할머니가 질색하는 소리다. 항상 이 소리 들리면 방에서 뛰쳐나왔잖아. 그런데 왜 지금은 아무 말도 안 해!

"계속 여기 계시기도 뭣한데, 내려가시겠어요?"

악마의 목소리가 첫 번째 타임 오버를 알린다. 남자들은 어정쩡하게 대답했다.

"내려가도…… 뭐 할 게 있겠습니까."

"1층에서 기다리시다가 아드님 들어오시는 대로 돈 계산하면 되지요. 전 정말 돈 문제는 하나도 모르거든요. 그동안 저는 2층에서 짐 정리라도 할게요."

악마는 당신들이 여기 있는 게 불편해 죽겠다는 것처럼 말했다. 그에 대한 남자들의 반응은 그래, 당신이 불편하다면 어쩔 수 없겠네, 내려가서 아드님 기다리지, 하는 식이다. 삐그덕, 나무 기울어지는 소리가 남자들의 이동을 알린다.

그제야 나는 우리 집 방 열쇠들이 어디에 있는지를 기억해냈다. 전부 냉장고 위에 있잖아! 할머니는 열쇠를 제대로 챙겨 다니는 사람이 아니니 안방 열쇠도 거기 있을 거라 믿는다. 제발.

1층으로 내려오는 계단이 밝힌다. 난 마지막으로 안방에 속삭이고("할머니, 가만히 있어"), 냉장고를 향해 뛰었다. 그리고 그 위에 손을 얹는 순간 칼날 지옥에 온 줄 알았다. 손을 올리자마자 수많은 금속이 손가락 아래를 찔렀다. 작은 비명을 삼키며 손에 잡히는 열쇠들을 싹 긁어내렸다. 열쇠에 붙은 숫자 딱지는 하나같이 빛바랜 노트에 볼펜으로 적어 투명테이프를 감아 놓은 물건이라, 호수를 도저히 알아볼 수 없었다. 괜찮아. 안방 열쇠에 딱지를 붙여놨을 리가 없지. 딱지가 안 붙은 열쇠만 추려내면 남는 건 세 개. 다 집어넣어 볼 수 있을까. 아니, 단 하나라도. 난 셋 중 가장 낡은 열쇠를 쥐었다. 바로 코앞, 할머니의 방을 향해. 하지만 더 이상의 여유시간은 없다.

벽에 세 사람의 그림자가 비쳤다. 나는 급한 대로 열쇠 꾸러미를 쥐고 부엌 안쪽, 다용도실에 몸을 던졌다. 전구에 불도 들어오지 않는 건냉한 공간. 마른 식재료 냄새가 풍긴다.

남자들이 부엌에 들어선 것도 거의 동시였다. 다용도실에는 문이 없다. 내 얼굴을 가리는 것들은 나무 선반에 아슬아슬하게 걸린 소쿠리 따위다. 난 등을 다용도실 벽에 바짝 붙였지만, 놈들에게 들키지 않을 거란 확신은 할 수 없었다. 낯선 부엌을 어색하게 살피는 놈들의 얼굴이 보였다. 부엌에 들어오자마자 나를 정확히 바라보는 악마의 눈동자도. 난 열쇠를 들어 보인 후 양손으로 X자를 그렸다. 무슨 의미인지 어린애도 알 수 있을 것이다.

'실패했어요.'

조만간 더 큰 실패가 추가될 것 같다. 숨을 곳이 없다. 이 집 부엌에 딸린 다용도실은 너무나도 정직하게, 뚜껑 없는 관을 세워 둔 듯한 형태다. 금방 들킬 거라고. 하지만 악마는 무슨 의미인지 어린애도 알 수 있는 제스처를 보냈다. 가볍게 한눈을 깜빡인 것이다.

'괜찮아요.'

악마가 한 손을 공중에 휘저었다. 알아. 저 동작. 구석 어디선가 튀어나온 지옥의 불꽃이 손가락 끝에 매달리고, 곧 환상을 그려냈다. 처음에 매달리는 건 시래기들. 그다음, 바깥쪽에 매달리는 건 거미줄. 정직한 시골 외갓집 인테리어다. 나를 완전히 가리지는 못하겠지만, 적당히 하찮아 보이는 물건으로는 적당하다.

남자들은 거미줄 위로 시선을 스친 후 각자 악마가 가리키는 의자에 앉았다.

"점심 드셨어요?"

"당연히 먹고 나왔죠."

"이따 일 시작하시면 저녁은 언제 드신대요. 빵이라도 좀 드세요."

"아니, 그렇게 배고프지는 않아요. 정말 괜찮습니다."

악마는 그들에게 선택권을 주지 않았다. 자연스러운 손길로 접시 두 개, 컵 두 개, 포크 두 개를 꺼내 식탁에 올렸다. 남자들이 어어어, 하는 사이 우유가 컵을 채웠다.

"왜 놀라세요? 아, 우유 못 드시는 분 계세요? 커피는 괜찮죠? 드실 분? 바로 드릴게요."

"아니, 우유 괜찮아요. 그런데 우리가 막 먹어도 되나 모르겠네. 세입자 맞아요? 누가 보면 이 집 아들인 줄 알겠어."

"네, 할머니도 저 사위처럼 좋아하세요!"

퍽이나! 표정으로 태클을 걸다 악마와 눈이 마주쳤다. 두 남자가 떨떠름한 표정으로 우유 잔을 들 때, 악마는 전화를 거는 손짓을 했다. 지금이다. 악마가 다용도실을 몸으로 가리고 있는 동안,

나는 112에 문자를 보냈다. 집에 수상한 사람들이 들어왔다는 내용과 주소를 적고 발송. 경찰을 부르는 게 이렇게 쉽다니. 나는 약간의 탈력감에 핸드폰을 놓칠 뻔했다가, 다시 꽉 쥐고 다용도실 안에 쪼그려 앉았다.

문자 신고는 언제쯤 확인할까. 나는, 할머니는 어떻게 될까. 차라리 진작 전화했으면 마지막 세입자를 불안하게 할 일도 없었을 텐데. 내 멋대로 몰아붙여 놓고 이제 와서 악마에게 도움을 받을 일도 없었을 텐데. 항상 세 번째, 안 좋은 답안을 골라버린 다음에 후회하지.

나는 멍한 기분으로 위를 올려다보았다. 그리고 악마가 평소와 다른 표정을 하고 있다는 걸 깨달았다. 웃고 있다. 하지만 지금껏 내 앞에서 지어왔던 것과 완전히 다른 이질적인 미소다. 부엌의 비린내가 되살아난다. 남자들은 그걸 눈치채지 못한 채, 우유 수염을 하나씩 매달고 중얼거렸다.

"형섭이 오면 옛날처럼 단란하게 이야기 좀 해봐야겠네. 응? 맛있는 거 나눠 먹고 요즘 뭐 하고 사냐고 안부도 좀 고오운 말로 묻고"

"이 새끼 진짜 목숨 건진 줄 알아야지. 세입자 있으면 다른 방법도 나오잖아."

그 방법이라는 것도 분명 협박이겠지. 있던 세입자가 방 빼는 꼴 보고 싶지 않으면 얌전히 해결하자는. 하지만 그들에게 기회가 올까.

악마가 여전히 붙임성 있게 말했다.

"아, 잠깐만요. 우유 벌써 다 드시지 마세요. 아직 드릴 거 있어요."

김치냉장고 문과 싱크대 수납장 문이 순서대로 열렸다. 천장에 맺힌 불꽃들도 아래로 움직였다.

"여기 롤케이크 둘게요. 좀 얼었는데, 드실 만큼 잘라 드세요."

접시가 달각인다. 그 옆에 금속이 놓이는 소리가 들렸다. 예의상한 남자가 말했다.

"맛있겠네요. 내 팔뚝만 해."

"네가 좀 썰어서 형님 대접해봐라."

남자들은 접시 위에서 머리를 맞댔다. 그 위로 악마의 불꽃이 소용돌이쳤다. 악마는 안방을 가리켰다. 지금이라도 달려가야 한다. 난 땀에 젖은 손을 펼쳤다. 숫자 딱지가 안 붙어 있는 대신, 누군가가 열쇠 위쪽을 파내어 방 호수를 표시한 흔적이 보였다. 3층 내 방, 이건 작은 창고, 그리고 마지막 것. '큰방'.

악마가 자리에서 일어났다. 그의 등 뒤로, 망토처럼, 지옥의 불꽃이 커튼 같은 바리케이트를 만들었다.

잠시라도 눈에 띄지 않기를 바라며 난 안방을 향해 달렸다. 달려가는 동안, 식탁 위에 놓인 것이 시야에 비쳤다. 남자들이 손에 든 건 빵칼이 아니었다. 새빨간 손잡이의 과도다. 항상 싱크대 칼꽂이의 제일 앞칸에 꽂아두는 물건. 아까까지 할머니가 휘둘렀던 바로 그것. 남자들이 힘주어 잘라 접시 위에 놓고 있는 건, 롤케이크가 아니라, 어떤 의미로는 내가 만든……

더 이상 돌아보지 않았다. 열쇠가 돌아간다. 안방 문이 열린다. 나름 조심해서 연다고 열었지만, 문이 열리는 순간 터져 나오는 종교방송 소리는 누를 수 없었다.

[그리하여 우리들은 가정에 있을 땐 누구보다도 행복한……]

남자들이 이쪽을 돌아보겠지.

그들은 채 일어나지도 못하고 '어, 어?'라는 말을 반복했다. 한 놈이 '저거, 손녀 아냐?'라고 말했다. 난 놈들을 돌아볼 겨를이 없었다.

"할머니……?"

방이 텅 비었다. 항상 할머니가 허물처럼 뒤집어쓰고 있던 이불이 바닥을 구른다. 벽 한쪽, 남향으로 나 있던 창문이 열려 있었다. 얼마 전 정효섭이 넘어온 그 허술한 창문 말이다. 하지만 안 돼. 여긴 말이 1층이지, 반지하 때문에 실제 높이는 1.5층이라고.

"할머니이!"

차라리 이 아래 쓰러져 있어. 더 멀리 가지 마.

난 창틀로 상체를 넘겼다. 흙바닥 위, 할머니의 늙은 몸이 굼벵이처럼 말린 모습을 상상했다. 하지만 없다. 바닥에 남은 건 질질 끌린 자국뿐. 할머니는 흙바닥 위에 쓰러진 것이다. 하지만 어떻게든 몸을 지탱해 일어나 다시 두 발로 걸은 게 분명했다.

"저년, 숨어 있었어!"

난 창틀 위로 한쪽 다리를 올렸다. 하지만 마당으로 뛰어내리기 전, 한 놈이 내 어깨를 꽉 쥐어 당겼다. 손에서 비린내가 훅 풍겼다.

"악!"

"아가야, 왜 숨어 있었어, 응? 정효섭 그 새끼가 사고 친 거 알았지?"

"알면……"

"왜 노려봐? 우리 나쁜 사람 아니다. 이야기 좀 하자."

"할머니랑 정효섭 그 새끼 연 끊었어요. 우린 상관없어!"

"천륜이 퍽이나 끊기겠다. 검은 머리 짐승은 거두는 게 아니라지만, 거둬지는 것도 못 해 먹을 짓이야. 김 사장 말마따나 너 식모라며?"

어깨를 파고드는 손가락보다도 이놈의 개소리가 더 따끔하다. 할머니가 정효섭의 볼을 그은 걸 알면서도 난 그걸 바로 부정하진 못했다. 하지만, 그건 내가 할머니와 정할 부분이다.

붙잡힌 어깨가 아파 주저앉고 싶을 정도였지만, 나는 도리어 허리를 곤추세웠다. 피식 웃는 놈 너머로 두 존재가 보였다. 당황하는 빚쟁이 한 놈. 그리고 이쪽으로 다가오는 악마. 그는 영화 속 남자 조연처럼 나를 구하러 달려……오지는 않았, 대신 우리 집의 높은 천장을 한 번, 그리고 대문 방향을 가리켰다. 마치 악마로서 무언가를 예언하듯이.

바로 그때, 열린 창문 너머, 골목길로부터 욕설이 들렸다.

"돌겠네. 여기 주차구역 아니지?"

"버린 차량 같은데요……."

"골목길이 폐차장인 줄 아나? 어떻게 된 게 경찰차도 못 들어와! 불이라도 나면 어쩌려고."

경찰이다. 나는 당황하는 놈의 손을 뿌리친 후 창문에서 뛰어내렸다. 발목이 시큰하다. 경찰은 열린 대문 너머에서 나를 보고 멈칫했다. 정작 나는 경찰의 손을 잡고, 꼿꼿하게 걸어 들어오는 사람으로부터 눈을 돌리지 못했다. 할머니였다. 마당에서 구른 흔적이 옷에 역력하다.

"할머니……, 할머니, 할머니! 괜찮아? 어디 갔었, 아, 아야야."

발목이 더럽게 시큰거려서 앞으로 가려다 넘어질 뻔했다. 할머니가 뒤뚱거리며 다가왔다. 더러워진 양말에 남성용 슬리퍼를 신은 채였다. 경찰들이 신겨준 걸까. 코앞에 다가온 할머니는 나와 시선을 맞추지 못했다.

"이분 치매세요? 저를 보자마자 다짜고짜 붙잡고는 저희가 집에 와야 한다고 우기시는 거예요."

"네? 신고받고 온 거 아니세요?"

"신고요?"

경찰에게 두 번 설명할 필요는 없었다. 나를 쫓아 창틀을 넘던 놈이 경찰과 눈이 마주쳤으니까.

"너, 너, 당신 뭐야!"

놈은 창틀 위에서 미끄러지고, 경찰은 내게 할머니를 맡기고 집 안으로 뛰어 들어갔다. 대문에 기대어 있던 경찰도 상황을 파악했는지 지원을 요청하며 집으로 달려 들어갔다. 남자가 나를 쫓아오려던 베란다 창틀에 핏자국이 선명하다. 뒤늦게 확인했지만, 놈이 꽉 틀어쥔 내 어깨에도.

골목 너머에서 경찰차 사이렌 소리가 들렸다. 그리고 버려진 차의 주인들에게 욕을 하며 경찰관 몇몇이 골목을 달려온다. 내 신고가 도착한 모양이다. 난 할머니의 어깨를 안으며 물었다.

"할머니, 어디 갔었어?"

"치우러."

"뭘."

"내가, 또 엎질렀거든. 이번엔 남들만치 정리해야지, 이번에는."

"……봤어. 내가 치웠어."

"치우긴. 또 물칠이나 해 놨겠지."

"잘 아네, 할머니."

"죽기 전까진 내가 해."

이제 악마의 손짓을 이해할 수 있을 것 같다. 이 집에 얽힌 지루한 이야기를 끝낼 권리는 오직 이분에게만 있다. 할머니의 몸은 따듯하다. 그래도 병원에는 가봐야겠지. 여든 넘은 노인네가 저기서 뛰어내렸는데 멀쩡하겠나. 물론, '네가 택시회사 딸이냐, 택시에 돈 또 쳐들이게'라는 욕설을 이기고 같이 갈 수 있다면…….

난 할머니를 마당에 앉힌 후 집으로 들어갔다. 한 놈은 수갑 차고 엎어져 있다. 다른 놈은 위층으로 올라가 버티는 모양이다. 경찰이 지원을 요청한다. 가정집에서 사체 훼손하고 도망치려던 놈들과 대치 중이라고. 피 묻은 식탁 위에 있는 것들은 접시 두 개, 컵두 개, 포크 두 개. 그리고 빨간 손잡이의 새빨간 과도와…… 발목. 나머지 부분은 부엌 한구석에 누워 있었다.

난 악마의 말을 떠올렸다. 지옥이 현실에 영향을 끼치면 안 된다고 했다. 불꽃의 맥주가 나를 취하게 만들 수 없었듯이. 그렇다면 현실의 지옥에 그의 지옥을 뒤섞어 인간에게 손대게 만든 건 어떻게 처리될까. 대답할 사람, 아니, 악마는 보이지 않았다.

위층에서 끌려 내려온 남자가 외쳤다.

"아냐, 아냐! 내가 안 그랬어! 눈 떠 보니까 시체가 있었다고……. 웬, 웬 이상한 놈이……. 그래, 그러고 보니, 뿔, 뿔이……! 야! 있었지? 기억해 봐. 난 무슨 종기인 줄 알고 말 안 했는데……."

"이놈들 약 한 거 아니야? 어이, 거기 위에 누구 있었어?"

"확인했어요. 위에 사람 없습니다."

모든 세입자가 떠났다. 하지만 한동안은 집으로부터 자유로울 수 없을 것이다. 할머니 말마따나 제대로 된 청소는커녕 '그저 물칠'만 해둔 곳. 나는 멍하니, 할머니를 끌어안고 이제 누구의 비명도 들려오지 않는 지옥의 껍질을 바라보았다.

14
그리고, 인간의 방식

누가 그랬더라. 사람은 백수일 때 제일 바쁘고, 시간도 참 빠르게 간다고. 떠오르는 일 하나하나를 처리할 때마다 시간도 함께 달렸다. 그 종점에서 이 집은 텅 비어버렸다.

첫 번째, 이 집에서 죽은 사람의 문제. 정효섭. 집주인의 차남. 고정적 수입 없이 전국을 떠돌다 작년에 귀향했지만, 그간 빌린 돈을 갚지 못해 지인들에게 빚 독촉을 받아왔단다. 빚 규모는 어마어마하게 컸다. 처음 들었을 때 이놈이 사기당한 거 아닌가, 하는 쓸데없는 걱정이 들 정도로. 하지만 저 개털이 '우리 어머니가 조만간 집을 물려줄 거다, 서울에 있는 커다란 단독주택이니 한두 푼 아닐 거다'라며 떠들었다는 걸 알고 모든 측은지심이 사그라들었다. 그래 놓고도 막상 빚쟁이들이 집을 팔라고 압박해오니 겁이 났던 모양이지.

이미 죽어버렸지만, 그에게 묻고 싶다. 당신에게 이 집은 어떤 의미였냐고. 같이 살 땐 항상 이 집이 구질구질하다고 욕했잖아. 한 푼이라도 더 받을 수 있을 때 팔고 강남에 땅 사지 그랬냐고, 여름에도 겨울에도 곰팡이 냄새 맡는 거 지긋지긋하다고 거렁거렁한 목으로 외쳤잖아. 그랬으면서도 당신이 돌아올 곳은 여기라고 믿어 의심치 않았던 거야? 당신을 끝까지 숨겨줄 둥지라고 생각했어? 그 뻔뻔스러움은…… 솔직히 말해서, 부럽다. 나는 내 돈으로 집을 사지 않는 한 알 수 없는 감각이니까. 앞으로도 백 년은 알 수 없겠네.

하지만 정효섭이 이 집에 '숨으러' 왔다는 걸 형사들이 어떻게 믿겠는가. 나도 그 증언을 지옥의 죄수들로부터나 겨우 들었는걸. 형사들은 정효섭이 가끔 집에 돌아와 모친으로부터 금전을 갈취했고, 집을 관리하는 대가로 세 들어 사는 하숙생 '나'와 자주 충돌했다는 증언을 이전 세입자로부터 받았다. 그 때문에 그들은 정효섭이 빚을 갚기 위해 집을 팔아달라고 엄마를 설득하러 왔다는 결론을 내렸다.

두 번째, 이 집 부엌에서 발견된 두 남자의 문제. 한 명은 정효섭과 중학 동창. 당시에는 교류가 없었으나 일자리를 구하던 중 타지에서 만나 친분을 쌓게 됨. 다만, 그들의 관계를 오랜 친구라고 해야 할지, 오랜 공범이라고 해야 할지. 최근 몇 년간 정효섭과 쌓아온 채무 관계를 보면 마냥 살가운 사이였을 가능성은 적다고 들었다. 그들은 정효섭을 쫓다 죽음으로 몰아간 것, 사체를 훼손한 것에 대해서는 부정했지만, 정효섭과의 '대화'에 실패할 경우 그를 끌고 가려던 정황까지 변명하지는 못했다.

정효섭이 추락한 시간과 자기들이 집에 들어온 시간은 꽤 차이 난다는 주장도 했는데, 그들에게 도움이 되는 증거가 없었다. 골목길의 그 많은 자동차에 블랙박스 하나 없었냐고 주장하는데, 없어, 이 동네에는. 자동차와 함께 명을 달리하지 않은 블랙박스가 남아 있었다 한들 벌써 누가 떼어갔지. 게다가 그들은 집에 들어온 시간도 잘못 기억하고 있었다. 악마가 그들에게 말해준 시간으로 말이다. 두 사람 모두 '웬 남자로부터 롤케이크를 대접받았다. 지금 생각해보니 주변이 뜨끈해지며 꽃이 피었고 그놈 머리에 뿔이 돋아 있었다'라고 말한 것 때문에 약물 검사도 받은 모양이다. 이후는 알지 못한다.

나는 다음 날, 보호자로서 할머니 곁에 있을 수 있었다. 안방 창문에서 뛰어내린 뒤, 할머니는 겉보기에는 멀쩡해 보였지만 그날 밤부터 양팔이 퉁퉁 붓기 시작했다. 진작 병원에 끌고 갔어야 했는데! 집에 노란 줄이 쳐지고, 과학수사 어쩌고 하는 사람들이 들락

거려 한참 정신이 없는 동안 '멀쩡해 보이니 괜찮겠지' 하고 손 놓고 있던 게 실수였다. 결국 새벽에 택시를 잡아타고 병원으로 향했다. 할머니는 평소처럼 왜 택시에 돈 낭비를 하냐는 말 한마디를 얹지 못했다. 파랗게 부어오른 손으로 허공에 그림을 그렸을 뿐이다. 정형외과 의사는 이번엔 제대로 오셨다며 허허 웃었다.

한편, 할머니의 머리 안쪽은 점점 더 나와 관계없는 곳으로 떠나가는 것만 같았다. 말수가 점점 줄어들고, 내 말에 제대로 반응하지 않았다. 제일 자주 하는 말은 화장실에 가야 한다는 말이었다. 신경정신과 진료를 받으러 할머니를 휠체어에 태우고 병동을 오갔다. 의사들은 할머니가 두 아들과 관련해 무슨 일을 겪었는지를 듣고, 그런 큰일을 겪으셨는데도 이 정도면 정말 잘 버티신 거라며 혀를 내둘렀다. 분명 손녀를 지키기 위해서였을 거라는 감동적인 말과 함께. 앞에서는 웃었지만, 나는 그 말을 조금 정정하고 싶다. 할머니는 버틴 게 아니라고. 그분이 살아가던 지옥 한구석을 쓸고 닦으며 살아가셨던 거라고.

이후 형사는 병원에 몇 번 더 찾아왔고, 나는 그분에게 다른 세입자에 대해 증언했다. 사건 당일 방을 뺀 마지막 세입자는 방에서 나오지 않는 사람이라 차남을 목격한 적은 없으며, 예전에도 집에서 난리를 피운 차남 때문에 놀란 적 있다고. 나중에 듣기로, 형사는 마지막 세입자 가족에게도 연락했지만, 그들은 그 시끄러운 집과 더 엮이기 싫다며 증언을 거부했다고 한다.

다음으로 조사받은 세입자는 할머니와 다투고 나간 2층 끝방 김 사장. 정효섭의 채권자들에게 나에 대해 술술 불었던 그 여자는, 형사가 찾아왔을 때 지레 찔려서 도망가다가 길바닥에서 연행당하는 생고생을 했다고 한다. 그나마 할머니의 가족관계에 대해서는 솔직하게 증언했다는데, 채권자들의 불법추심 의도를 알면서도 그들을 도와준 걸 과연 무사히 넘길 수 있을지는 모르겠다.

그리고 조사받지 못한 세입자가 있다. 형사가 내게 물었다.

"남자 세입자가 있었나요?"

"항상 있죠. 성비는 대체로 반반 정도였어요."

"내가 질문을 잘못했네. 다시, 다시. 용의자들이 집에 들어왔다가 자기가 할머니와 친하다고 주장하는 세입자를 만났다고 하거든요. 젊은 남자. 그 사람이 자기들에게 이상한 걸 먹인 게 분명하다고."

"할머니한테 살갑게 구는 세입자가 있긴 했는데요."

"네!"

"그게, 어. ……저, 저랑 좀 얼굴 붉힐 일이 생겨 갖고. 그 뒤로 얼굴 보는 둥 마는 둥 사라졌어요."

"아하……, 그게 언제쯤인가요?"

"아르바이트하는 곳에서 일 그만두라는 권유받고 조기 퇴근한 날이니까, 아마 13일쯤이요."

"저런."

형사가 목소리를 낮췄다.

"아르바이트는 원해서 그만두신 거 맞아요? 아니면 혹시, 그 사람이 직장까지 쫓아와 위협을 가했다든지……."

"아뇨, 그건 아니에요."

"다행이네요. 혹시라도 도움이 필요하면 이쪽으로 연락하세요."

꽤 세심하다 싶었는데, 우리 사이의 대화는 훈훈한 방향으로만 끝나지는 않았다.

"김석경 씨의 말에 따르면, 서주 씨는 강복주 씨와 아무 관계도 아니라던데요, 맞나요?"

"예? 예? 아……."

"네?"

"아, 아니에요. 말씀하세요."

김석경은 김 사장의 본명. 그리고 강복주는 할머니 이름이다. 영어색한 글자와 병원에서나 보는 글자들이 종이 위에 박혔다.

"서주 씨는 집안일을 하는 조건으로 여기 사신 거죠? 입양되거나 계약서를 쓴 것도 아니고."

"네."

"이미 성인이시니 뭐라 말은 못 드리겠지만……, 할머니 간병하는 거 어렵지 않으시겠어요? 금전적으로도 힘들고 메울 방법도 없을 텐데."

형사가 은연중에 돌려 말하는 게 느껴졌다. 유산 한 푼 못 받을 텐데 정말 괜찮냐고. 물론 안 괜찮다. 세상 누가 저 할매 간병을 즐겁게 하겠어.

"서주 씨는 은혜를 갚는다고 생각하시는 걸 수도 있지만……."

"할머니가 은혜를 베풀었다고 생각한 적 한 번도 없어요. 매일 다른 이유로 등짝 얻어맞고, 이러면 안 된다, 저러면 안 된다 소리만 들으면서 컸는걸요."

"고생하셨네요."

"네, 고생했죠. 할매가 나 어릴 때 소아과 끌고 다니던 거 생각해서 병원에 입원은 시켰는데, 만약 여기서도 나 구박한다 싶으면 두고 튈 거예요."

"……네?"

"친족도 아니니까 아무도 법적으로 절 못 찾겠죠. 그 점이 좋은 거예요."

형사도 그 순간만큼은 나를 응원하지 못했다. 그 뒤에는 최근 반년간 거주하던 세입자에 대한 정보를 요청받았다. 나는 거기에 대해서는 아는 바가 없었다. 서류 관리는 온전히 할머니의 몫이었으니까.

하지만 할머니는 그날 이후 세상에 대한 모든 의무를 놓아버리고 오직 먹고 자는 것만 챙겨서 했기에, 조만간 내가 집에 가서 서류를 찾아다 보내주겠다고 약속했다. 그 '조만간'은 쉽게 오지 않았다.

할머니의 상태는 점점 악화했다. 손 다쳤으니까 쓰지 말라고 몇 번을 말해도, 내가 챙겨주기만을 얌전히 기다릴 양반이 아니다. 그날 할머니를 끌어안았을 때 따뜻하다고 안심했던 나를 놀리듯 할머니의 체온은 조금씩 올랐다. 감염 수치도 높아졌다. 숨만 쉬어도 목 안에서는 그르렁그르렁 소리가 났다. 나를 부르는 소리만이 또 렷했다. 병원 식당에 밥을 먹으러 내려올 때면 세 번에 한 번은 보호자 서주 씨를 찾는 방송이 울렸다. 먹는 약도 조금씩 늘어가다가 갑자기 줄었다. 코에 고무관을 꽂아 위장까지 보내는 걸 '먹는다' 라고 말할 수 있을지 나는 모르겠다.

병실 간병인들로부터 이런 상황이 흔하다는 위로 아닌 위로를 받았다. 명절마다 고스톱으로 몇만 원씩 따던 사람도, 가을마다 산을 훑어 도토리를 싹싹 긁어 오던 사람도, 겨울에 엉덩방아 한 번 찧었다가 그대로 자리보전하고 다시는 못 일어나는 사람이 한둘이 아니라고. 후회하지 않으려면 지금 대화라도 마음껏 나누라는데, 글쎄. 우리는 옛날에도 말이 통하는 사이는 아니었어요.

문병 온 앞집 아주머니에게서 불길한 이야기라도 들은 걸까. 병원 원무과 직원이 굳이 내게 찾아와 '중간 정산을 미리 도와드릴까요?'라고 말했던 바로 그날, 나는 형사에게 했던 말을 떠올렸다. 여차하면 나는 진료비 안 내고 튈 거라고. 아무도 내게 진료비 지불 의무를 요구하지는 못할 거라고 했지.

그날 말하지 않은 장점이 하나 더 있다. 누구도 할머니와 나를 법적으로 꿰매진 못한다. 하지만 오래된 집의 사람 모양으로 눌린 장판에 딱 달라붙어 있는 것도 괜찮지 않은가. 세월이 울퉁불퉁하게 쌓인 집에도 그 나름의 평온함은 있는 법이다.

"그렇지?"

나는 차갑고 끈적이는 할머니의 손을 잡았다. 할머니가 구시렁거렸다.

"또 청소한답시고 물질하고 왔지. 손 축축한 거 봐라."

"어떻게 알았대."

"내가 또 하게 만들어, 또."

할머니는 손을 빼지 않았다. 한참 뒤에야 놓은 손에는 내 손자국이 그대로 남아 있다. 언제든 다시 내가 돌아갈 수 있는 자국처럼.

그로부터 며칠 후, 의사가 나에게서 '연명치료 거부 사전 동의서'라는 것을 한참 설명하다 내게 서명할 자격이 없다는 걸 알고 돌아간 날로부터도 또 며칠. 할머니는 눈을 감았다. 앞집 아주머니의 도움을 받아 장례식장을 예약한 날, 할머니를 잠시 눕혀두고 나는 오래간만에 집에 돌아왔다. 장례식 준비도 문제였지만 형사가 요청했던 세입자 리스트를 찾기 위해서였다.

오래간만에 돌아온 집은, 내 집은커녕 누구의 집도 아닌 것처럼 느껴졌다. 형사와 경찰, 과학수사대가 다녀가면서 더 지저분해지기는 했지만, 이 익숙하고 지저분한 풍경이 평소보다 더 휑하게 느껴졌고, 나는 그 위화감의 원인을 뒤늦게 깨달았다. 지옥마저 떠난 것이다. 모든 방이 비었다. 한가운데에 놓여 있던 의자도 사라졌다. 노란 장판이 발바닥에 달라붙는다. 먼지 냄새가 올라온다.

누구든 불러볼까 하다가 그만뒀다. 안방에 들어가 할머니의 서류를 찾았다. 구석 서랍장에서 거의 30년분 서류가 쏟아져 나왔다. 5년 단위로 묶어 정리해 놔서 최근 자료를 찾는 건 그리 어렵지 않았다. 쌓아 놓으니 그라데이션으로 밝아지는 종이 색깔에서 세월이 그대로 느껴진다. 하지만 가장 최근 자료를 모아놓은 파일을 열었을 때, 나는 손에 묻어나오는 먼지에 기겁했다. 흩어지는 감촉은 회색 재에 가까울 정도로 부드럽다. 대체 뭐야, 벌레라도 들어갔나? 먼지를 털어내니 가장 먼저 나오는 5년 전 계약서부터는 깔끔했다.

나는 다시 계약서를 정리하는 작업에 착수했다. 얼굴은 오며 가며 알게 되지만 끝까지 이름은 모르는 사람도 많다. 난 어색하기만 한 방 호수를 들여다보며 그 방의 거주자들에 관한 기억을 되살렸다. 이 사람은 작년에 나갔고, 이 사람은 재작년에 나갔고, 이 사람이 막판에 집 더럽히고 간 2층 사장이고……

모든 사람의 서류를 넘겼을 때, 마지막으로 먼지의 원흉이 손에 잡혔다. 두 쪽 난 계약서에서는 탄 냄새가 풍겼다. 오래 들여다볼 것도 없다. 지옥 입주 당시 악마가 작성한 계약서다. 보증금은 없음. 월세로 진행. 계약 기간은 1년. 특약 칸에는 임차인의 사정으로 인해 일찍 방을 뺄 수 있으며, 퇴실 석 달 전에 집주인에게 공지한다면 위약금을 물지 아니한다는 내용도 적혀 있었다. 지옥 리모델링 사정 때문에 살 곳을 구하고 있었던 거니, 공사 끝나면 바로 들어간다는 의미였겠지. 임차인 칸에 적힌 건 지옥 부서명이었다. 그외의 정보는 없었다. 이걸 형사에게 보내면 믿어줄까. 다른 정보가 있는지 종이의 남은 부분을 훑던 중, 종이 아래쪽, 재에 가려진 글자가 보였다.

난 허공에 종이를 흔들어 재를 털어냈다. 그 순간 글자들은 불꽃처럼 반짝였다. 주황색으로 빛나는 글자.

[임대인 사망으로 인해 만기 채우지 못함. 대리인에게 고지 완료]

그와 동시에 계약서가 불타올랐다.

"아, 앗, 아야!"

끝까지 종이를 쥐고 있으려 했다. 하지만 손가락 끝에서부터 척추까지, 누가 바늘로 찌르는 것 같은 감각에 결국 손을 놓아버렸다. 난 불을 끄기 위해 재킷을 벗어들었지만, 종이는, 아니, 이제 불꽃이 되어버린 그 덩어리는 허공에서 춤출 뿐, 땅으로 내려오지 않았다. 오히려 떠오른다. 불꽃은 조금씩 작아진다. 자신을 자기 안에 구겨 넣는다. 불덩어리는 꽃봉오리 크기로, 나비 크기로 줄어들다가 마지막으로는 알전구 속 필라멘트처럼 가느다란 선을 남기고 사라졌다.

　듣지 않아도 알 수 있었다. 오늘, 마지막 세입자는 사망한 임대인의 보호자에게 퇴실을 알렸다. 끝이다. ……그리고 마침내 나는 집에 혼자 남았다.

*　*　*

　병원 장례식장은 가장 작은 방도 크고 비쌌다. 내가 아는 사람들만으로는 그 작은 방도 채우기 어려울 것 같아서 다른 장례식장을 알아보려 했지만, 사설 앰뷸런스 비용이 만만찮았다. 게다가 일을 도와주신다는 동네 아주머니들을 생각하면 더 먼 곳으로 갈 수도 없었다.

　결국 나는 할머니를 그대로 병원 지하로 모셨다. 아주머니들이 다른 아주머니들을 부르고, 장례식장 식당은 작은 잔치판처럼 되어갔다. 고인이 대체 누구인지 친구의 옆구리를 찌르며 묻는 사람들도 가끔 보인다. 앞집 아주머니는 장례식장에 사람이 없으면 기껏 찾아온 사람들한테도 인망 없어 보일 테니, 조금이라도 아는 사람이 있으면 일단 부르는 게 낫다고 충고했다. 내게 인망이 없는 건 사실이었지만, 장례식장 공간이 남으면 아깝다 싶어 적당히 고개를 끄덕였다.

　깊은 사정은 어찌 되었든 부모님도 아니고 조부모상이라고 하면 찾아올 사람이 별로 없을 줄 알았는데, 의외로 고교 동창 여럿이 얼굴을 비추었다. 대학 동기들도 몇 명이 들렀다. 나는 휴학생이고, 과 사람들과는 정말 최소한의 연락만 유지했기 때문에 기대하지 않았던 터라 놀랄 수밖에 없었다. 한 친구가 '내가 과대에게 귀띔했는데, 폐가 아니었으면 좋겠다.'라고 말했다. 폐일 수 없지. 대학과 학과가 적힌 부의금 봉투는 현실감이 없으면서도 묵직하게 다가온다.

기대하지 않았던 이들도 왔다. 밤 열두 시쯤, 매니저를 필두로 한 알바 가게 동료들처럼 말이다. 안 그래도 힘들 텐데 왜 일 끝나자마자 끌려 왔냐고 농담을 던지려 했는데, 그 말은 눈물에 잡아먹혀 채 나오지 못했다. 모카 언니가 내 등을 토닥였다. 매니저는 조문을 마친 후, 다른 아르바이트생들을 바래다줘야 한다며 냉장고에서 식혜 캔 하나를 꺼내 돌아갔다. 다른 이들에게도 캔 음료를 하나씩 쥐어 보내고 나는 아직도 자리에 남은 두 사람을 바라보았다. 모카 언니, 그리고 승빈이. 새삼스러운 인사를 건넸다.

"안녕."

"오래간만이야."

"오래간만이에요, 누나."

그리고 나는 냉장고에서 술을 꺼내왔다. 모카 언니는 별다른 말을 하지 않는다. 편안하게, 가끔 나와 눈이 마주칠 때 어색하지 않게 방긋 웃어 보인다. 반면, 승빈이는 허둥지둥하다가 소주를 반병

쯤 뱃속에 집어넣은 뒤부터 조금 편한 표정을 지었다.

"상주가 너 혼자구나. 많이 힘들겠다."

"이웃집에서 많이 도와줬어요. 저 어릴 때부터 봐왔던 분이거든요. 그분이 누구한테 오시라고 연락해야 하는지 절차 알려주시고……"

"다행이네. 인사라도 드릴까?"

"주무시러 가셨어요. 밤에는 여기 저 혼자예요."

"어떻게 해. 무섭겠다."

"괜찮아요. 집에 하도 오랫동안 안 들어갔더니 이젠 이불 개는 법도 까먹었는걸요. 밤에는 장례식장 안쪽 방에서 자면 돼요."

"간병은 얼마나 오래 했어?"

"보름 정도요. 후반에는 제가 쓰러질 것 같아서 간병인분이랑 번갈아 했고요."

"다른 친척분은 안 계세요?"

승빈이가 물었다.

난 잠깐 정효섭의 얼굴을 머리에 떠올리다가 지웠다.

"없는데. 왜?"

"음, 다른 세입자분들은 왔다 가셨어요?"

"……아."

어떤 질문을 위한 포석이었는지 알겠다. 옆에서 모카 언니가 엷은 쓴웃음을 감췄다.

"별로 안 왔어. 솔직히 할머니는 그렇게 달가운 집주인은 아니었거든."

"그래요? 재미있으셨는데. 꼭 욕쟁이 할머니처럼."

나름 좋은 말을 해주려고 애쓴 것 같다만, 그건 좀 아닌 것 같다. 그래도 노력한 건 있겠다, 나는 승빈이가 궁금해했을 이야기를 꺼냈다.

"마지막 세입자는 할머니랑 잘 지냈는데, 쓰러지신 날 많이 도와주더니 그 이후로 연락이 없어."

"집에도 안 돌아와요?"

"응. 연락할 방법이 없네. 고맙고 섭섭하지."

"……그러게요."

승빈이는 해결 안 된 고민을 이야기하듯 한숨을 내뱉었다. 그것도 내겐 나름의 답이 되는 기분이었다. '나중에 할 말이 있다'라고 말한 조연들은 항상 그 말을 전하지 못하고 사라지니까……. 때로 그렇게 끝나는 이야기도 있는 거겠지. 대답은 내 마음대로 상상할게. 내가 어떤 어처구니없는 상상을 하더라도 당신은 할 말 없는 거다. 억울하면 나와서 따져. ……따지라고.

우리의 술자리는 새벽 두 시를 조금 넘어 끝났다. 모카 언니의 아버지가 어색하게 들어와서는 국화를 들었다. 세 사람의 고개가 피곤으로 꾸벅꾸벅 떨어졌다. 난 장례식장을 떠나는 세 사람에게

캔커피를 쥐어 보냈다.

이제 장례식장 제일 작은 방에 남은 사람은 나뿐이다. 복도의 불도 꺼졌다. 어두운 길. 먼 곳에 떨어진 조명이 징검다리처럼 빛나고, 그 아래에서 상복 차림의 사람들이 슬리퍼를 끌고 복도를 오갔다. 조용한 복도에서는 작은 목소리도 웅웅 울린다.

— 언니, 이만 들어가서 주무시지. 또 올 사람 있어요?

— 잠이 안 와서…… 들어가요. 나도 따라 들어갈게.

두 사람이 서로의 어깨를 감싸고 복도에서 사라졌다. 두 문장만 내 머릿속에 남아 맴돈다. 잠이 안 오는데. 누구 또 올 사람 있어? 적어도 사람은 아니지만, 있어야 한다고 생각했다.

때마침 자연스러운 인사가 들린다.

"안녕하세요."

"……안녕하세요."

검은 정장 차림의 남자가 신발을 벗고 들어섰다. 나는 그에게 국화를 건넸다. 그는 어색하게 국화를 받아들고는 물었다.

"일단 국화는 영정 앞에 놓고, 그다음에는…… 절 두 번 하면 되나요? 제가 이런 건 잘 몰라서."

"맞아요. 하지만 왠지 악마에게는 안 어울릴 것 같네요."

"새카만 염소라도 끌고 오면 어울리겠어요?"

"그런 거 좋아해요?"

"전혀. 걔들은 벽 타고 달릴 때가 제일 예뻐요."

악마는 영정 앞에 국화를 두고 좀 어색한 자세로 절을 두 번 했다. 나는 자리에서 일어나 그와 마주 절할 준비를 했지만, 악마는 나를 마주 보는 시선을 떨어뜨리지 않았다. 그의 시선에 의문이 어렸다.

"우리가 같이해야 하는 게 있나요?"

"……아뇨. 꼭 필요하진 않아요."

"그럼 나중에 하죠."

난 장례식장 의자에 앉았고, 그는 자연스럽게 옆의 의자에 앉았다. 불과 몇 주 전까지만 해도 익숙하다고 느꼈던 거리다. 우리가 함께 있던 부엌과 다른 점은 다 무너져가는 가구들의 소음이 들리지 않는다는 것 하나뿐이었다. 비로소 우리의 목소리는 온전하게 서로에게 닿는다. 이제 우리에게 필요한 건 떨어져 있던 시간을 메우는 일이다.

"할머니 아들을 죽인 범인은 두 남자로 마무리되는 분위기예요. 다 같이 묶인 전과까지 있어서 빠져나오기 어려워 보이더라고요. 하지만 언제, 어떻게 될지는 아무도 모르죠."

"집은요?"

"아시겠지만, 모든 세입자가 나갔어요. 마지막 세입자네 짐은 버리기 전에 한 번만 더 보러 오시라고 연락했는데, 와서는 유적 발굴 난이도라는 걸 인정하고 포기했죠. 그리고 쓰레기 처리비용이라며 보증금을 포기하고 갔어요."

남은 돈은 꽤 많았다. 돌려주려 했지만 끝내 받지 않았다. 자기는 남들보다 방을 두 배로 쓴 거나 마찬가지니 그 값을 이제 치른 거라는 농담도 던졌다. 뜬금없이 들어온 그 돈은 장례식 비용에 보탤 예정이다. 부의금까지 합치면 아슬아슬하게 맞출 수 있을 것 같다.

"그 뒤가 문제인데……, 할머니 친척이라는 사람에게서 갑자기 연락이 왔어요."

"윽, 좋은 이야기는 아니죠?"

"그렇죠, 뭐. 전화 받자마자 넌 누구 허락받고 나대냐고 시끄럽던데."

"변호사 찾아볼 거예요?"

"앞집 아주머니가 도와주신다고는 했는데, 일이 복잡해질 것 같아서 법적인 문제까지 부탁드리진 않으려고요. 장례 끝나면 할머니 재산에서는 손 뗄 거예요. 가져갈 수 있는 건 알아서 가져가라지."

"집도요?"

"네."

"너무 순순히 물러나는 것 같은데."

악마가 씩 웃었다. 재미있는 답을 내놓으라는 표정이다. 나를 어떻게 보는 거야. 난 충돌은 딱 질색인 평범한 인간이라고.

"그 집 오래 못 갈걸요. 전 오래 살다 보니 이상한 줄도 모르고 컸는데, 병원에서 몇 주 지내다 새삼 보러 가니까 진짜 폐가더라고요. 리모델링 하다가 무너지겠어. 뭐, 새로 갖게 된 사람이 알아서 하겠죠."

나는 쿨한 척 대답을 던졌다. 하지만 짧은 침묵의 시간 동안, 그곳의 풍경이 되살아난다.

부스럭 소리, 끼익 소리, 벌레 떨어지는 소리로 둘러싸인, 거대한 새집 같던 집. 하늘에 가장 가까웠던 내 방. 그립지 않을 리는 없지만, 나도 악마와 마찬가지다. 할머니가 돌아가시면서 계약서 없는 계약은 끝났다. 내 이름은 어느 서류에도 없다.

"정리되면 새로 아르바이트 구하고, 학교 빨리 졸업하고 취직자리 알아봐야죠. 끝."

나는 악마를 돌아보았다. 이제 당신 차례다.

"음, 저는요."

"잠깐. 뿔, 뿔 어디 갔어요? 정장 입고 온 거에 홀려서 몰랐는데, 어디 갔어요? 지옥 밖에 나와서 없는 건가?"

"진정하세요! 그 이유도 있지만……."

악마는 그의 머리카락을 향해 뻗은 손을 피하며 날 억지로 앉혔다.

"사실 당분간 쉬어요."

"네?"

"현실에 속한 시체를 지옥에 섞었다고 징계받았거든요. 발령 대기 중이라 편히 쉬지도 못해요. 뿔은 그때의 페널티로 이승에 좀 섞이면서 날아갔네요."

……지옥이 어떻게 굴러가는 동네인지는 모르겠지만, 내게는 발령 대기보다 이승에 섞였다는 게 더 심각한 것처럼 느껴지는데.

어쩔 줄 몰라 하고 있으니, 악마는 머리를 내 앞에 들이밀었다. 만져보고 안심하라는 듯이. 난 그의 머리에 조심스레 손을 얹었다. 부드럽다. 어린 말티즈를 만지는 것 같아.

"지금 저, 강아지 취급받는 기분인데."

"어, 미안해요."

"아뇨. 좋아요. 피로가 풀리는 것 같아서……."

"안에서 쉴래요? 상주 방 있어요."

"당신은 여기 있을 거잖아요. 저도 여기 있을래요."

그렇게 말하면서 악마는 의자 위에 꾸물꾸물 자리 잡더니, 자연스레 내 무릎을 베고 누워서는 나를 올려다본다. 강아지처럼 반짝이는 눈에 나도 모르게 웃음이 나왔다.

"이러려고 왔어요?"

"원하신다면."

악마는 두 손을 뻗었다. 내 볼을 스치고, 내 귀를 지나, 머리카락을 쓰다듬는다. 묶어 올렸던 머리카락 몇 가닥이 아래로 떨어졌다.

"그때 물어보신 거, 제가 대답 안 했죠."

그가 회피한 질문은 하나뿐이다. 너는 나의 고통을 달게 맛보는

가. 나도 모르게 몸에 힘이 들어갔다. 그는 피하지 않고 답했다.

"장례식장에 있으면 형제끼리 멱살 잡는 소리를 들을 기회도 있 겠죠. 난 악마니까, 그 소리를 달게 들을 겁니다."

그는 내 손을 들어 제 목 위에 놓았다. 자신이 마음에 안 드는 소 리를 한다면, 언제든지 손에 힘을 주어 문장을 끊으라는 것처럼. 나는 움직이지 않았고 그는 멈추지 않았다.

"여기서 문제. 난 당신이 우는 걸 좋아할 수 있을까요."

"……예전에 부엌에서 겪은 적 있잖아요. 좋았어요?"

"그걸 구분할 수가 없어요. 우는 게 좋은 건지, 당신이 내게 기대 는 게 좋았던 건지, 내가 당신을 달랠 수 있었다는 게 좋았던 건지, 구분하는 게 불가능했어요. 그래서 기분 나쁜 가정을 하나 했죠."

그는 자신의 손을 내 손 위에 겹쳤다.

"난 당신을 보고 싶어서 여기 왔어요. 하지만 오는 길 내내 의문 이 들었습니다. 나는 어쩌면 '우는' 당신을 보고 싶은 게 아니었을 까 하고."

정말 악마들이나 할 수 있을 생각이다. 혼자서는 확인할 수 없 으며 내가 도와줘야 한다는 것까지도 말이다. 어처구니가 없지. 하 지만 어처구니없는 작자인 건 나 또한 마찬가지일지도 모르겠다.

그런데 그의 얼굴을 마주한 순간, 꽉 눌러두었던 무언가가 가슴 안에서 자글자글 끓기 시작한 것이다. 열기는 지난 열흘간 토해낼 데 없이 들어차기만 했던 온갖 감정들이 빠져나갈 수 있도록 녹여

낸다. 슬픔, 짜증, 자기비하, 분노, 자괴감, 혐오, 연민……. 인간 앞에 서는 오직 한 방향으로 오해받았을 감정들은, 인간이 아닌 것 앞에 서야 치밀어 오른다. 둑이 무너지기 직전의 전조처럼 눈물 몇 방울 이 그의 손에 떨어졌다. 그는 불꽃을 받아 낸 것처럼 움찔 떨고는, 목 안쪽의 파도를 악문 나와 마주 보며 말했다.

"전에 말했죠? 저는 결핍의 냄새를 찾는 건 멈출 수 없지만, 중간 지점의 해결 방법을 하나 생각했다고"

"……예. 말하다 말고 튀었죠"

"이번에는 끝까지 말할게요. 저는, 당신이 다 울 수 있을 때까지 옆에 있고 싶어요. 그리고…… 제가 그 빈 자리를 채울 수 있게 허 락해주세요."

오랫동안 기다려 온 답이 드디어 나를 마중 나왔다. 나는 그제 야 힘 빠진 손을 들어 얼굴을 감쌌다. 처음에 참지 못했던 눈물 몇 방울은 마중물이었을까. 내 목구멍에서 둑이 무너지는 소리가 들 렸다. 바빠서, 누군가를 걱정시킬까 봐, 감정에 호소한다고 무시당 할까 봐 참았던 그 모든 감정이 뒤늦게 녹아 쏟아지기 시작했다.

악마는 두 손을 뻗었다. 까칠한 재킷 옷소매가 두 눈을 덮었다.

"손을 빌려줄 수 있다는 건 기뻐요"

"……손만 빌려줄 거예요?"

내 눈을 덮었던 두 손은 순식간에 젖어버린다. 손목까지, 그리고 팔꿈치 안으로까지 눈물이 흘러내린다. 악마는 재킷을 벗어 내 머리 위에 얹었다. 전부 녹여버릴 것처럼 따뜻하다. 난 재킷 소매를 잡아당겨 눈을 닦았다. 눈물이 마른 자리는 금세 젖어버리고, 옷소매를 대신하는 건 따뜻한 숨소리. 심장 소리가 닿는다.

이틀째부터 찾아오는 사람들은 눈에 띄게 줄었다. 딱히 더 도움받을 일은 없는데도, 앞집 아주머니는 '집에서 나올 핑계가 필요했어.'라며 자연스럽게 친구들과 함께 식당 쪽에 자리 잡고 문상객을 맞이했다.

악마는 잠들지도, 떠나지도 않았다. 밤과 같이 그리고 새벽과도 다를 바 없는 얼굴로 사람을 맞이하고 잡다한 일을 했다. 식당에서 아주머니의 친구분이 저 손녀사위는 주변에 문상 오는 사람도 없냐고 물었고, 아주머니가 그분의 옆구리를 쿡 찔렀다.

"아직 이상한 놈 만나도 될 나이잖아! 저거라도 도와주는 게 어디야."

그 말을 들은 걸까. 신발을 정리하던 악마가 이마를 찌푸렸다.

"인간의 관혼상제에 동원되는 악마라니, 이거 좀 정체성에 문제 있지 않나요?"

"그걸 이제 와서……."

"농담이에요. 누가 와서 볼 것도 아닌데, 뭐."

"보면 곤란해요?"

"글쎄요. 전례가 있나 모르겠어요."

악마는 장례식 제단에 장식된 꽃들을 신기하다는 듯 쳐다보았다. 그 가운데에는 할머니 영정이 있다. 내일 화장터까지 들고 갔다가 집에 갖고 돌아갈 물건이다. 작았던 할머니, 이제 더 작아질 할머니 대신에 말이다.

할머니를 끌어안을 생각을 하자, 손이 떨리기 시작했다. 이 감정을 안다. 슬픔은 아니다. 그날에는 혼란스럽고 급해서 잊었다고 생각했는데. 그날 이후로는 너무 바빠서 다 잊었다고 생각했는데. 사실 잊지 못했다. 김치냉장고 뚜껑을 몇 번이고 누를 때, 발목이 부러지고 살이 찢어지던 그 순간의 감각. 꽉 붙잡았던 그의 발목. 바라보지 않으려 노력했던 그 남자의 눈빛.

나는 눈을 감았다가 떴다. 그리고 할머니의 영정을 바라보며 심호흡을 했다. 미친 듯 달리던 심장이 조금 차분해진다. 상황에서는 도망쳤지만, 기억이나 죄악감으로부터도 도망칠 수는 없을 것을 안다. 잘 알아. 죽어서 지옥에 갈지는 모르겠지만, 살아서는 천국은 아니리라.

나에게는 지옥의 불꽃보다 가까운 문제도 많다. 아르바이트를 구하는 문제. 아르바이트 시간과 엇갈려 짜야 하는 다음 학기 시간표. 내 숙식 문제. 그리고 전화 통화만으로는 만족하지 못하고 기선 제압이라도 하러 오셨는지, 장례식장 복도에서 할머니 이름을 외치는 목소리까지.

"여기, 강복주 씨 빈소 어디야? 이런 구석에다가 차려놓으면 누구 오라는 거야, 말란 거야?"

집을 받아야겠다던 먼 친척분이신가. 설마 부의금까지 수금하러 오셨을까 싶은데, 인간 세상의 '설마'라는 건 '일어난다'라는 말과 유사한 뜻이지. 하지만 기선 제압하려고 다가오는 목소리에 대처하는 건 내가 당신보다는 더 잘할걸. 확신해. 나는 이미 최악의 상황도 겪어봤거든.

목소리의 주인은 장례식장 보안요원들에게 잡힌 모양이다. 덕분에 나는 조금 느긋한 기분으로 악마의 손을 잡았다.

"저기요."

"네, 저기요."

우리 집이라는 공간 안에서, 오직 서로에게 속했던 호칭. 악마는 바로 답하며 내 말을 기다렸다.

"내가 죽어서 지옥에 갈지는 모르겠지만, 만약 간다면."

"네, 만약 오신다면."

"사후에 내가 소원을 들어줄 테니, 지금의 당신을 줘요."

"네?"

"내게 그 정도 가치는 있죠? 자, 약속."

흔한 악마들의 계약을 뒤집어 제안하며, 나는 새끼손가락을 내밀었다. 어린애 같은 손짓에 어울리지 않은 거친 손.

악마는 장난스럽게 웃으며 자신의 새끼손가락을 들어 올렸다. 하지만 내 새끼손가락을 감싸는 손길은 조심스럽다. 마치 자신이 자리 잡아야 할 곳을 확인하는 것처럼.

　우리의 손가락이 단단히 얽혀 서로에게 제 자국을 남김과 동시에, 나는 내 이름을 말한다. 그리고 그는 그의 이름을 말한다. 계약서는 없다. 유일했던 가족의 어떤 서류에도 내 이름이 없었듯, 그와 나는 한 종이를 공유하지 않는다. 다시 마주 본 우리는 서로의 이름을 엇갈려 입에 담았다. 생의 끝까지, 그리고 생 이후에도 함께할 수 있을 유일한 존재. 나는 지옥으로부터 얻어낸 남자를 향해 웃었다.

악마의 계약서는 만기 되지 않는다

2022년 8월 7일 초판 1쇄 | 2024년 10월 10일 12쇄 발행

지은이 리러하
펴낸이 이원주, 최세현 **경영고문** 박시형

교정교열 노은정
기획개발실 강소라, 김유경, 강동욱, 박인애, 류지혜, 이채은, 조아라, 최연서, 고정용, 박현조
마케팅실 양근모, 권금숙, 양봉호, 이도경 **온라인홍보팀** 신하은, 현나래, 최혜빈
디자인실 진미나, 윤민지, 정은예 **디지털콘텐츠팀** 최은정 **해외기획팀** 우정민, 배혜림
경영지원실 홍성택, 강신우, 김현우, 이윤재 **제작팀** 이진영
펴낸곳 팩토리나인 **출판신고** 2006년 9월 25일 제406-2006-000210호
주소 서울시 마포구 월드컵북로 396 누리꿈스퀘어 비즈니스타워 18층
전화 02-6712-9800 **팩스** 02-6712-9810 **이메일** info@smpk.kr

© 리러하(저작권자와 맺은 특약에 따라 검인을 생략합니다)
ISBN 979-11-6534-583-9 (03810)

쌤앤파커스(Sam&Parkers)는 독자 여러분의 책에 관한 아이디어와 원고 투고를 설레는 마음으로 기
다리고 있습니다. 책으로 엮기를 원하는 아이디어가 있으신 분은 이메일 book@smpk.kr로 간단한
개요와 취지, 연락처 등을 보내주세요. 머뭇거리지 말고 문을 두드리세요. 길이 열립니다.

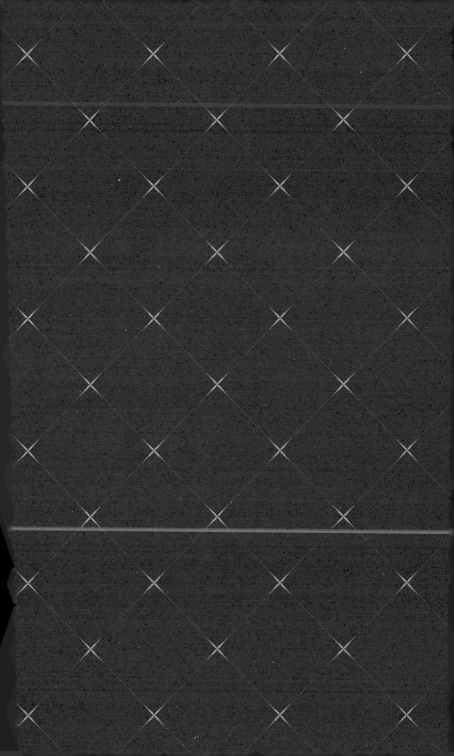